La fille en robe jaune

Un roman du Mur de Berlin

Margarita Morris

Landmark Media

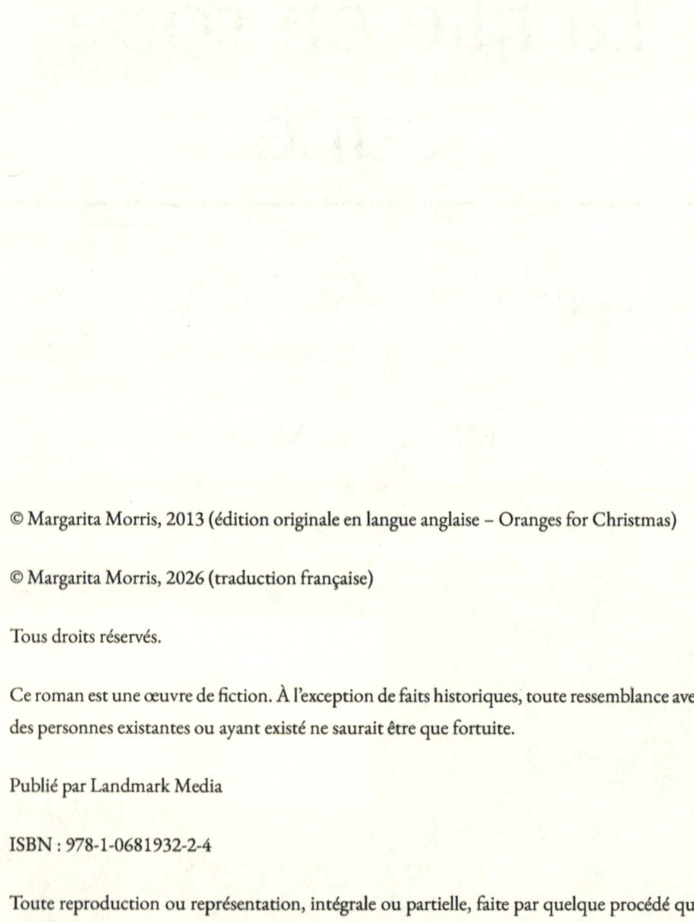

Publié par Landmark Media

ISBN : 978-1-0681932-2-4

Préface

APRÈS LA FIN DE la Seconde Guerre mondiale, l'Allemagne a été divisée en quatre zones d'occupation : britannique, américaine, française et soviétique. Berlin, qui se trouvait géographiquement dans la zone soviétique, a-t-elle aussi été divisée en quatre secteurs d'occupation : britannique, américain, français et soviétique. Mais les Berlinois continuaient d'y vivre et d'y travailler comme s'il s'agissait d'une seule et même ville – ce qu'elle était. Jusqu'au jour où l'impensable s'est produit…

Chapitre 1

Dimanche 13 août 1961

Sabine

J'ouvre les yeux et vois une tête à l'envers qui me sourit.

Brigitta bondit de la couchette du haut, souple comme un chat, et m'arrache ma couverture.

— Allez, Sabine, lève-toi !

Elle est surexcitée. Moi aussi.

Depuis combien de temps n'avons-nous pas vu notre grand frère Dieter ? Six semaines ? Non… plutôt deux mois, maintenant que j'y pense. Oui, c'était à la mi-juin, avant la fin de l'école. Depuis qu'il vit et travaille à Berlin-Ouest, nous ne le voyons plus très souvent. En semaine nous sommes à l'école et, la plupart des week-ends, il fait de longues heures à l'hôtel Zoo. Mais pas aujourd'hui.

Brigitta m'attrape les mains et me tire du lit.

— D'accord, d'accord, je me lève.

Le linoléum est frais sous mes pieds nus. Il est encore tôt. Je jette un coup d'œil au réveil posé sur la vieille commode : six heures et demie.

Mais déjà, à travers l'entrebâillement des rideaux, filtre un éclat de soleil éclatant. Encore une journée chaude : un temps parfait pour bronzer et pique-niquer.

— Qu'est-ce que je vais mettre ? demandé-je à Brigitta, qui a déjà enfilé sa jupe d'été bleue et boutonne son chemisier blanc.

J'ouvre la porte de l'armoire qui grince de protestation et considère mes maigres options : ce sera soit la robe bleue à pois blancs, soit la jaune, éclatante comme un tournesol.

— Mets la jaune, dit Brigitta. C'est une couleur joyeuse pour une journée joyeuse.

Je décroche la robe de son cintre.

— Je reviens tout de suite.

Je descends le couloir sur la pointe des pieds jusqu'à la salle de bains, pour ne pas réveiller Maman.

Le plan, c'est que Brigitta et moi prenions le S-Bahn jusqu'à la Hauptbahnhof de Berlin-Ouest, retrouvions Dieter, puis allions au lac de Wannsee. Dieter a promis d'apporter le pique-nique, car on trouve de meilleurs produits à Berlin-Ouest — des oranges et ce genre de choses. Et puis, il vaut mieux ne pas trop se charger quand on passe de l'Est à l'Ouest : ça attire les soupçons des gardes-frontières. Ceux qui portent une valise sont sortis du train et interrogés. Ils supposent que quiconque transporte plus qu'un simple sac à main cherche à fuir l'Est pour de bon. Un panier de pique-nique ferait sûrement froncer les sourcils.

J'ouvre le robinet et l'eau jaillit par à-coups. La plomberie de l'appartement est capricieuse. Je ne veux pas risquer de réveiller Maman avec les coups dans les tuyaux en attendant l'eau chaude, alors je m'asperge rapidement d'eau froide et me sèche en tapotant. Puis j'enfile la robe jaune et rejoins Brigitta dans la cuisine.

Elle est montée sur une chaise pour attraper le demi-pain de Schwarzbrot qui reste dans le placard. Elle me le tend et je coupe deux tranches de ce pain dense et brun. Il n'y a pas de beurre. Je suis allée au magasin hier, mais Frau Maier m'a dit qu'il n'y en avait plus et que non, elle ne savait pas quand aurait lieu la prochaine livraison. Nous mangeons le pain tel quel, en regardant la rue vide, cinq étages plus bas.

Par habitude, ma main se tend vers le bouton de la radio. J'aime écouter RIAS, *Radio in the American Sector*, même si, à proprement parler, c'est illégal à Berlin-Est. Mais je pense à Maman, au visage fatigué qu'elle avait hier soir en rentrant de l'usine, et je laisse la radio éteinte. Elle a besoin de repos. Hier soir, elle nous a dit de bien profiter de notre sortie et qu'elle envoyait son amour à Dieter. Elle espère qu'il aura bientôt le temps de nous rendre visite.

Brigitta débarrasse le petit déjeuner pendant que je vais chercher nos cartes d'identité obligatoires, que chaque citoyen doit porter sur lui en permanence.

— Prête ? demande Brigitta quand je reviens.

Je hoche la tête.

— Allons-y.

Elle ouvre la porte de l'appartement et nous nous glissons dehors, dans le couloir sombre.

Dieter

Étalé sur la table de cuisine, cela ressemble à un festin. Je repasse tout en revue une dernière fois pour m'assurer que je n'ai rien oublié.

Six petits pains, encore chauds du boulanger. Du fromage emmental. Huit tranches de jambon fumé. De l'*Apfelstrudel*. Des bananes et des oranges – un régal rare pour Brigitta et Sabine. De la limonade. Et du *Schokoladenkuchen*, un gâteau au chocolat que j'ai fait moi-même. Sabine sera impressionnée par mes nouvelles compétences culinaires. À Berlin-Est, on ne peut même pas acheter de vrai chocolat. Quant aux bananes et aux oranges, la plupart des gens en ont sans doute oublié jusqu'au goût.

Je commence à emballer la nourriture dans le panier de pique-nique, enveloppant les petits pains dans un torchon propre pour qu'ils restent frais. Je me demande ce que font Sabine et Brigitta en ce moment. Je parie qu'elles sont déjà en route. Brigitta s'est toujours levée aux aurores et elle ne voudra pas perdre une minute de cette journée. Je pose les petits pains au fond du panier et dispose le jambon et l'emmental par-dessus. Attendez un peu qu'elles découvrent tout ça. Il faudra qu'elles en rapportent à Maman — elle adore les oranges fraîches. Et une part de gâteau au chocolat.

En pensant à Maman, je sens poindre une légère culpabilité. C'est mon premier dimanche de congé depuis des lustres et je devrais vraiment aller lui rendre visite à Berlin-Est. Mais Sabine et Brigitta avaient tellement envie d'aller au lac de Wannsee, et il faut en profiter tant que le beau temps dure. Bien sûr, Maman pourrait venir aussi, mais Sabine a dit qu'elle préférerait se reposer après une semaine difficile à l'usine. Je tends le bras vers les bananes et les glisse dans un coin du panier. Je me dis que j'irai voir Maman en septembre. Et, bien sûr, à Noël.

Je place soigneusement le gâteau au chocolat et dispose les oranges tout autour du bord. Cette résolution de rendre visite à Maman en septembre apaise ma culpabilité et je me sens de nouveau excité à l'idée que Sabine et Brigitta viennent me voir aujourd'hui — et non l'inverse. La vérité, c'est que quand je pense à mon ancien foyer à l'Est, c'est comme si c'était un autre pays, un autre monde, même si ce n'est que l'autre moitié de la ville. Mais il n'y a aucune chance que j'y retourne. Les communistes prétendent bâtir un avenir meilleur pour tous — logements, éducation, et tout le reste — mais en réalité ils veulent juste contrôler la vie des gens. Personne n'a le droit de critiquer le Parti. Si vous le faites, vous finissez en prison. Ils espionnent leurs propres citoyens en permanence. Qui peut vivre dans un endroit pareil ? Ils se disent démocratiques, mais c'est une farce. Comment un pays peut-il être démocratique quand il n'y a qu'un seul parti ? Les autres ne sont là que pour la façade — des marionnettes des communistes. Ici, à l'Ouest, nous avons non seulement une vraie démocratie et la liberté de dire ce que nous pensons, mais aussi des magasins, des restaurants, des bars et des boîtes de nuit sur le Ku'damm que la plupart des Berlinois de l'Est ne peuvent même pas imaginer dans leurs rêves les plus fous.

Je repasse tous ces arguments dans ma tête chaque fois que je songe à ma décision de partir à l'Ouest, comme pour me justifier moi-même. Mais il y a un regret : ne pas avoir essayé plus fort de convaincre Maman, Sabine et Brigitta de venir avec moi. J'étais trop impatient de partir, et Maman... disons simplement qu'elle n'aime pas le changement. Sabine, je le sais, est déchirée. Mais elle prend souvent le parti de Maman : elle dit qu'elle ne veut pas quitter sa maison et son travail, qu'elle tient à visiter la tombe de Papa — tous ces vieux arguments.

Pourtant je vois bien dans quelle direction souffle le vent. Il n'y a pas d'avenir pour elles là-bas, à l'Est.

Je ferme le couvercle du panier et passe les sangles de cuir dans les boucles métalliques. En les serrant, je décide une fois pour toutes qu'elles doivent quitter Berlin-Est et venir vivre à l'Ouest. Je n'accepterai pas un « non » comme réponse.

Je regarde ma montre. Il est encore tôt, à peine sept heures. J'ai largement le temps avant de devoir prendre le train à l'Anhalter Bahnhof. Je me prépare un café noir et allume la radio, réglée sur RIAS. Alors que je porte la tasse vers la table, le présentateur annonce quelque chose de si choquant et inattendu que je m'arrête net, secouant le café brûlant. Une douleur fulgurante me traverse la main droite et je pousse un cri : je viens de m'ébouillanter.

Sabine

La cage d'escalier est sombre, même en plein jour.

Je ne crois pas aux fantômes, mais l'odeur de chou frit et de tabac froid qui monte jusqu'à notre palier depuis l'appartement de Herr Schiller évoque un souvenir si fort que j'ai l'impression que Papa est là, tout près.

L'âcre effluve me pique les narines et je me retrouve transportée huit ans en arrière. J'ai neuf ans, un an de plus que Brigitta aujourd'hui. Elle est alors un bébé dans les bras de notre mère. Nous sommes debout devant la porte de l'appartement. Dieter se tient à la droite de Maman, moi à sa gauche. Papa est sur le palier. Maman le supplie presque de ne pas faire quelque chose. Je ne comprends pas de quoi ils parlent. Quelque chose à propos d'ouvriers du bâtiment et d'une grève générale. Maman dit que ce sera trop dangereux. J'entends la peur dans sa voix et je me rapproche d'elle. Papa répond de ne pas s'inquiéter. Tout va être différent maintenant que Staline est mort. Il dit que nous devons défendre ce en quoi nous croyons. Il baisse les yeux vers Dieter et moi et sourit. Je comprends le sens de ses mots et je suis fière de lui. Je veux qu'il soit fier de moi aussi. Il embrasse Maman sur la joue, dépose un baiser sur le front de Brigitta, puis se penche vers Dieter et moi. Il ébouriffe les cheveux de Dieter et caresse ma joue avant de poser un baiser sur le bout de mon nez. Dieter demande s'il peut l'accompagner, mais Papa répond que non, pas cette fois. Il promet qu'il sera de retour pour le dîner. Nous ne l'avons jamais revu.

Je sais maintenant que Papa allait à une manifestation sur l'Alexanderplatz. Les gens réclamaient un changement politique et des droits pour les travailleurs. Ils n'ont obtenu ni l'un ni l'autre. À la place, ce sont les chars soviétiques qui ont déferlé, écrasant la manifestation. Des centaines de personnes ont été arrêtées ou blessées, des dizaines tuées. Parmi elles, Papa.

J'essaie de chasser ce souvenir en appuyant sur l'interrupteur. Les néons clignotent à contrecœur, puis s'allument. La minuterie se met à tic-tacquer, comme une bombe prête à exploser.

— Je te fais la course jusqu'en bas, je dis.

— Vas-y, rit Brigitta.

Nous avons cette habitude : essayer d'atteindre le rez-de-chaussée avant que la lumière ne s'éteigne, avant d'être plongées dans l'obscurité.

Le chemin est long. Nous vivons au cinquième étage d'un vieil immeuble du XIXe siècle, dans le quartier de Prenzlauer Berg. En descendant, je remarque combien le bâtiment s'est dégradé. La peinture vert olive s'écaille, le linoléum s'use. Ma main effleure la rampe de bois depuis longtemps ternie.

Brigitta a déjà de l'avance sur moi. Elle gagne toujours.

Nous passons devant la porte de Herr Schiller, au troisième étage, où l'odeur de tabac est la plus forte. Elle se mêle à l'arôme de pommes de terre et de chou frits. Je souris intérieurement. Herr Schiller aime bien manger, et cela se voit à sa corpulence généreuse. Sa stature correspond à sa personnalité haute en couleur et à son esprit chaleureux. C'est un bon voisin. J'entends crépiter sa radio, mais je ne distingue pas les mots.

Brigitta accélère en passant devant la porte de Frau Lange, au deuxième étage, alors je fais pareil. Brigitta soutient que Frau Lange est une vraie sorcière qui attend de jeter les enfants dans son poêle en faïence, le grand poêle rond à charbon qui trône dans les salons allemands traditionnels. Je crains qu'elle n'ait lu *Hänsel und Gretel* un peu trop souvent. Je ne sais pas exactement quel est le travail de Frau Lange, mais je pense qu'elle occupe un poste important auprès des autorités. En tout cas, elle m'inquiète. Elle est l'opposé exact de Herr Schiller : lui est rond, jovial et généreux, elle est mince, anguleuse, morose et hostile. Mieux vaut éviter les rencontres inutiles avec elle.

Depuis l'appartement du premier étage montent les bruits de petits enfants : ils courent, rient, crient. La famille Mann a un garçon de quatre ans, Olaf, et une fille de six ans, Michaela. D'ordinaire, ils jouent dans la cour pavée, mais aujourd'hui ils sont enfermés dedans. Je crois entendre une femme pleurer, mais difficile d'en être sûre avec le vacarme des enfants.

— J'ai gagné ! crie Brigitta en atteignant le bas juste au moment où la lumière s'éteint.

— Bien joué, je dis, m'arrêtant un instant pour reprendre mon souffle.

Nous passons devant les boîtes aux lettres alignées comme une rangée de nichoirs métalliques, puis poussons les lourdes portes en bois qui s'ouvrent sur notre rue, la Stargarder Strasse.

— Par où ? demande Brigitta.

Je réfléchis un instant.

— Allons à l'Alexanderplatz. De là, on pourra prendre le S-Bahn jusqu'à la Hauptbahnhof via Friedrichstrasse sans changer de train.

Friedrichstrasse est le dernier arrêt à l'Est avant que la ligne ne traverse vers l'Ouest.

Nous partons d'un bon pas. La Stargarder Strasse est vide en ce dimanche matin. Les volets du magasin d'alimentation de Frau Maier sont tirés, et le bistrot au coin de la rue, où les habitants aiment boire un verre, est plongée dans l'obscurité. Nous tournons dans Prenzlauer Allee, la grande artère qui mène à l'Alexanderplatz. Un tramway gronde en passant ; sinon la rue est calme.

Nous longeons des terrains bombardés et des immeubles criblés de balles. Cette partie de Berlin porte encore les cicatrices de la Seconde Guerre mondiale. Les Américains et les Britanniques aident à reconstruire Berlin-Ouest, mais ici, les Soviétiques laissent tout dépérir. Je sais que Dieter va essayer encore une fois de nous convaincre de quitter l'Est et de le rejoindre. La dernière fois que je l'ai vu, en juin, nous avons parlé de ces milliers d'Allemands qui fuient le communisme simplement en franchissant la frontière vers l'Ouest. Ils se rendent au centre de réfugiés de Marienfelde, où on leur donne nourriture et papiers.

— Tu devrais le faire, avait dit Dieter. Avant qu'il ne soit trop tard.

Je sais qu'il a raison. Nous aurions dû partir il y a des mois. Cette fois, je ferai entendre raison à Maman. J'insisterai pour qu'elle...

— Attention ! Brigitta m'attrape le bras.

Perdue dans mes pensées, je n'avais pas vu la voiture bringuebalante sur la route. Une Trabant : une boîte carrée sur roues, que tout le monde appelle une *Trabi*. Le moteur deux-temps crache un nuage de fumée toxique. Nous nous couvrons la bouche en la laissant passer. Quelle farce. J'ai vu les voitures de l'Ouest : bien meilleures que ce que nous avons ici. Et encore, on ne peut pas simplement acheter une voiture à l'Est : il faut déposer une demande, puis attendre dix ans. Ce véhicule est sûrement la possession la plus précieuse du conducteur, et pourtant on dirait qu'il est fait de carton et de scotch.

Nous atteignons l'étendue de béton de l'Alexanderplatz sans autre incident. L'immense place est vide, à part une poignée de gens attroupés devant le *Rotes Rathaus*, l'hôtel de ville en briques rouges du XIXe siècle. Je n'aime jamais m'attarder ici, sachant que c'est là que Papa a été fauché par un char soviétique. Nous nous dirigeons donc directement vers le S-Bahn, achetons nos billets et descendons sur le quai.

Nous avons de la chance : un train arrive aussitôt. Nous montons à bord. Tandis qu'il cahote vers l'ouest, nous parlons de notre impatience de revoir Dieter.

— Est-ce qu'il aura pensé aux oranges ? demande Brigitta.

— J'espère.

— Et au gâteau au chocolat ?

— Il a intérêt.

— Sinon je le pousse dans le lac tout habillé.

Nous éclatons de rire.

Le train s'arrête à Friedrichstrasse, avant de franchir la frontière vers l'Ouest. Je regarde le quai désert, impatiente qu'il reparte. Mais rien ne se passe.

— Pourquoi on ne bouge pas ? demande Brigitta.

— Je ne sais pas.

Dans le wagon, d'autres passagers paraissent tout aussi déconcertés. Puis une annonce retentit sur le quai.

— Le train à quai B s'arrête ici, dit une voix grésillante.

Je regarde autour de nous : nous sommes bien à quai B.

— Tous les passagers doivent descendre du train à quai B, reprend la voix.

C'est étrange. Ce train n'ira manifestement pas plus loin.

— Regarde ! dit Brigitta en pointant par la fenêtre.

Deux soldats armés de mitraillettes marchent côte à côte le long du quai. La vue de ces hommes me noue l'estomac. Brigitta me fixe, les yeux écarquillés, les sourcils levés.

— Viens, je dis en bondissant. Découvrons ce qui se passe.

Nous descendons du train avec une douzaine de passagers aussi confus que nous. Un homme dit quelque chose à propos d'une annonce entendue à la radio ce matin, mais je ne comprends pas bien. Nous avançons vers la sortie. Dans le hall, une foule compacte s'est déjà rassemblée. Tout le monde parle et crie à la fois. Je serre la main de Brigitta pour ne pas la perdre. Nous nous frayons un chemin jusqu'à l'avant.

J'aperçois un employé du S-Bahn en uniforme qui tente de se faire entendre en gesticulant. Je me dirige vers lui, traînant Brigitta derrière moi. J'ai un mauvais pressentiment, mais je préfère ne rien dire à Brigitta tant que je ne suis pas sûre. À mesure que nous approchons, j'entends l'employé répéter aux gens d'aller acheter un journal s'ils veulent savoir. Certains l'ont déjà fait et agitent des exemplaires de *Neues Deutschland*, en pleurs, en criant.

Un frisson glacé me parcourt quand j'entends ce qu'ils disent.

— La frontière est fermée ! crie un homme.

— Avec du fil barbelé ! sanglote une femme, les larmes coulant sur son visage.

Dieter

Le café a refroidi.

Je le repousse et abats mon poing sur la table.

— Merde !

Ma voix résonne étrangement fort dans la cuisine vide.

À la radio, il n'y a qu'un seul sujet aujourd'hui. Ce que je craignais le plus est arrivé : la frontière entre Berlin-Est et Berlin-Ouest a été fermée. Avec du fil barbelé. Et pas seulement au milieu de la ville : tout le périmètre de Berlin-Ouest est encerclé, empêchant les Berlinois de l'Est — et tous les Allemands de l'Est — d'y accéder. Selon la radio, des gardes armés surveillent les points de passage, et des combattants d'usine armés — ces ouvriers est-allemands entraînés — veillent le long des barbelés. Le Parti communiste n'aimait pas que tant de gens partent vers l'Ouest : alors ils ont bouché la fuite. La frontière est maintenant close. Personne ne peut la franchir, dans aucun sens.

Ce que je ne comprends pas, c'est comment ils ont réussi un coup pareil. Personne n'en avait la moindre idée. Même si, peut-être, nous aurions dû deviner que ça finirait par arriver.

Je pense à Sabine et Brigitta, se levant ce matin toutes excitées à l'idée du pique-nique. Ont-elles entendu la nouvelle à la radio ? Ou bien sont-elles déjà à la frontière, refoulées par les gardes ? Si elles n'ont rien su des barbelés, elles pourraient être dans un train pour Friedrichstrasse en ce moment même. Mais le présentateur a dit qu'aucun train n'était autorisé à traverser.

Je suis tellement en colère que je sens que je vais exploser si je reste assis ici une minute de plus. Je jette le café froid dans l'évier et attrape ma veste, suspendue à la porte de la cuisine. Bernd, mon colocataire, dort encore. Je ne prends pas la peine de le réveiller et je claque la porte derrière moi.

Dehors, Kreuzberg s'ébroue à peine. Des étudiants aux yeux bouffis plissent les paupières sous le soleil éclatant ; des vieux traînent les pieds jusqu'au kiosque pour acheter le journal et leur ration de tabac. Les débris du samedi soir — bouteilles de bière, mégots — jonchent les trottoirs. Hier, en rentrant tard, les rues étaient encore bondées, pleines d'étudiants qui buvaient et faisaient la fête. Bernd sortait et a essayé de me convaincre de l'accompagner, mais je savais que je devais être debout tôt pour retrouver Sabine et Brigitta, alors je suis allé me coucher.

Je marche jusqu'à la Zimmerstrasse, qui longe la frontière. Ce que je découvre me sidère. Hier encore, c'était une rue ordinaire. Aujourd'hui, d'énormes rouleaux de fil barbelé emmêlé, hauts d'un mètre, serpentent au milieu de la chaussée. De l'autre côté, des combattants d'usine armés montent la garde.

Je suis la ligne de barbelés, autour de Potsdamer Platz, puis le long du Tiergarten jusqu'à la Brandenburger Tor, l'ancienne porte de la ville. Avec ses six énormes colonnes surmontées de la statue de la

Victoire guidant son char, c'est le monument le plus célèbre de Berlin. Le parc est en secteur britannique, mais la porte se trouve en secteur soviétique — donc de l'autre côté de la frontière. Aujourd'hui, des soldats est-allemands sont alignés devant, fusils prêts. Le message est clair : *Restez à distance*.

Des foules en colère se sont rassemblées côté Ouest. Hommes, femmes, jeunes, vieux : ils hurlent des insultes aux gardes de l'autre côté.

J'essaie d'apercevoir, au-delà des soldats, la Pariser Platz côté Est. À travers la barrière humaine, je distingue seulement quelques silhouettes. Sabine et Brigitta sont-elles parmi elles ? Impossible à dire.

Le monde a perdu la raison. Berlin est une seule ville. On ne peut pas juste la couper en deux avec des barbelés, si ? Une partie de moi espère encore que ce n'est qu'un geste symbolique, une démonstration de force. Peut-être que c'est en partie de notre faute de ne pas les avoir pris au sérieux ; de leur avoir pompé toute leur essence bon marché ; d'être allés chez eux pour des coupes de cheveux à trois sous ; d'avoir ri de leurs voitures pourries. Mais même ainsi, c'est allé trop loin. Il faut leur dire que ça suffit.

Alors je me joins aux cris, avec les autres, insultant les soldats, lançant quelques pierres, bien que je sache que ça ne mène à rien. La police de Berlin-Ouest finit par arriver pour calmer les choses. Je n'ai aucune envie d'être arrêté, alors je m'éloigne, morose, vers Potsdamer Platz, avec une seule pensée en tête : si seulement je pouvais écraser ces maudits barbelés.

Sabine

Le fil barbelé – *Stacheldraht* – ce mot m'a toujours remplie d'horreur.

Depuis que j'ai six ans, et que Dieter en avait neuf. Cet été-là, nous étions chez Tante Bettina et Onkel Thomas, dans leur ferme au sud-ouest de Berlin. Chaque matin, Tante Bettina nous envoyait dehors avec un panier pour ramasser les œufs. Le poulailler était entouré de fil barbelé pour tenir les renards à distance. L'herbe, laissée haute autour de l'enclos, cachait le fil, mais il était bien là et il fallait faire attention à ne pas s'y égratigner. On y entrait par une petite porte en bois qu'Onkel Thomas avait fabriquée lui-même.

Un matin, alors que nous allions entrer, j'ai aperçu un mouvement dans l'herbe du coin de l'œil. Curieuse, je suis allée voir et j'ai bondi en arrière, horrifiée. Un lapin était pris dans le fil barbelé, sa fourrure maculée de sang. Il donnait de faibles coups de pattes arrière, tentant de se libérer. J'ai lâché le panier et couru chercher Onkel Thomas. Il fallait le sauver. Le grand et bon Onkel Thomas saurait quoi faire. Je m'imaginais déjà soigner le lapin blessé jusqu'à sa guérison, peut-être même le garder comme animal de compagnie.

Mais quand j'ai dit à Onkel Thomas ce que j'avais vu, il a pris un fusil dans la remise et a tiré une balle entre les yeux de l'animal. Le coup a fait sursauter toutes les poules, qui ont caqueté de frayeur avant de s'enfuir vers leur cabane. Le lapin gisait, inerte. Le soir même, Tante Bettina a servi un ragoût de lapin. J'ai refusé d'y toucher.

Je revois ce lapin dans mon esprit alors que nous nous dirigeons vers la sortie de la gare, et j'imagine des gens pris dans les barbelés, saignant à mort comme tant de lapins sans défense, attendant qu'on leur tire une balle dans la tête. Cette pensée me donne le vertige.

— Où va-t-on ? demande Brigitta.

— Je veux voir ce qui se passe, je dis. Malgré mon horreur du fil barbelé, je dois le voir de mes propres yeux.

En montant l'escalier, Brigitta déborde de questions.

— Qu'est-ce que ça veut dire ? Pourquoi ces gens — elle désigne les foules dans la gare — disent-ils qu'il y a du fil barbelé à la frontière ?

— Ils disent que la frontière entre Berlin-Est et Berlin-Ouest est fermée. Nous ne pouvons plus aller à Berlin-Ouest. Plus dans les secteurs britannique, français ou américain. Nous ne pouvons plus quitter le secteur soviétique.

— Juste aujourd'hui ? demande Brigitta, fronçant les sourcils. Ou pour toujours ?

— Je ne sais pas.

— Mais Dieter ? Il peut venir ici ?

— Je ne sais pas non plus.

En vérité, je ne sais rien. Je n'arrive pas à réfléchir clairement. L'idée que la frontière puisse être fermée, du jour au lendemain, me bouleverse. Hier, nous pouvions encore passer à l'Ouest ; aujourd'hui, c'est fini. Une ligne a été tracée au milieu de la ville, et nous n'avons plus le droit de la franchir. Notre frère est de l'autre côté. Ils ne peuvent pas juste nous séparer ainsi, si ? Tant de familles vivent partagées entre les deux moitiés : des parents à l'Est, leurs enfants adultes à l'Ouest ; des grands-parents à l'Ouest, leurs petits-enfants à l'Est. Berlin est une seule ville. Du moins, elle l'était jusqu'à ce matin.

Nous quittons la gare et marchons vers le poste-frontière le plus proche : la Brandenburger Tor.

En avançant dans la large avenue d'Unter den Linden, je lève les yeux vers la statue de pierre de la Victoire au sommet de la porte. Elle conduit son char tiré par quatre chevaux au galop et brandit de sa main droite la Croix de Fer de la Victoire. *Si seulement elle était réelle*, pensé-je, *elle passerait sans ménagement par-dessus tout fil barbelé.* De l'autre côté, c'est déjà le secteur britannique. Si proche, et pourtant inaccessible.

Nous nous arrêtons à distance. Impossible d'aller plus près : des chars et des rangées de *combattants d'usine* montent la garde, fusils en bandoulière. Ils sont prêts à tirer sur quiconque tenterait de franchir leur ligne.

À travers les arcades, nous n'apercevons presque rien. Mais des cris nous parviennent du côté occidental. Là-bas, à Berlin-Ouest, les gens n'ont pas peur de protester. Je me demande si Dieter est parmi eux.

Nous continuons, main dans la main, vers Potsdamer Platz. Partout, des kilomètres de fil barbelé, de grandes bobines emmêlées serpentant dans la ville. D'où vient tout ça ? Comment a-t-il pu rester caché jusqu'à être déroulé dans la nuit ? Il y en a trop, bien trop, pour espérer grimper par-dessus. Et puis il y a les gardes armés qui patrouillent. Ce serait du suicide d'essayer.

À Potsdamer Platz, nous sommes plus près du fil qu'à la Brandenburger Tor. Nous tentons d'ignorer les soldats qui montent la garde. Soudain, une voix appelle nos noms :

— Sabine ! Brigitta !

Nous nous retournons, saisies et émues. Cette voix, nous la reconnaîtrions entre mille. C'est Dieter. Il est de l'autre côté, nous faisant de grands signes.

Avant que je puisse l'arrêter, la main de Brigitta échappe à la mienne. Elle court vers lui, vers le fil barbelé.

— Halte ! hurle une voix.

Un garde bondit et se place devant elle, son fusil pointé sur sa poitrine. Je crie et cours à mon tour.

— Ne tirez pas ! Pour l'amour de Dieu, s'il vous plaît, ne tirez pas !

Brigitta s'immobilise, cherchant mes yeux, terrifiée comme jamais je ne l'ai vue.

— Pas plus près du fil ! crie le garde.

Son fort accent berlinois rend ses mots encore plus durs. Elle est encore à une dizaine de mètres des barbelés. Je la rattrape et la serre dans mes bras.

— Elle n'essaie pas de s'évader ! je crie, la voix brisée. Elle a juste vu un... un ami là-bas.

Je n'ose pas dire que nous avons un frère de l'autre côté. Le garde hausse les épaules, indifférent.

— Vous ne devez pas approcher de la barrière de protection antifasciste.

Sa phrase sonne comme une récitation. *Barrière de protection antifasciste.* C'est ainsi qu'ils appellent les barbelés ? J'aurais envie de rire si la situation n'était pas aussi grave.

Mais ce n'est pas drôle. Le fusil est toujours pointé sur Brigitta. Derrière le garde, je distingue le visage de Dieter, déformé par la peur.

Je prends la main de Brigitta.

— Viens, je dis en l'éloignant.

Le garde marmonne dans sa barbe. Je fixe Dieter avec désespoir. Si je le pouvais, je hisserais Brigitta par-dessus le fil et la confierais à ses bras. Mais le garde nous surveille. Alors je secoue la tête. Dieter comprend et hoche la sienne. Je crois voir des larmes dans ses yeux.

Nous lui faisons signe à travers les barbelés. Que pourrions-nous faire d'autre ? Brigitta éclate en sanglots. Je la serre fort. Je salue Dieter une dernière fois, puis nous tournons les talons. Deux fois encore je me retourne : il est toujours là, nous suivant du regard, l'air désolé.

Cela me brise le cœur de le laisser, mais je dois ramener Brigitta et veiller sur Maman. Elle sera morte d'inquiétude. Nous reprenons le train vers l'Alexanderplatz et remontons rapidement Prenzlauer Allee. Quand nous atteignons la Stargarder Strasse, nous avons chaud et nous sommes essoufflées.

La rue est bien plus animée qu'au matin. Les habitants ont dû entendre la nouvelle et sortir en parler. Ils se tiennent en groupes, bras croisés, hochant la tête. Devant son épicerie, Frau Maier discute avec ses voisins. J'aimerais m'arrêter pour raconter ce qui nous est arrivé, mais je veux rentrer au plus vite.

Dans notre cour, les enfants Mann jouent, mais sans entrain. Ils sentent que quelque chose de grave s'est produit, sans comprendre quoi. Brigitta appuie sur l'interrupteur et file dans l'escalier. Nous montons encore plus vite que ce matin. Des pleurs montent de l'appartement des Mann au premier étage. Nous passons devant la porte de Frau Lange sans y penser. Devant celle de Herr Schiller, j'ai pris du retard ; Brigitta grimpe comme un oiseau vers le haut du bâtiment.

Quand je la rejoins et entre, elle est déjà dans la cuisine, serrant Maman dans ses bras.

Maman est assise à la table, la tête dans les mains, écoutant la radio. Je m'installe en face d'elle. Elle paraît fragile, bien plus âgée que ses quarante et un ans. Ses cheveux striés de gris tombent autour de son visage, ses yeux cernés témoignent de nuits sans sommeil. Elle resserre son vieux cardigan brun sur ses épaules. Je sais qu'elle se reproche de ne pas avoir écouté Dieter, de ne pas avoir quitté l'Est quand il en était temps.

Je prends sa main. Elle me regarde, les yeux rouges et gonflés.

— Qu'est-ce qu'on va faire maintenant ?

La question reste suspendue. Je n'ai pas de réponse. Mais je veux garder espoir, parce que c'est tout ce qu'il nous reste.

— Les Alliés occidentaux ne les laisseront pas faire. Les Britanniques, les Américains, les Français... ils vont réagir. Ils le doivent.

Maman secoue la tête.

— Et où étaient-ils, les Américains, les Britanniques, les Français, quand les Soviétiques ont écrasé le soulèvement de 1953 ? Je ne me rappelle pas les avoir vus accourir à notre secours.

Sa voix est dure, pleine d'amertume. C'est rare de l'entendre parler ainsi de la mort de Papa.

— Mais Berlin est une seule ville, je dis. On ne peut pas construire un mur au milieu d'une ville. C'est absurde.

— J'ai bien peur que ce soit exactement ce qui arrive, répond Maman. Nous avons attendu trop longtemps. Nous sommes prisonnières, désormais.

Une larme glisse sur sa joue et tombe sur la table.

Dieter

J'essuie les larmes de mon visage, fixant l'endroit où se tenaient Sabine et Brigitta. Je ne sais pas combien de temps je reste là. Je voudrais courir après elles, mais je ne peux pas franchir le fil barbelé. Et de toute façon, qui traverserait de l'Ouest vers l'Est ? Seul un idiot. Non, la seule chose à faire, c'est de s'échapper de l'Est. Mais comment ?

Je n'arrive toujours pas à croire que je les ai vues. Sabine et Brigitta, si proches, pas à plus de vingt mètres. Sabine portait sa robe jaune éclatante, comme si elle voulait que ce soit une journée de fête. J'imagine qu'elles ignoraient tout du fil quand elles ont quitté la maison ce matin.

Et Brigitta... Je n'en revenais pas de voir combien elle avait grandi depuis la dernière fois. Elle adore quand je la soulève et la fais tournoyer dans les airs comme si elle volait. Mais aujourd'hui, quand elle a couru vers moi, ce salaud a hurlé et pointé son fusil sur elle. Je n'entendais plus rien d'autre que le sang battant à mes tempes, et je ne voyais que ses yeux à elle, écarquillés de peur. Je n'oublierai jamais cette expression tant que je vivrai.

Le garde est maintenant dos à moi, fusil prêt, surveillant les Berlinois de l'Est qui s'agglutinent derrière les barbelés. Une haine brute m'envahit. Si j'avais une arme, je jure que je lui tirerais dessus sans hésiter.

— Connard ! je lui crie.

Il ne répond pas. Je me détourne, écœuré, incapable de rester une seconde de plus près de lui.

Je prends Stresemannstrasse, longe sans but la ligne de barbelés qui tourne dans Niederkirchnerstrasse, puis Zimmerstrasse. J'arrive à Checkpoint Charlie, le point de passage réservé aux étrangers et aux Allemands de l'Ouest.

Une voiture de patrouille américaine est arrêtée au poste. Les gardes-frontières tentent de la repousser. L'Américain côté passager baisse sa vitre, se penche et lance d'une voix tonitruante :

— Nous avons le droit de franchir cette frontière !

— Personne ne peut la franchir, rétorque un soldat est-allemand.

L'Américain n'a pas l'intention de céder. Une foule s'assemble côté Ouest, suivant la scène avec une inquiétude croissante. Si les Soviétiques et les Allemands de l'Est s'en prennent aux Américains, qui sait où cela mènera ? La Troisième Guerre mondiale ?

Je tourne les talons et regagne lentement les rues de Kreuzberg. J'ai vu assez de barbelés ce matin pour toute une vie. La ville a été déchirée en deux. Et les barbelés ont aussi arraché un trou dans ma famille. Je ne sais pas si, un jour, il pourra être refermé.

Sabine

Un coup frappé à la porte nous fait sursauter, brisant le silence et le découragement dans lesquels nous nous étions enfoncées.

Je me lève de la table de la cuisine et vais ouvrir. C'est notre voisin du troisième, Herr Schiller. Sa silhouette massive emplit l'embrasure ; dans ses bras, posé sur son ventre rond, il tient un grand plat en terre cuite couvert, d'où s'élève une odeur riche et chaude qui me met soudain l'eau à la bouche.

— Bonjour, Fräulein Neumann, dit-il en s'inclinant légèrement. Herr Schiller est toujours d'une politesse impeccable.

— Bonjour, Herr Schiller. Quelle agréable surprise.

— J'ai préparé une grande quantité de pommes de terre et de chou frits, dit-il en baissant les yeux vers le plat entre ses mains énormes, et j'ai pensé que vous, votre mère et votre sœur aimeriez peut-être en partager avec moi.

— Quelle merveilleuse idée, je dis en l'invitant à entrer.

Ce geste est typique de lui : Herr Schiller a toujours été généreux avec nous. À Noël, il nous apporte une oie ou une dinde (nous évitons de lui demander d'où viennent ces mets rares, sachant bien que ses filières ne sont pas toutes officielles). En hiver, il nous aide à monter le charbon de la cave et, quand il neige, il sort pelleter le trottoir devant l'immeuble. En 1942, il était au front quand une bombe a tué sa femme dans l'immeuble où elle se trouvait. Ils n'avaient pas d'enfants.

Il me suit dans la cuisine et, aussitôt, son arrivée allège notre atmosphère sombre. Brigitta bondit de sa chaise et se jette à son cou. Pour elle, il est comme un père de substitution.

— Doucement, rit-il, le plat est brûlant !

Il le pose au centre de la table.

— Herr Schiller nous a apporté à manger, je dis.

Maman reprend contenance et le remercie. Elle s'empresse de sortir des assiettes tandis que j'ouvre une boîte de viande que je coupe en tranches. Les préparatifs du déjeuner nous détournent un instant des événements du matin. Herr Schiller sert de généreuses portions de son plat et nous nous asseyons ensemble.

Nous mangeons d'abord en silence. Le chou et les pommes de terre frits, nourriture simple et réconfortante, n'ont jamais eu si bon goût. Puis Herr Schiller demande :

— Vous avez entendu les nouvelles ?

— Plus que les entendues, je dis. Ce matin, Brigitta et moi les avons vécues de près.

Tout en mangeant, nous racontons : la confusion à Friedrichstrasse, l'employé du S-Bahn qui disait à tous d'aller acheter un journal, les gardes devant la Brandenburger Tor, les barbelés à Potsdamer Platz, et Dieter de l'autre côté.

— Il était juste là, ajoute Brigitta, la bouche pleine, et j'ai couru vers lui et...

Je lui donne un coup de pied discret sous la table et secoue imperceptiblement la tête. Inutile d'inquiéter Maman avec l'histoire du fusil pointé sur elle. Ce serait trop, surtout après Papa.

— ...et nous lui avons fait signe, termine-t-elle.

Maman, occupée à resservir du plat, n'a rien remarqué. Mais Herr Schiller nous observe attentivement, comme s'il savait qu'il manque un morceau à notre récit. Il a entendu les nouvelles à la radio et partage notre consternation.

— Quand j'étais jeune, dit-il en brandissant sa fourchette, je croyais aux idéaux du communisme — l'égalité, le partage. Mais ce que nous avons aujourd'hui, c'est l'oppression et la dictature. Ils veulent garder les gens ici par la force. C'est impardonnable.

Quand nous avons fini de manger, Maman débarrasse et lui propose du thé. Il n'y a plus de café à Berlin-Est. Herr Schiller s'essuie la bouche du revers de la main et se lève lourdement.

— Merci, mais non. J'ai... des choses à faire.

Nous attendons une explication, mais il garde le silence. Puis il dit simplement :

— Je repasserai vous voir dans quelques jours.

Il incline la tête vers chacune de nous, refuse poliment qu'on l'accompagne, reprend son plat vide et s'en va.

Son départ ramène aussitôt une pesanteur dans notre foyer. Maman dit qu'elle a mal à la tête et se couche. Brigitta prend son livre de contes de fées et se réfugie dans la chambre, s'évadant dans les histoires de princesses et de sorcières. Personne ne remarquera mon absence, alors je préfère sortir plutôt que de rester là à ruminer.

Je ne peux éviter Frau Lange : elle monte l'escalier juste au moment où je descends. Je distingue sa silhouette anguleuse et ses cheveux gris avant qu'elle ne m'aperçoive. Comme toujours, je me force à la politesse.

— Bonjour, Frau Lange.

Je ne sais pas si elle a jamais été mariée, mais, comme toutes les femmes de son âge, on l'appelle *Frau*. Parfois, j'ai l'impression que je serai une *Fräulein* toute ma vie. Elle doit avoir la cinquantaine. Son visage est maigre et pincé. Je me demande si Herr Schiller lui apporte jamais son plat de pommes de terre et chou ; elle a l'air de quelqu'un qui aurait bien besoin d'être nourri.

À ma voix, elle lève les yeux et, d'un seul regard, détaille ma robe jaune. Sans doute y voit-elle un signe de frivolité occidentale. Elle n'a jamais approuvé que Dieter parte à l'Ouest et me l'a répété plus d'une fois. Elle n'est jamais aimable, contrairement à Herr Schiller. Je suis donc prise au dépourvu quand son expression sévère se transforme presque en sourire.

— Vous avez entendu les nouvelles ? demande-t-elle.

— Bien sûr, je dis, pressée de poursuivre avant que la minuterie de la lumière ne s'éteigne.

Elle soupire avec satisfaction et hoche la tête.

— Enfin ! dit-elle.

Je la fixe, stupéfaite. Qu'elle soit une fidèle du Parti, oui, mais de là à se réjouir de voir la ville coupée en deux ? Ses mots suivants lèvent tout doute :

— Enfin, ils commencent à construire le Mur entre Berlin-Est et Berlin-Ouest. Nous pourrons désormais bâtir notre société socialiste sans interférence de là-bas.

Là-bas, c'est-à-dire Berlin-Ouest, avec son économie capitaliste et ses précieux Deutschmarks — alors que nos Ostmarks ne valent même pas le papier.

Normalement, je ne discuterais pas avec Frau Lange, mais ses paroles m'irritent.

— Mais on ne peut pas couper une ville en deux ! Et tous ceux qui ont de la famille de l'autre côté ?

Frau Lange hausse les épaules.

— Il faut savoir faire des sacrifices pour ses convictions.

Je voudrais lui dire que je ne crois pas en ce pays communiste, mais je ravale mes mots. Elle sort sa clé et ouvre sa porte.

— Moi aussi, j'ai fait des sacrifices, dit-elle avant de disparaître chez elle.

Je ne sais pas ce qu'elle entend par là et je ne suis pas sûre de vouloir le découvrir. La lumière s'éteint et je me retrouve dans le noir. Je tâtonne pour retrouver l'interrupteur, puis me hâte de descendre.

Dehors, la chaleur est accablante. Le soleil est haut, et je pense avec amertume que Brigitta et moi aurions dû être au Wannsee à nous baigner. J'ai envie d'aller voir mon amie Astrid, qui sait toujours me réconforter, mais elle est partie camper. Alors je remonte la Stargarder Strasse sur quelques pas, jusqu'à un immeuble semblable au nôtre. Sur le panneau de sonnettes, j'appuie sur celle où est inscrit « Fischer ». Un grésillement, puis une voix.

— Oui ?

— Hans, c'est moi.

La porte s'ouvre dans un déclic. J'entre dans le hall sombre et monte jusqu'au troisième étage. Mon plus vieil ami m'attend.

Dieter

Je passe devant un restaurant animé à l'angle de la rue ; l'odeur de Bratwurst grillée me creuse soudain l'estomac. Je regarde ma montre : cela fait des heures que j'erre comme un zombie. Presque deux heures.

Je rentre à l'appartement. Tout est exactement comme je l'ai laissé ce matin, et pourtant le monde a basculé. Le panier de pique-nique est toujours sur la table de la cuisine. Je suppose que je le partagerai plus tard avec Bernd, mais ce ne sera plus jamais le même goût. Je n'ai même pas envie de le voir : il me rappelle trop ce que cette journée aurait dû être. Je le pose par terre et allume la radio. Apparemment, les Américains ont fini par franchir Checkpoint Charlie.

La porte s'ouvre. Bernd entre, traînant les pieds dans la cuisine en pyjama, les cheveux en bataille, se frottant les yeux et bâillant. Typique.

— Qu'est-ce qui se passe ? demande-t-il en se servant un verre d'eau à l'évier.

Il pose cette question chaque matin. Ce n'est pas qu'il s'intéresse au monde ; c'est juste sa manière de dire : *Salut, ça va ?*

Je ne lui réponds pas. Je monte simplement le volume de la radio. Le présentateur explique que les Allemands de l'Est ont commencé à dérouler le fil barbelé à une heure et demie du matin. Une heure et demie ! Il faut leur reconnaître ça : ils savent s'organiser. Et c'est justement ce qui fait peur. S'ils sont capables de ça, de quoi ne sont-ils pas capables ?

À mesure que Bernd émerge du sommeil et comprend ce qu'il entend, la couleur quitte son visage. Pour une fois, à sa question *Qu'est-ce qui se passe ?*, la réponse n'est pas *Rien*.

Sabine

Je connais Hans depuis la maternelle, à six ans. Il est comme un autre frère pour moi. Mon premier jour, je me cramponnais aux jambes de Maman, refusant de la laisser partir. Hans est venu m'inviter à jouer ; je l'ai suivi et je n'ai même pas vu Maman s'éclipser. Quand elle est revenue me chercher, j'ai pleuré parce que je ne voulais plus rentrer.

Depuis la mort de Papa, Dieter et moi avons dû être les forts à la maison. Et depuis que Dieter vit à Berlin-Ouest, ce rôle retombe surtout sur moi. Mais avec Hans, je n'ai pas besoin de faire semblant : je peux être moi-même. Il se tient dans l'embrasure, ses yeux bleus brillants posés sur moi.

— Viens, dit-il en me prenant la main pour m'attirer à l'intérieur.

Ses cheveux sont encore mouillés, il sent le savon frais. Les larmes me montent aux yeux tandis que je lui raconte ce matin à la gare de Friedrichstrasse.

— On devait retrouver Dieter à la Hauptbahnhof, je sanglote, puis aller au Wannsee.

Hans me conduit au salon, où sa mère, Frau Fischer, lit l'édition du jour de *Neues Deutschland*. Un peu plus âgée que Maman, c'est une belle femme aux cheveux auburn impeccablement coupés, qui porte ses peines avec patience et courage. L'appartement est toujours net et sent la cire d'abeille. En me voyant, elle pose le journal, enlève ses lunettes et les dépose sur la petite table où trônent deux cadres : Hans pour ses dix-sept ans, et son mari, tué en Russie pendant la guerre. Hans n'a jamais connu son père.

— Assieds-toi, ma chère, dit-elle en me désignant une chaise. Inutile de demander ce qui ne va pas. Tu veux du thé ?

J'essuie mes yeux.

— Non, merci.

— En fait, tu as de la chance de me trouver, dit Hans. J'étais sur le point de sortir.Frau Fischer se mord la lèvre, fronce les sourcils.

— Où ça ? je dis.

Hans écarte les mains, impatient.

— On ne peut pas rester là pendant que le gouvernement déroule des barbelés. Il faut faire quelque chose. Agir. Les gens de l'Ouest protestent. Si on se tait, ils croiront qu'on veut un mur au milieu de Berlin. Si on les laisse faire, la ville sera coupée pour toujours.

C'est bien Hans : toujours prêt à riposter. Je souris à sa ferveur.Frau Fischer s'inquiète.

— Fais attention, Hans. Certains veulent ce mur. Ne te mets pas le Parti à dos.

Son regard glisse vers moi. Elle sait ce qui est arrivé à Papa en 1953. Avec son mari mort, Hans est tout ce qui lui reste.

— Mais tu ne vois pas ? insiste Hans. Les communistes ont dépassé les bornes. Les Américains et les Britanniques seront avec nous. Ils ne laisseront pas l'Est s'en tirer en construisant un mur. Mais pourquoi se battraient-ils pour nous si nous ne sommes pas capables de nous défendre nous-mêmes ?

Ce n'est pas l'avis de Maman, mais je veux tellement que Hans ait raison que je me tais.

— Je viens avec toi, je dis en levant les yeux vers lui.

Je me tourne vers Frau Fischer :

— Ne vous inquiétez pas, je veillerai à ce qu'il ne fasse rien de stupide.

Son visage se détend un peu.

— D'accord.

Dehors, Hans file vers l'Alexanderplatz. Je presse le pas pour suivre. En descendant Prenzlauer Allee, je lui demande comment il a appris la fermeture de la frontière.

— À la radio, évidemment. Tu ne l'as pas allumée, ce matin ?

Je secoue la tête.

— Maman dormait, je ne voulais pas la réveiller.

Il hoche la tête, il comprend.

À l'Alexanderplatz, je ne reconnais plus l'endroit. Ce matin — il y a une éternité — l'immense esplanade de béton était presque vide. À présent, la nouvelle a couru : la place grouille. Les gens se rassemblent comme ils le font quand la guerre éclate, quand la paix est annoncée... et quand on leur enlève leurs libertés. Voir tant de monde ici me met mal à l'aise : je pense à 1953. Je m'agrippe à son bras, chose que je n'ai jamais faite.Il pose sa main sur la mienne et la serre.

— Reste près, murmure-t-il à mon oreille.

J'en ai bien l'intention.

Nous gagnons le centre de la place. Il y a de tout : hommes, femmes, enfants. Comme à Friedrichstrasse, les visages sont incrédules, en colère, perdus. Des femmes d'âge mûr, sans doute des veuves de guerre, se regroupent, serrent des mouchoirs, tordent leurs mains, montrent l'Ouest du doigt — des enfants, des parents là-bas, peut-être. Plus loin, des jeunes scandent *Freiheit ! Liberté !* Hans les observe ; je vois une étincelle dans ses yeux. Ce sont ceux-là qu'on arrêtera les premiers si ça dégénère. Je tente de le tirer à l'écart : j'ai promis à Frau Fischer de le garder en sécurité.

La foule enfle et je me sens mal. Une masse, ça peut s'embraser d'un mot. Les cris fusent contre les barbelés, puis, peu à peu, d'autres slogans montent : tout le monde n'est pas contre la fermeture. *L'impérialisme, c'est le mal ! Mort aux cochons fascistes !*

Hans a repéré les fauteurs :

— Stasi, dit-il en hochant la tête vers un homme qui prêche la gloire de l'État socialiste. Je parie que le Parti les a placés là.

Au mot *Stasi*, un frisson me traverse. *Ministerium für Staatssicherheit*. Pas d'uniforme : ils ressemblent à tout le monde, épient tout le monde. Ils recrutent des *Inoffizielle Mitarbeiter — IM —* des informateurs ordinaires : amis, voisins, collègues... même la famille. Personne n'avoue en être, sinon plus rien à rapporter. Tout repose sur le secret, et sur la volonté de trahir pour... quoi ? L'État ? Un avantage personnel ? Je n'ai jamais su.

Peut-être que je paranoïe, mais j'ai l'impression qu'on nous observe. Dans ma robe jaune, je me sens trop voyante au milieu des gris et des bruns, les couleurs de la vie ordinaire. Je m'imagine déjà notée dans un rapport : *la fille en robe jaune*. J'aimerais qu'on parte, mais on bouge à peine tant la foule se densifie. Je regarde vers le *Rotes Rathaus* : mon cœur rate un battement. Devant, des *combattants d'usine* forment une ligne, pied ferme, fusils et mitraillettes prêts.

— Regarde, je dis en pointant le Rathaus. On devrait partir.

Trop tard : la foule pousse vers eux et nous emporte. Quelqu'un a dû donner un signal : les *combattants* avancent en formation. *S'il vous plaît, ne tirez pas.* S'ils tirent, ce sera un massacre.

Nous nous retrouvons près de l'avant. Un jeune homme crie que les barbelés « sont illégaux » et « violent ses libertés ». Il reste calme, parle clairement. Trois *combattants* fondent sur lui. Deux le saisissent, le troisième lui enfonce le fusil dans le dos. Il se débat en vain. Ils le traînent et le poussent à l'arrière d'un fourgon sans fenêtres. D'autres fourgons cerclent la place. J'en vois plusieurs se remplir — surtout de jeunes hommes. *Ils seront enfermés, interrogés. La Stasi les fichera. Leurs familles n'auront peut-être plus de nouvelles.* On raconte tant d'histoires.

— On s'en va, dit Hans.

Je n'ai jamais été plus d'accord.

Mais un nouveau groupe déboule. Ignorants de ce qui se passe — ou s'en moquant — ils hurlent, menés par un grand gars aux cheveux longs :

— Vous n'êtes que les laquais du Parti ! Des lâches ! Pas mieux que des gardiens de camp de concentration !

Il frappe l'air du poing ; ses amis reprennent en chœur. Nous sommes trop près. Je partage leur colère, pas leur imprudence. Six *combattants* se mettent à courir vers nous. Si on ne bouge pas, on part avec eux. J'aperçois une trouée ; j'attrape Hans et nous nous y glissons, bousculant des dizaines de personnes. Soudain, nous sommes sur le bord, à l'air libre.

Je me plie en deux, mains sur les genoux, haletante. Mon cœur tambourine. Hans pose la main dans mon dos.

— Ça va ?

Je me redresse, hoche la tête.

— Oui.

Mais il ne me regarde pas ; ses yeux suivent les *combattants* qui embarquent l'homme aux cheveux longs et ses amis. Son regard se durcit.

— Il faut que je me tire d'ici, souffle-t-il. Je ne peux pas rester. Pas maintenant.

Je comprends. Mais comment partir, avec les barbelés et toute cette sécurité ?

Nous revenons vers la Stargarder Strasse en silence, sans plus nous tenir. Ce matin et ce que je viens de voir m'ont laissée sonnée. En marchant, je repense aux fois où Dieter a tenté de nous convaincre de le suivre à l'Ouest et à nos excuses : il ne me reste que quelques années d'école, Brigitta regrettera ses amis, Maman veut rester près des tombes de Papa et d'Oma Klara, nous avons un appartement, un bon voisin... Je réalise notre manque de clairvoyance. Comment savoir ? Walter Ulbricht, notre dirigeant, a dit que personne n'avait l'intention de construire un mur. Nous avons eu tort de le croire. Je prends une décision, là, maintenant : ne plus me fier aux paroles des officiels du Parti, seulement à ce que je vois de mes propres yeux et ressens dans mon propre cœur.

Devant l'immeuble de Hans, nous nous arrêtons. Il me regarde, sur le point de dire quelque chose. Sa main se lève, retombe dans sa poche. Il s'éclaircit la gorge.

— Bon... je ferais mieux d'aller dire à Maman que je suis encore vivant, lâche-t-il avec un demi-sourire.

— Bien sûr.

Il ne bouge pas.

— Tu vas lui raconter ? Les arrestations ?

— Bien sûr, dit-il en hochant la tête. Son sérieux tombe comme un couperet. Tout le monde doit comprendre ce qui arrive à ce pays.

— Oui.

Je me détourne. Je ne pourrai pas tout dire à Maman : ça l'angoisserait trop.

— À bientôt.

Je rentre, monte l'escalier. Pas de trace de Frau Lange. Devant chez Herr Schiller, silence.

Nous passons la soirée sans parler de la journée. Au moment de me coucher, je dézippe la robe jaune, la laisse glisser, la remets sur son cintre et me glisse dans le lit. Brigitta est déjà dans la couchette du haut. Je m'allonge en bas ; je l'entends se tourner. Elle cogite, je le sens.

— Sabine ?

— Oui ?

— Je crois que Herr Schiller va nous aider à quitter l'Est.

Je ne m'attendais pas à ça.

— Pourquoi tu dis ça ?

— Je sais pas... sa façon de nous regarder en partant. Je suis sûre qu'il a un plan.

Elle lit trop de contes où un prince délivre la princesse. Je me contente de dire :

— Bonne nuit, Brigitta. Essaie de dormir.

Je passe la plupart de la nuit éveillée, à penser à Dieter, de l'autre côté des barbelés, en me demandant s'il pense à nous.

Chapitre 2

Le territoire interdit

Sabine

Le lendemain, Maman est déjà partie quand Brigitta et moi nous levons. Nous allons à la cuisine pour le petit-déjeuner. En grignotant le reste de *Schwarzbrot*, j'allume la radio, espérant entendre que les barbelés ont miraculeusement disparu, que les Alliés occidentaux en ont ordonné le retrait, que tout cela n'était qu'un mauvais rêve. Déception : les restrictions sont plus strictes que jamais. Des milliers de Berlinois de l'Est qui travaillent à l'Ouest ne sont pas autorisés à passer. On leur dit de se trouver un emploi à Berlin-Est.

J'éteins la radio. Je ne veux plus rien entendre pour l'instant. Il n'y a rien d'autre à faire que d'essayer de continuer.

Nous n'avons presque plus de vivres ; après le petit-déjeuner, je dis à Brigitta qu'on va faire les courses. Je décroche le sac à provisions derrière la porte et soulève le couvercle de la boîte à biscuits où nous gardons nos Ostmarks. Il nous reste vingt marks jusqu'à la paye de

Maman, à la fin du mois. Au moins, la nourriture est bon marché à l'Est... quand on en trouve.

Nous filons à l'épicerie du coin, avec son enseigne en bois usée : *Lebensmittel* — Nourriture. Autrefois, on disait « chez les Maier » : Herr et Frau Maier, vieux Berlinois, piliers du quartier, au courant de tout. On y « descendait » autant pour les commérages que pour les courses. Mais les communistes ont effacé les noms traditionnels au profit de pancartes fonctionnelles. Désormais, la boutique s'appelle optimistement *Lebensmittel*, comme si elle pouvait vraiment vendre quelque chose de comestible.

Brigitta prend un panier à l'entrée et nous déambulons entre les rayons. Au minuscule coin fruits et légumes, elle attrape des pommes de terre... qu'elle repose aussitôt : tachetées de noir, déjà germées.

— Celles du fond ne sont pas si mal, je dis.

Elle choisit quatre tubercules « moins pires » et les met dans le panier.

Les carottes portent un voile blanchâtre : je les laisse.

— Et un oignon ? propose Brigitta.

Elle en prend un ; il s'écrase dans sa main, laissant une traînée blanchâtre sur ses doigts. Je me demande où Herr Schiller déniche des légumes potables pour ses fricassées. Je prends le chou blanc le moins miteux et le glisse dans le panier. Aucun fruit. Je ne me souviens même plus de la dernière fois que j'ai goûté une orange.

On passe aux conserves : on fait le plein de viande polonaise importée. Puis, devant des rayons de bouteilles vertes et brunes toutes identiques — certaines contiennent de la bière, d'autres du jus de tomate — il faut lire les étiquettes délavées pour s'y retrouver. J'en choisis une qui prétend être du jus de tomate et nous allons vers la caisse. Là, j'ai une idée.

Les Maier sont les seuls que je connaisse à avoir un téléphone. Il est dans le bureau à l'arrière, et ils le prêtent pour quelques pfennigs. Je pourrais tenter d'appeler Dieter à l'hôtel : il n'a pas de téléphone chez lui, mais l'hôtel, oui. Il m'a donné le numéro « pour les urgences ». Je l'ai noté dans mon carnet relié cuir — un cadeau d'Oma pour mes seize ans — que je garde dans la commode. J'aurais dû y penser et l'emporter, mais je peux courir le chercher. L'idée de parler à Dieter me remonte le moral.

Je reconnais la cliente devant nous dans la file. Elle travaille au salon de Pappelallee. Elle ne me connaît pas, mais je crois qu'elle s'appelle Frau Klein. Elle soulève son panier à deux mains et le pose près de la caisse : boîtes de viande et pommes de terre tachetées.

— Bonjour, Frau Klein, dit Frau Maier en pianotant sur la caisse. Comment allez-vous aujourd'hui ?

Frau Klein passe la main sur sa permanente, soupire, se penche et baisse la voix :

— À vrai dire, je m'inquiète pour le commerce. On a beaucoup de clients de l'Ouest... Ils ne pourront plus venir.

Regard appuyé. Frau Maier comprend, hoche la tête, claque la langue.

— J'ai essayé d'appeler ma sœur ce matin, poursuit Frau Klein en chargeant les pommes de terre. Vous savez, celle de Spandau ?

Je n'ai pas l'intention d'écouter, mais on est juste derrière. *Spandau* — un quartier de l'Ouest. Mes oreilles se tendent.

— Je n'ai pas pu avoir la communication, dit-elle.

Elle jette un œil autour d'elle, comme si la Stasi avait truffé les choux de micros, puis chuchote encore plus bas :

— Les lignes vers Berlin-Ouest ont été coupées.

Je sens le sang quitter mon visage. Coupées ? Si c'est vrai, je ne pourrai pas joindre Dieter. Je cherche un démenti dans les yeux de Frau Maier ; elle hoche la tête :

— Je sais. J'ai essayé, moi aussi, ce matin. Rien.

Alors c'est mort. Inutile de demander le téléphone.

Frau Klein finit de charger ses achats et sort sa bourse.

— Il faudra que je lui écrive, suppose-t-elle en tendant quelques Ostmarks froissés.

Frau Maier encaisse, rend la monnaie :

— Faites attention à ce que vous écrivez. La Stasi ouvre tout le courrier entre l'Est et l'Ouest. Ils lisent tout.

— Ne vous en faites pas, je ferai attention, répond Frau Klein.

Elle emporte son sac et, avec lui, l'espoir que j'avais de parler à Dieter.

Dieter

J'entre dans la cuisine de l'hôtel tôt lundi matin, en plein milieu d'une dispute enflammée entre le directeur, Herr Pohl — un petit homme trapu sujet aux colères — et le chef, un Italien fougueux appelé Signor Settino.

— Il y a des clients qui attendent leur café depuis plus d'une demi-heure ! crie Herr Pohl, rouge comme une betterave.

— Ce n'est pas mon problème ! s'exclame Signor Settino en jetant les mains en l'air. Eh, je n'ai pas de personnel. Les serveurs ne peuvent pas venir : ils vivent à Berlin-Est. Ils ne peuvent pas traverser la frontière.

En m'apercevant, Settino s'exclame :

— Ah, Dieter, s'il vous plaît, montez ce café à l'étage.

Il désigne un plateau de cafetières en argent d'un geste vif.

— Maintenant, scusi, Herr Pohl, j'ai du travail.

Et il tourne le dos au directeur, qui reste interdit et perplexe.

Je fais ce qu'on me demande. Et ce ne sont pas seulement les serveurs qui manquent aujourd'hui : les femmes de chambre, les réceptionnistes, les portiers... tous ceux qui vivent à l'Est ne viendront pas. Partout dans Berlin-Ouest, des magasins, des bureaux, des hôtels doivent se retrouver privés de la moitié de leur personnel. Les *Grenzgänger*, ceux qui vivaient à l'Est et travaillaient à l'Ouest, vont devoir chercher un emploi du côté est. Au lieu d'un hôtel ou d'une boutique élégante, ce sera sans doute une usine de Trabant délabrée.

Je suis occupé toute la matinée : à servir en salle, à porter les bagages des clients, à réceptionner les livraisons pour la cuisine. Herr Pohl s'est enfermé dans son bureau, en train d'élaborer des plans pour recruter du nouveau personnel à la place de ceux qu'il a perdus.

À une heure, je m'échappe enfin de la cuisine où j'épluchais des pommes de terre depuis une heure, et je vais dans le hall. La réceptionniste, Kerstin, vérifie le registre des réservations.

— Bonjour, Kerstin.

Elle lève les yeux et m'adresse un sourire timide.

— Dieter, comment ça va ?

— Bien. Je me demandais juste... ma sœur Sabine n'a pas téléphoné, si ? Je pensais qu'elle essaierait peut-être de me joindre, parce que...

Ma voix s'éteint.

Kerstin incline la tête de côté et me regarde avec douceur.

— Je suis désolée. Tu n'as pas entendu ?

— Entendu quoi ?

— Les lignes vers Berlin-Est sont coupées. On ne peut pas les appeler, et eux non plus.

Merde !

Je serre les poings. La colère monte en moi. Non seulement les communistes ont emprisonné leur peuple, mais en plus ils ont coupé toute communication. Je pourrais écrire à Sabine, mais la Stasi ouvrirait sûrement la lettre. Il faut que je trouve un autre moyen de la contacter. Pour l'instant, je n'ai aucune idée de comment faire.

Sabine

Au cours des jours suivants, nous suivons la situation à la radio. Comme Maman l'avait prédit, l'Amérique, la Grande-Bretagne et la France n'ont rien fait pour forcer le retrait du fil barbelé. À certains endroits, des équipes de Combattants d'Usine ont déjà commencé à bâtir un mur de béton, utilisant aussi les gravats des bâtiments bombardés.

Et nous n'avons toujours aucune nouvelle de Herr Schiller. Depuis qu'il nous a apporté son plat de pommes de terre et de chou, il n'a pas reparu. Chaque fois que je passe devant sa porte, je tends l'oreille, et j'ai frappé deux ou trois fois — sans réponse. Brigitta est persuadée qu'il prépare un plan d'évasion pour nous toutes. J'aimerais partager son optimisme, mais ce n'est pas le cas.

Je me promène beaucoup, attirée vers la frontière comme un papillon vers la flamme. Je vois de mes propres yeux ce que ce mur fait aux gens ordinaires. Une mère à Berlin-Ouest tient son nouveau-né tout contre le fil pour qu'une femme plus âgée, sans doute la grand-mère, puisse embrasser son petit front ridé. Une jeune mariée, robe de satin aux genoux et bouquet à la main, se tient à l'Ouest avec son mari et fait signe à un couple d'âge moyen, ses parents peut-être, penchés à une fenêtre du côté Est.

Un jour, je vais à Bernauer Strasse. J'en ai entendu parler dans des conversations à la boutique. Ici, d'un côté de la rue les immeubles sont à l'Est, de l'autre ils sont à l'Ouest. Mais la chaussée et les trottoirs, des deux côtés, appartiennent à l'Ouest. Avant la fermeture de la frontière, les habitants du côté Est n'avaient qu'à franchir leur porte pour se retrouver à l'Ouest. Maintenant, ces portes sont verrouillées et gardées, les fenêtres du rez-de-chaussée murées.

J'approche par une rue latérale. Un petit groupe d'hommes et de femmes discute non loin, mais je reste en retrait et regarde. La rue elle-même est barrée de fil barbelé ; je ne peux pas y entrer. Trois gardes-frontières patrouillent, fusils en bandoulière. De l'autre côté, des manifestants les invectivent, les traitant de gardiens de camp de concentration.

Rien d'inhabituel jusque-là. Je suis sur le point de repartir quand un bruit attire l'attention des gardes. Deux d'entre eux s'éloignent pour vérifier. Le troisième reste seul près du fil. Il est différent des autres.

Grand, mince, en uniforme complet, bottes montantes et casque, il n'a pas la raideur habituelle des soldats. Il paraît nerveux. Il s'approche du fil, le touche à mains nues, recule, revient… Il répète ce manège plusieurs fois.

Un des gardes restés en arrière lui crie :

— Qu'est-ce que tu fais ?

— J'inspecte le fil, répond le jeune soldat. Il commence déjà à rouiller.

— Laisse tomber, il sera remplacé par du béton demain.

Le jeune garde s'éloigne, puis revient. Cette fois, je vois très bien ce qu'il fait : il appuie le fil vers le bas, l'abaissant de quelques centimètres. Les autres ne remarquent rien.

Puis, soudain, il prend son élan et se met à courir. En un bond, il saute par-dessus le fil, les bras écartés pour garder l'équilibre. Son fusil pend à son épaule. Pendant un instant, il semble suspendu dans l'air. Un flash d'appareil photo crépite côté Ouest. Il atterrit sur ses pieds. Cris de joie des manifestants. Des policiers l'escortent aussitôt vers un fourgon. En sécurité.

Trop tard, les autres gardes reviennent en courant, fusils prêts. Mais l'homme est parti. En un seul saut, il a risqué sa vie pour la liberté — et il a gagné.

Mon cœur bat la chamade. J'ai la preuve qu'il est possible de s'échapper, si l'on a le courage et la chance de saisir le moment.

Je rentre à la maison, impatiente de raconter à Maman et Brigitta ce que j'ai vu. Dès l'entrée, une odeur familière de tabac et de chou frit me frappe. Je cours dans la cuisine. Herr Schiller est là.

Il vient d'arriver : Maman prépare une tasse de thé qu'elle pose devant lui. Elle a le front plissé, les lèvres serrées. Brigitta, au contraire, me sourit et me lance un clin d'œil, comme si elle savait un secret.

— Assieds-toi, dit-elle. Herr Schiller a des nouvelles excitantes pour nous.

Je m'installe. Maman prend place à son tour, ses mains jointes si fort que ses phalanges blanchissent.

Herr Schiller avale son thé par grandes gorgées bruyantes. Sa vieille chemise à carreaux est tachée d'huile, ses cheveux ébouriffés, ses mains couvertes d'égratignures, un bandage au pouce. Que lui est-il arrivé ?

Quand il a fini, il repose sa tasse, s'essuie la bouche du revers de la main et nous regarde tour à tour.

— Je crois que je peux nous faire passer à Berlin-Ouest, dit-il d'une voix basse. Si vous voulez venir avec moi.

Brigitta bondit sur sa chaise.

— Oui, bien sûr ! N'est-ce pas, Maman ? Sabine ? On veut rejoindre Dieter !

Ses joues sont rouges d'excitation. Je reste muette de surprise. Maman, pâle, demande :

— Est-ce que ce sera sans danger ?

Je pense au garde que j'ai vu sauter ce matin. Il a eu de la chance. Partout ailleurs, les soldats tirent.

— Par les égouts ? demande Brigitta, les yeux brillants. Michaela Mann dit que ses parents ont entendu parler de gens qui s'étaient enfuis comme ça.

Maman pousse un hoquet d'horreur, sa main à la bouche.

Herr Schiller secoue la tête.

— Non, non, ma chérie, répond-il en tapotant la main de Brigitta. Pas besoin de passer sous terre.

Maman soupire, soulagée.

— Alors comment ? je demande.

Il se touche le nez avec son doigt.

— Il me reste encore une ou deux choses à régler. Je préfère ne pas entrer dans les détails maintenant. Mais si tout se passe bien, je viendrai vous chercher demain soir à vingt-et-une heures. Vous serez prêtes ?

Je regarde Maman. Elle hésite. Elle a toujours eu du mal à imaginer quitter son appartement, son travail, ses habitudes. Mais cette fois, c'est différent. Dieter est de l'autre côté du Mur. Il ne peut pas venir, nous ne pouvons pas y aller. Si nous laissons passer cette chance, nous ne le reverrons peut-être jamais.

Elle cherche mon regard, comme pour y trouver du réconfort. Je repense à l'Alexanderplatz, à Hans, à ses paroles. Alors je demande à Herr Schiller :

— Y aurait-il de la place pour deux autres personnes ?

Il secoue la tête.

— Malheureusement non. L'espace sera très limité. Vous ne pourrez emporter qu'un petit sac chacune.

C'est dur à accepter. Savoir qu'on aura peut-être une issue, mais qu'il faudra laisser derrière nous Hans et sa mère. Pourtant je n'ai pas le choix : ma première responsabilité, c'est ma famille.

Je me tourne vers Maman.

— Nous devrions essayer. C'est peut-être notre seule chance.

Elle incline imperceptiblement la tête.

— Très bien, dit Herr Schiller en se levant. Souvenez-vous : demain soir, vingt-et-une heures. Je viendrai vous chercher.

Dieter

— C'est des conneries.

J'entends l'exaspération dans ma voix. Bernd ne comprend toujours pas. Alors j'essaie de lui expliquer encore une fois :

— Écoute, si les Américains avaient dû réagir, ils l'auraient déjà fait. C'est trop tard. Ils ont déroulé le fil barbelé il y a cinq jours, bon sang !

Et maintenant ils le transforment déjà en mur de béton. Les Allemands de l'Est et les Soviétiques disent : « Va te faire voir, Kennedy ! » Et les Américains ne bougeront pas, parce qu'ils ont peur de déclencher la Troisième Guerre mondiale.

Bernd ne répond pas. Il ne connaît personne de l'autre côté du fil. Nous sommes assis dans un bistrot de Kreuzberg, bières devant nous. Un endroit bohème, fréquenté par des artistes, des étudiants et des agitateurs politiques. De vieux journaux traînent sur les tables et les bancs.

— Je peux ? je demande à l'homme assis à la table voisine, en désignant un exemplaire de *Bildzeitung* qu'il ne lit plus.

Il pousse le journal vers moi et avale une gorgée de whisky. C'est l'édition de mercredi.

— Regarde ça, je dis à Bernd en lui mettant l'article sous le nez.

L'Est agit – que fait l'Ouest ? L'Ouest ne fait RIEN !

Pendant que Bernd parcourt l'article, l'homme au whisky me tend aussi un exemplaire de *Die Welt*. La photo en première page est incroyable.

— Eh, Bernd, regarde.

Il repose *Bildzeitung* et se penche sur la photo. Je l'étudie avec lui.

Un cliché granuleux montre un soldat bondissant par-dessus le fil barbelé à Bernauer Strasse. L'appareil photo l'a saisi en plein vol : le pied droit effleure le sommet du fil, le gauche suit derrière. Ses bras sont écartés pour garder l'équilibre, sa main droite retient la sangle du fusil. C'est une vraie photo d'action, de celles qui font le tour du monde. En arrière-plan, des Berlinois de l'Est bavardent, sans se douter qu'ils assistent à une scène historique. J'écarquille les yeux : l'une des silhouettes floues ressemble étrangement à Sabine.

— Qu'est-ce que tu dis de ça ? Même leurs propres gardes s'échappent, quand ils en ont le courage.

— C'est vrai, dit Bernd. La situation est terrible, mais quelqu'un finira bien par agir. Les Britanniques ? Les Français ?

Je renifle.

— Tu plaisantes ? Les Français n'ont ni les moyens ni l'envie de s'embarquer là-dedans, et les Britanniques ne feront rien sans que les Américains leur tiennent la main. Non. Si on veut aider les Berlinois de l'Est, il faudra le faire nous-mêmes.

Bernd s'étrangle presque avec sa bière.

— Qu'est-ce que tu insinues ? bafouille-t-il. Si même les Américains et les Britanniques ne s'impliquent pas, qu'est-ce que des gens ordinaires pourraient faire ?

— Je ne sais pas encore. Mais il doit bien y avoir quelque chose.

La vérité, c'est que je n'ai aucune idée. Mais je sens que je dois agir.

Bernd secoue la tête.

— Si les Allemands de l'Est attrapent quelqu'un en train d'aider des fugitifs, ils l'enferment, c'est sûr.

Je l'ignore. Il a raison, mais c'est ma famille qui est prisonnière derrière ce Mur. Je dois essayer.

Je croise le regard de l'homme à la table voisine. Il m'observe. Mon cœur se serre : et si c'était un espion de la Stasi ? J'ai peut-être parlé trop librement. Mais il n'a pas l'air d'un espion. Trop individualiste, avec ses cheveux blonds tombant sur les yeux, ses vêtements occidentaux branchés et son manteau militaire dépareillé. La Stasi, eux, ce sont des robots.

— Il se fait tard, dit Bernd en consultant sa montre. Il se lève.

— Attends, je dis en attrapant ma bière. J'ai passé tout le temps à argumenter, je n'ai même pas bu.

Je bois d'un trait pendant que Bernd se dirige vers la porte. Je me lève à mon tour. L'homme au whisky se lève aussi.

— *Warten Sie, bitte.* Attendez, s'il vous plaît.

Il parle allemand, mais avec un accent. Hollandais ? Non... Américain. Il tend la main.

— Harry, dit-il.

Je serre sa main, méfiant.

— Dieter.

Il rit, un peu charmeur, et repousse ses cheveux en arrière.

— Désolé, mais je n'ai pas pu m'empêcher d'entendre votre conversation.

Ses yeux bruns ont quelque chose de direct et de rassurant. Je me détends malgré moi.

— Peu importe, je dis en haussant les épaules.

Il sort un morceau de papier de la poche de son manteau et me le tend.

— Écoutez, si vous voulez vraiment aider des gens à sortir de Berlin-Est, venez à une réunion vendredi.

L'adresse et l'heure sont griffonnées : Jakobstrasse 51, vendredi, 20 h.

— On a besoin de gens comme vous, ajoute-t-il.

Puis il se tourne et sort, sans attendre ma réponse.

Je fixe le papier. Puis je le plie et le mets dans ma poche. Quand je rejoins Bernd dehors, l'adresse est déjà gravée dans ma mémoire.

Sabine

Avant de tenter notre évasion, Maman veut visiter les tombes de Papa et d'Oma une dernière fois. Ils reposent tous les deux au cimetière des Invalides, à Berlin-Est. Si nous réussissons à passer à l'Ouest, nous ne pourrons plus jamais leur rendre hommage.

Nous enfilons des vêtements sombres, appropriés à l'occasion : Brigitta dans sa meilleure jupe bleu marine, Maman dans son manteau noir qu'elle a depuis avant la guerre. Moi, je mets une robe bleu foncé que je garde justement pour visiter le cimetière.

Brigitta voulait apporter des fleurs, mais le fleuriste n'en avait plus.

Elle n'a jamais connu Papa : elle est née un mois avant sa mort. Mais je me souviens clairement de lui, un homme de principes qui défendait ses convictions — ce qui explique pourquoi il s'est retrouvé dans les rues ce jour fatidique où les Soviétiques ont envoyé leurs chars pour écraser la révolte des ouvriers.

Le choc de sa mort, si peu de temps après la naissance de Brigitta, a plongé Maman dans une dépression dont elle ne s'est jamais vraiment remise. Alors Oma Klara est venue de la campagne pour nous aider. Elle avait apporté son vieux livre de contes de fées, mais sa propre vie avait plus de drame que n'importe quel récit : son frère tué à la Somme en 1916, des Juifs cachés dans son grenier pendant la Seconde Guerre mondiale, son mari mort dans un camp de travail soviétique, et les années passées comme *Trümmerfrau* à déblayer les ruines de Berlin, pierre par pierre. Mais Oma Klara ne se plaignait jamais. Elle était une survivante. En approchant du cimetière, je me demande ce qu'elle voudrait que nous fassions. Je sais qu'elle voudrait que nous essayions de nous évader.

Oma Klara est morte l'hiver dernier d'une mauvaise grippe. Nous l'avons enterrée à côté de Papa, de l'autre côté du cimetière, près du Schifffahrtskanal, l'un des canaux qui séparent l'Est et l'Ouest.

En traversant le cimetière, je remarque qu'il est vide. Personne pour entretenir une tombe, personne pour se recueillir en silence. Nos pas résonnent étrangement fort.

— Arrêtez !

La voix d'un homme déchire le silence comme un coup de feu.

Je cherche la source du regard. Brigitta gémit, Maman blêmit et se met à trembler. Deux gardes-frontières casqués s'avancent, fusils en bandoulière. L'un, plus âgé, avec un ventre proéminent et une mâchoire molle, se plante devant nous. L'autre, plus jeune, à peine sorti de l'adolescence, se tient en retrait, essayant d'avoir l'air menaçant.

— Où allez-vous ? aboie le plus âgé. Vous ne savez pas que cette partie du cimetière est interdite ?

Maman inspire bruyamment. Brigitta se réfugie à moitié derrière moi, agrippant ma main gauche. Tout cela me rappelle trop Potsdamer Platz. Le garde fixe Maman, mais comme elle ne dit rien, il se tourne vers moi.

— Nous allons visiter les tombes de notre père et de notre grand-mère. Nous venons chaque mois pour leur rendre hommage.

— Ce n'est plus possible, répond-il. Cette zone est trop proche de la frontière, il est interdit d'y entrer. Vous devez rester à au moins cent mètres. Règlement strict.

À ces mots, il se redresse encore plus, poussant son ventre vers l'avant comme si les boutons de sa chemise allaient sauter.

C'est insensé. Ne pas approcher à moins de cent mètres ? Que croit-il, qu'on va traverser le canal à la nage, en habits de deuil ?

Je jette un coup d'œil au plus jeune. Il hoche la tête, lèvres pincées, comme pour nous défier de contester. Hors du champ de vision de son collègue, il nous lance un regard noir et incline son fusil vers nous.

— Mais... commence Maman d'une voix tremblante.

Je pose une main ferme sur son bras.

— Ça ne sert à rien de discuter. Il faut partir.

Le plus âgé hoche la tête, satisfait que nous ayons compris. Le jeune a l'air presque déçu que ça ne dégénère pas.

Je glisse mon bras sous celui de Maman et ramène Maman et Brigitta par le chemin inverse. La tête haute, bien décidée à ne pas montrer à ces hommes à quel point j'ai peur.

Ce n'est qu'une fois revenues devant les grilles du cimetière que je me mets à trembler. Maman et Brigitta sanglotent toutes les deux. Moi, je suis trop choquée pour pleurer. Comment osent-ils ? Empêcher des familles de visiter leurs morts... Ils n'ont pas de cœur.

J'ai l'impression que Papa et Oma sont morts une deuxième fois. Leurs tombes sont devenues terrain interdit. Nous devons rentrer et attendre Herr Schiller. Il a promis de venir ce soir.

Dieter

Herr Pohl a toujours du mal à trouver assez de nouveau personnel pour combler les absences à l'hôtel, alors je suis débordé toute la journée : aller chercher, porter, desservir, éplucher. Mais en même temps, je n'arrête pas de penser à la réunion d'hier soir avec Harry et son idée d'aider des gens à s'échapper de Berlin-Est. Je ferais n'importe quoi pour faire sortir Sabine, Brigitta et Maman de l'Est. Je ne saurai pas avant demain soir ce que Harry a en tête.

À six heures, je viens de finir de nettoyer une chambre quand j'aperçois Herr Pohl au bout du couloir, marchant dans ma direction. Je suis debout depuis dix heures et je ne veux pas en faire davantage. Je fais semblant de ne pas le voir et file en courant dans les escaliers de secours. J'attrape ma veste au vestiaire du personnel et sors.

Je m'achète un sandwich à un kiosque et le mange en flânant dans les rues. Je n'ai pas envie de rentrer chez moi pour écouter encore d'autres rapports déprimants à la radio ; sur un coup de tête, je descends donc sur le quai du S-Bahn à l'Anhalter Bahnhof et j'attends le prochain train vers le nord, direction Oranienburg. Je suis curieux de voir ce qui va se passer. La ligne S-1 commence et finit à Berlin-Ouest, mais une partie de son trajet traverse Berlin-Est. Kerstin, la réceptionniste, m'a dit qu'on pouvait encore emprunter la S-1, seulement on ne peut plus descendre aux stations de l'Est.

Le train pour Oranienburg entre en gare et je monte à bord, m'asseyant sur un siège libre près de la fenêtre. Il n'y a pas beaucoup de monde dans le wagon : juste une vieille femme avec ses sacs de courses et une douzaine d'employés de bureau à l'air las qui rentrent chez eux. Les portes se ferment et le train démarre.

La première station est Potsdamer Platz, qui se trouve à Berlin-Est. En approchant du quai, le train ralentit jusqu'à ramper mais ne s'arrête pas vraiment. Personne d'autre n'a l'air gêné. Sans doute ont-ils fait ce trajet des dizaines de fois et s'y sont habitués. Mais pour moi, c'est la première fois que je prends cette ligne de S-Bahn depuis que le Mur s'est dressé, et je reste assis, le front appuyé contre la vitre, à la fois fasciné et troublé par la vue du quai faiblement éclairé et désert. Privée de passagers, la station ressemble à un lieu mort. Deux gardes-frontières armés patrouillent le long du quai.

Nous quittons la station et le train reprend de la vitesse. Puis il ralentit de nouveau et traverse en rampant Unter den Linden déserte, sans s'arrêter. À Friedrichstrasse, le train marque un vrai arrêt, mais personne ne monte ni ne descend : seuls les Allemands de l'Ouest et les étrangers peuvent aller à Berlin-Est désormais. Une ou deux personnes échangent des regards nerveux, comme si l'arrêt les mettait mal à l'aise. Mais nous repartons bientôt, sans raison de nous attarder à Friedrichstrasse. C'est pareil à Oranienburger Strasse et à Nordbahnhof qu'à Potsdamer Platz et Unter den Linden : des stations fantômes désertes, avec des gardes-frontières armés postés sur le quai. Qui pensent-ils devoir tirer dessus ? Les Berlinois de l'Est ne peuvent pas accéder à ces stations, et les passagers du train ne risquent guère de tenter un saut.

Le train accélère de nouveau et, quelques minutes plus tard, s'arrête à Humboldthain. Nous sommes de retour à Berlin-Ouest et le quai bondé de navetteurs est rassurant. Je sens mes épaules se relâcher. Je bondis de mon siège et descends du train.

Je réalise que je suis assez proche de Bernauer Strasse, là où ce garde est-allemand a sauté par-dessus le fil. Sa photo a paru dans tous les journaux et il est devenu une sorte de héros à Berlin-Ouest. Alors je commence à marcher vers cette rue désormais célèbre, me demandant si je verrai d'autres évasions audacieuses.

Les fenêtres du rez-de-chaussée des immeubles du côté est de Bernauer Strasse ont toutes été murées. La vue de ces grands bâtiments anciens aux fenêtres murées est aussi déprimante que les stations fantômes que je viens de traverser. Cela me semble insensé : je peux marcher librement dans cette rue, tandis qu'à l'intérieur de ces immeubles des gens n'ont même plus accès au trottoir devant leur porte. Puis je comprends que certains essaient de s'évader de leurs appartements — pas par la porte ou les fenêtres du rez-de-chaussée, mais en sautant des étages supérieurs.

Par endroits, des pompiers tiennent des couvertures de sécurité, et les gens se jettent dedans.

Je rejoins un groupe de spectateurs devant l'un de ces immeubles. Nous regardons, rongés d'angoisse, tandis qu'une vieille dame aux cheveux blancs, en robe noire, se pend précocement au rebord d'une fenêtre du premier étage, ses pieds à environ quatre mètres du sol. Un homme à l'intérieur tente de la tirer en arrière, vers Berlin-Est. Mais un homme plus jeune, juché sur le rebord juste en dessous, lui saisit la cheville droite. Un autre bondit sur le rebord voisin et attrape sa cheville gauche. En bas, les pompiers attendent patiemment, la couverture tendue pour l'accueillir.

La foule retient son souffle.

Pendant ce qui paraît une éternité, la vieille femme reste suspendue, tiraillée entre deux systèmes politiques opposés. Mais finalement la gravité vient à son secours : elle échappe à la poigne de l'homme resté à l'intérieur et tombe dans la couverture. La foule expire d'un seul souffle, puis éclate en un rugissement triomphal.

Je reprends ensuite le train vers l'Anhalter Bahnhof, repassant devant les stations fantômes. Cette fois, elles me troublent moins. Je me sens ragaillardi par le courage de cette vieille femme prête à risquer sa vie pour sauter vers la liberté. J'espère que Maman sera aussi courageuse si le moment vient.

Sabine

De retour à la maison, dans la Stargarder Strasse, les minutes s'égrènent. Maman s'est repliée sur elle-même et ne fait aucun effort pour se préparer à l'évasion de ce soir. Les événements au cimetière et l'idée de s'échapper avec Herr Schiller sont clairement plus qu'elle ne peut supporter. Elle est assise à la table de la cuisine, fixant une photo de Papa prise en 1950 lors d'une rare journée à la campagne, au nord de Berlin. Je la laisse là et essaie de me concentrer sur ce que je dois faire avant que Herr Schiller n'arrive. J'aimerais pouvoir aller dire au revoir à Hans, mais je me sens trop coupable de devoir l'abandonner. Si seulement lui et sa mère pouvaient venir avec nous... Mais Herr Schiller a été clair : il n'y aurait pas de place, et ma première priorité est de faire sortir Maman et Brigitta de Berlin-Est et de nous réunir toutes avec Dieter.

Herr Schiller a dit que nous ne pouvions apporter qu'un petit sac. S'échapper vers l'Ouest signifie laisser la plupart de nos affaires derrière nous, même s'il n'y en a pas beaucoup. Je trouve un sac à dos en toile et me demande quoi y mettre. Nous devrions prendre autant de vêtements que possible, mais ils ne rentreront pas tous. Pour économiser de la place, j'ai l'idée que nous devrions toutes porter des sous-vêtements supplémentaires et trois paires de chaussettes ou de collants. Brigitta enfile deux cardigans par-dessus son chemisier. Je tends la main pour toucher ma robe jaune suspendue dans l'armoire, sentant son coton doux entre mon pouce et mon index. J'aimerais pouvoir l'emporter avec moi, mais il n'y a tout simplement pas de place. Je me dis qu'il y aura bien d'autres robes à acheter à Berlin-Ouest et je referme la porte de l'armoire.

Brigitta insiste pour que nous prenions le livre de contes de fées d'Oma. Je vais chercher mon carnet en cuir dans la commode de la chambre et le mets dans le sac à dos. Tout le reste, nous devons le laisser derrière nous.

À dix-neuf heures, je prépare un repas simple : du pain, de la viande froide en conserve et du chou bouilli. J'encourage Brigitta à manger, même si je n'ai pas d'appétit moi-même. Maman pousse sa nourriture sur l'assiette, mangeant à peine quelques bouchées. À la fin, j'abandonne le repas et débarrasse la table, jetant la plupart de la nourriture à la poubelle. Quel gâchis.

Brigitta se pelotonne dans le fauteuil du salon et fait semblant de lire son livre, mais je remarque qu'elle ne tourne pas une page pendant plus d'une demi-heure. Je jette un coup d'œil à Maman, toujours assise immobile à la table de la cuisine, comme hébétée. J'espère que nous n'aurons pas de problème pour la faire sortir de l'appartement le moment venu. Je la laisse et retourne dans le salon. Je ne veux pas m'asseoir. Je suis sur les nerfs, tendant l'oreille au moindre bruit de pas dans l'escalier et sursautant chaque fois qu'une voiture passe dans la rue.

À mesure que vingt et une heures approchent, je commence à me demander si tout cela n'est pas qu'un rêve. Plus rien ne semble réel. Je suis sur le point de quitter pour toujours le seul foyer que j'aie jamais connu, et je n'arrive pas à m'y résoudre. L'horloge du salon fait tic-tac bruyamment. Puis j'entends le pas lourd et reconnaissable de Herr Schiller dans l'escalier. On frappe à la porte.

Brigitta ferme son livre et me regarde avec de grands yeux ronds. C'est parti, je pense – le début d'une aventure inconnue qui, si elle réussit, nous mènera à la liberté à Berlin-Ouest, mais si elle échoue… je ne veux pas y penser maintenant. Je me ressaisis et vais ouvrir.

La silhouette d'ours de Herr Schiller se tient sur le palier. Dans ses mains, il porte une bouteille de Sekt, ce qui me surprend. J'ai l'impression qu'il est un peu prématuré de célébrer.

Il entre dans l'appartement et je ferme la porte derrière lui. Il me surprend à regarder la bouteille et sourit.

— Si quelqu'un demande, dit-il en levant la bouteille, alors nous allons visiter mon frère pour fêter son anniversaire.

— Ah, je vois.

Il me suit dans le salon où Brigitta et Maman nous attendent. Maman porte son meilleur manteau noir, celui qu'elle avait mis au cimetière ce matin. Elle semble trop apprêtée, mais je me mords la langue.

— Toutes prêtes ? demande-t-il.

Je hoche la tête.

— Bien, dit-il.

Je soulève le sac à dos sur mes épaules. Il paraît volumineux et lourd malgré notre emballage économe. Je jette un dernier regard au foyer dans lequel j'ai grandi – les vieilles chaises au rembourrage usé, le poêle en faïence dans le coin, le papier peint qui commence à se décoller par endroits. Puis nous sortons sur le palier. Maman verrouille la porte et glisse la clé dans une poche intérieure de son manteau.

Nous suivons Herr Schiller dans l'escalier. Je prie pour que nous ne rencontrions aucun de nos voisins, au cas où ils poseraient des questions embarrassantes. Mais, à ma consternation, alors que nous descendons au deuxième étage, nous voyons Frau Lange qui monte. Mon cœur se serre : cela pourrait tout gâcher.

Frau Lange s'arrête sur le palier devant son appartement, visiblement surprise de voir autant de voisins sortir en même temps. Elle nous dévisage une à une, les yeux plissés. Je reste en arrière, consciente que le sac à dos que je porte pourrait nous trahir plus que tout. Herr Schiller brise le silence glacial qui s'installe.

— Ma chère Frau Lange, quel plaisir de vous voir.

Il parle comme à une vieille amie retrouvée. Il écarte largement les bras, la bouteille de Sekt bien visible dans sa main.

— Nous allons célébrer l'anniversaire de mon frère. Voudriez-vous vous joindre à nous ?

Je pense : est-il fou ? Cela pourrait compromettre toute l'opération. Je retiens mon souffle, attendant sa réponse.

Elle le regarde comme si elle considérait sérieusement l'invitation, puis secoue lentement la tête.

— C'est très aimable à vous, Herr Schiller, mais j'ai bien peur d'avoir des choses à faire ce soir.

À mes oreilles, ses mots sonnent faux. Est-ce de la simple politesse ? Ou nous soupçonne-t-elle de vouloir nous enfuir ? Je suis convaincue qu'elle a compris. Et quand elle dit avoir « des choses à faire », veut-elle dire qu'elle va nous dénoncer à la Stasi ?

Mais Herr Schiller ne montre aucun signe de méfiance.

— Ach, quel dommage que vous ne puissiez pas venir.

— Bonne soirée, Herr Schiller, dit Frau Lange en ouvrant la porte de son appartement avant de disparaître à l'intérieur. Je pousse un soupir de soulagement.

Nous descendons le reste des escaliers sans croiser personne. Dehors, il fait déjà sombre. Je marche devant avec Herr Schiller, Maman et Brigitta suivent derrière.

— Où habite votre frère ? je demande à Herr Schiller, n'étant même pas sûre qu'il ait vraiment un frère.

— Dans le quartier de Treptow, répond-il sans ciller. Nous devrons prendre le S-Bahn jusqu'à Baumschulenweg.

Peut-être a-t-il vraiment un frère.

Treptow est au sud d'ici. Une zone plus calme que Prenzlauer Berg, moins bâtie et avec plus d'espaces verts. À l'ouest de Treptow se trouve Neukölln, qui fait partie du secteur américain et donc de Berlin-Ouest. Entre Treptow et Neukölln s'étend le canal de Teltow. Tandis que nous marchons, je repasse ces faits en tête, me demandant quel est le plan de Herr Schiller.

Juste avant d'atteindre la station de S-Bahn, je ne peux m'empêcher de lui demander :

— Pourquoi avez-vous invité Frau Lange à se joindre à nous ? N'aviez-vous pas peur qu'elle accepte ?Herr Schiller secoue la tête.

— Je lui ai proposé par politesse, mais je savais qu'elle n'accepterait pas. Frau Lange a trop de croix à porter.

Je veux lui demander ce qu'il entend par là, mais nous arrivons à la station et il n'y a plus de temps.

Nous montons dans le S-Bahn à Prenzlauer Allee et nous asseyons en silence tandis que le train file vers le sud. Je ne pose plus de questions à Herr Schiller. J'ai trop peur d'être entendue par la Stasi ou par leurs informateurs.

À Baumschulenweg, Herr Schiller se lève, tenant toujours sa bouteille de Sekt, et nous le suivons sur le quai puis hors de la station.

Il nous guide dans la Baumschulenstrasse, une rue berlinoise typique, bordée de hauts immeubles avec quelques boutiques au rez-de-chaussée. À cette heure, elles sont toutes fermées et la rue est presque déserte. Nous passons devant un bistrot de coin d'où s'échappent une odeur de bière et un brouhaha de voix. Sinon, le silence règne.

Finalement, nous quittons la rue principale pour un secteur encore plus calme, composé de maisons individuelles entourées de petits jardins. La route se rétrécit, et nous arrivons à une grille de fer rouillée qui donne sur des jardins ouvriers. Ils sont plongés dans l'obscurité. Herr Schiller fouille dans la poche de sa veste et en sort une petite lampe de poche qu'il me tend.

— Allumez-la quand nous serons loin de la route, chuchote-t-il, et gardez-la pointée vers le sol.

Puis il pousse la grille, qui grince sur ses gonds, et nous pénétrons dans les jardins ouvriers.

Après une trentaine de mètres, j'allume la lampe et éclaire le sol juste devant nous, comme il l'a demandé. Nous suivons un sentier étroit entre les parcelles. Chacune possède sa cabane de bois. Dans le cercle de lumière, je distingue des rangées de pommes de terre, de haricots verts et de choux soigneusement entretenus. J'imagine que c'est ici que Herr Schiller se procure ses légumes. Nous atteignons ce qui doit être le milieu des jardins quand il nous chuchote de nous arrêter. Maman, Brigitta et moi nous serrons l'une contre l'autre, le souffle bruyant dans la nuit vide.

Herr Schiller s'avance vers une vieille cabane et frappe doucement à la porte.

— Horst, appelle-t-il à voix basse. C'est moi.

La porte grince et s'ouvre sur Horst. C'est indéniablement une version plus jeune de Herr Schiller, avec les mêmes yeux rieurs et la même carrure imposante. Il nous salue d'un signe de tête. Au moins, la partie « frère » de l'histoire est vraie.

— Tout est prêt ? demande Herr Schiller.

— Oui.

Les deux frères disparaissent dans la cabane et réapparaissent peu après, portant un énorme objet carré qui peine à passer par la porte.

— Qu'est-ce que c'est ? demandé-je en m'avançant pour les aider.

— Un radeau, répond Herr Schiller, aussi calmement que s'il parlait d'un objet banal à garder dans une cabane de jardin.

Un radeau ? Je manque d'éclater de rire devant tant d'ingéniosité. Nous allons traverser vers l'Ouest comme des naufragés. Mais Maman pousse un cri d'horreur, et je comprends que la convaincre d'y monter sera déjà un défi.

Les frères appuient le radeau contre la cabane. Horst revient avec deux rames, fraîchement taillées dans des planches. Herr Schiller nous observe, comme pour décider de la meilleure façon de procéder.

— Donnez la lampe à Brigitta, me dit-il. Elle pourra éclairer le chemin. Vous et Frau Neumann prendrez chacune un coin à l'arrière du radeau. Horst et moi porterons l'avant, avec une rame chacun.

Il parle doucement mais avec autorité, et, à mon soulagement, Maman se laisse convaincre.

Je tends la lampe à Brigitta, pendant que les frères posent le radeau à plat, prennent chacun une rame et se placent à l'avant. Maman et moi nous mettons à l'arrière.

— Prêtes ? demande Herr Schiller.

— Oui, je dis.

Nous nous penchons toutes les quatre, saisissons nos coins et soulevons le radeau. Il n'est pas aussi lourd qu'il en a l'air, mais le bois est épais et rugueux, et une écharde me pique la paume.

— Par là, dit Herr Schiller à Brigitta, en hochant la tête.

Nous avançons lentement, ralentis par ce fardeau large et encombrant. Dans la faible lumière, je vois que le radeau est fait de quatre barils d'huile vides attachés à des planches grossièrement clouées, renforcées par quelques traverses. Des cordes pendent à chaque extrémité pour s'y accrocher une fois mis à l'eau. Le radeau n'est pas très lourd, juste encombrant.

Je comprends maintenant que les jardins ouvriers s'étendent jusqu'au canal de Teltow. Je suis presque reconnaissante que Herr Schiller ne nous ait pas révélé son plan plus tôt : Maman aurait refusé de venir si elle avait su qu'il fallait passer par l'eau. Elle nage mal, et l'idée seule l'aurait terrifiée.

Tandis que nous progressons péniblement, je me demande comment les deux frères ont pu construire ce radeau sans que personne ne le remarque ni ne les dénonce. C'est sans doute à cela qu'ils occupaient leurs journées d'absence.

Nous atteignons enfin l'extrémité des jardins. Devant nous, une clôture basse, puis une route calme à cette heure, et enfin le canal. C'est la véritable frontière entre Berlin-Est et Berlin-Ouest. Pas de barbelés ici : sans doute juge-t-on que l'eau soit une barrière suffisante. Mais je ne peux pas croire que la zone ne soit pas surveillée.

Herr Schiller fait signe à Brigitta d'éteindre la lampe. Elle obéit, et nous voilà plongées dans l'obscurité. Nous nous accroupissons derrière la clôture et écoutons.

Silence.

Nos yeux s'habituent peu à peu. Un nuage s'écarte, dévoilant une demi-lune qui se reflète sur l'eau noire. J'essaie d'estimer la largeur du canal : une vingtaine de mètres, peut-être vingt-cinq. Au loin brillent les lumières du secteur américain. Pas de trace de gardes-frontières.

— Maintenant, chuchote Horst.

Nous soulevons le radeau par-dessus la clôture et le portons jusqu'à l'eau. Nous le déposons doucement, en gardant les cordes en main. Il paraît beaucoup plus petit une fois à flot, et je me demande s'il pourra nous porter toutes. Je comprends pourquoi Herr Schiller avait dit qu'il n'y aurait pas de place pour d'autres.

— Horst et moi sommes les plus lourds, murmure-t-il. Nous monterons d'abord pour le stabiliser. Ensuite, chacune de vous.

Je serre les cordes tandis qu'ils s'agenouillent et rampent sur le radeau. Il tangue dangereusement sous leur poids combiné et manque de chavirer. Maman pousse un cri étouffé.

— Chut ! je dis, consciente de la portée de sa voix dans la nuit immobile.

Les frères se placent aux deux extrémités et l'embarcation se stabilise. Il reste juste assez de place au centre pour nous trois.

— Les rames, dit Horst.

Maman et Brigitta les leur passent, tandis que je garde les cordes.

— Bien, dit Herr Schiller, une à la fois. Vite.

Je transfère les cordes dans ma main gauche et pousse Brigitta vers le radeau. Soudain, une lumière surgit au loin, sur le chemin de halage. Une voix d'homme éclate, bourrue et furieuse :

— Qui est là ?

Je me fige, et les cordes m'échappent. Le radeau commence aussitôt à dériver. Brigitta, sur le point de grimper, manque de tomber à l'eau ; Maman l'agrippe de justesse. Les gardes-frontières, encore à distance, accourent le long du chemin.

Herr Schiller et Horst essaient de ramer vers la rive.

— Sautez ! crie Herr Schiller.

Mais il est trop tard. Ils ont déjà dérivé trop loin et les gardes seront sur nous d'une seconde à l'autre.

— Partez ! lui hurle-je. Laissez-nous !

J'empoigne Maman et Brigitta et les entraîne à travers la route. Nous escaladons la clôture et replongeons dans les jardins ouvriers. Puis nous courons. Nous n'arrêtons pas de courir jusqu'à ce que nous soyons loin du canal.

Un coup de feu déchire la nuit. Nous nous jetons au sol et nous étreignons, tremblantes. Et nous ne bougeons plus pendant un long moment.

Dieter

51 Jakobstrasse, appartement numéro cinq.

Ce n'est pas loin du bistrot où je suis allé avec Bernd. Je longe des immeubles criblés de balles, pour la plupart transformés en logements d'étudiants, en cherchant le numéro cinquante et un. Un groupe de jeunes femmes, habillées pour sortir, passe en riant à une plaisanterie. De la musique rock'n'roll s'échappe d'une fenêtre ouverte ; d'une autre monte le son mélancolique d'une clarinette de jazz.

Je trouve enfin le numéro cinquante et un, coincé entre un bar turc et une épicerie. La porte principale est entrouverte, alors j'entre dans le hall obscur et cherche un interrupteur. Une ampoule nue de soixante watts clignote, puis s'allume, révélant un couloir couvert de graffitis et un escalier aux marches de bois usées. Je commence à monter et découvre l'appartement numéro cinq au dernier étage. Je frappe et attends.

La porte s'ouvre sur une jeune femme menue, aux cheveux châtain clair tirés en queue de cheval. Je crois m'être trompé d'adresse.

— Je suis désolé, je dis. Je cherchais quelqu'un qui s'appelle Harry.

Je réalise que je ne connais même pas son nom de famille. Elle ouvre la porte plus largement.

— Entrez. Il est ici.

Elle repart à l'intérieur et je la suis dans un couloir étroit, soulagé d'avoir trouvé le bon endroit mais surpris : ce n'était pas du tout ce que j'avais imaginé. Elle s'arrête près d'une porte au bout du couloir et se tourne vers moi.

— Au fait, je suis Claudia.

— Dieter, je dis en lui tendant la main.

Elle me sourit et je remarque les fossettes dans ses joues, ses yeux noisette encadrés de longs cils. Elle pousse la porte et je la suis dans une pièce meublée d'un vieux canapé, d'une table éraflée et de quelques chaises dépareillées. Aux murs, des affiches de stars américaines : Marilyn Monroe, John Wayne, James Dean.

Deux hommes sont assis à la table. L'un d'eux est Harry. Il est penché en arrière, sa chaise en équilibre sur deux pieds, les mains croisées derrière la tête, une cigarette pendant de ses lèvres. L'autre, installé plus près de la table, est penché sur une carte de Berlin étalée devant lui. Entre ses doigts, un crayon tourne nerveusement.

Les deux lèvent les yeux quand j'entre. Harry bondit sur ses pieds, ôte sa cigarette et vient me serrer la main.

— Dieter, tu es venu !

Il a l'air soulagé.

— Bien sûr, je dis.

— Dieter, voici Werner, dit Harry en me présentant l'autre homme.

Werner glisse le crayon derrière son oreille et se lève pour me serrer la main. Plus jeune que je ne l'avais d'abord pensé, il doit avoir vingt ans à peine. Cheveux bruns bouclés, coupés courts, lunettes rondes à monture métallique.

— Bonsoir, dit-il en inclinant légèrement la tête.

Il semble amical, quoique un peu formel. Il m'observe un instant, puis se rassoit devant sa carte.

— Prends une bière, dit Harry en me tendant une bouteille tirée d'une caisse dans le coin de la pièce.

— Merci.

Claudia et moi tirons des chaises et nous installons à la table. Tout cela est beaucoup plus informel que je ne l'avais imaginé. Mais l'ambiance est cordiale et je veux entendre ce qu'ils ont à dire. Je me demande combien d'autres invités sont attendus. Pourtant, après une gorgée de bière, Harry annonce :

— Bon, commençons.

Et je réalise, avec surprise, que nous ne serons que quatre.

— Certains pensaient que la Grande-Bretagne et l'Amérique mettraient fin au Mur, dit Harry. Mais bien sûr, ils n'ont rien fait.

— À quoi tu t'attendais ? réplique Claudia en levant les yeux au ciel. On ne peut pas compter sur les politiciens.

Harry continue sans relever.

— Pendant que le président américain Kennedy se dorait sur son yacht et que le Premier ministre britannique Macmillan chassait le cerf — sa voix déborde de mépris — les Allemands de l'Est ont méthodiquement déroulé des kilomètres de barbelés et emprisonné leur propre peuple. Alors...

Il prend une inspiration, nous regarde tour à tour dans les yeux.

— Nous devons trouver un moyen de faire sortir les gens. Se lancer à l'aveuglette n'est pas réaliste. J'ai appris ce matin que deux vieux hommes ont été abattus la nuit dernière, en essayant de traverser le canal de Teltow sur un radeau de fortune. Les gardes-frontières appliquent une politique du tir à vue contre quiconque tente de fuir Berlin-Est. Voilà la réalité.

Un silence pesant suit ses paroles.

— Et si on fabriquait de faux papiers d'identité pour les gens de l'Est ? je demande.

C'est la seule idée à laquelle j'avais pensé avant de venir, et je ne veux pas que Harry et les autres croient que je n'ai rien à offrir. Je continue :

— Si les papiers indiquent qu'ils viennent de RFA, ils pourraient passer par Checkpoint Charlie.

Harry secoue la tête.

— Tu as raison : seuls les Allemands de l'Ouest et les étrangers peuvent franchir les points de contrôle. Par exemple, j'ai un passeport ouest-allemand et un autre américain, donc je peux passer à Checkpoint Charlie quand je veux.

Il sourit, visiblement fier de ce privilège.

— Mais je ne crois pas que les faux papiers soient la solution. D'abord, ils sont extrêmement difficiles à réaliser. Et même si on réussissait, on ne ferait sortir qu'une poignée de personnes. Moi, je veux en sauver le plus grand nombre possible.

Il étend les bras, comme Moïse guidant son peuple vers la Terre promise.

— Werner a un plan à proposer.

Je suis un peu vexé que mon idée ait été si vite rejetée, mais Claudia m'adresse un sourire encourageant. Toute l'attention se tourne vers Werner. Il retire ses lunettes, se frotte l'arête du nez, les remet, s'éclaircit la gorge et commence.

Contrairement à Harry, il ne recherche pas la lumière. Il parle doucement, la tête baissée. Mais au fil de ses mots, sa confiance grandit et je décèle une étincelle de génie derrière ses lunettes rondes. Il explique qu'il étudie l'ingénierie à la Technische Universität de Berlin-Ouest. Sa petite amie, Marion, vit à Berlin-Est, et c'est pour elle qu'il a mis ses études en pause pour travailler avec Harry : il veut la faire passer à l'Ouest.

Puis il expose son idée. D'abord, elle paraît insensée. Mais, à mesure qu'il entre dans les détails, je comprends qu'il a réfléchi sérieusement. Je me surprends à être convaincu. Traverser le Mur par-dessus est trop risqué à cause du tir à vue. Alors il propose de passer en dessous. Il veut creuser un tunnel vers Berlin-Est.

— Qu'en pensez-vous ? demande-t-il en faisant tourner son crayon entre ses doigts. Il semble nerveux, comme s'il s'attendait à des moqueries. Mais personne ne rit.

— Je trouve que c'est une idée brillante, je dis. Comptez sur moi ! Je creuserai un tunnel jusqu'à Moscou s'il le faut.

— Pas besoin d'aller si loin, répond Werner en se détendant, avec un sourire.

— Tu peux compter sur moi aussi, dit Claudia en buvant une gorgée de bière, l'air jubilant.

— Merci, dit Werner en nous regardant tour à tour. Il se tourne vers Harry. Et toi ?

Harry fronce les sourcils. Je crains qu'il ne formule une objection. Mais il se reprend, lève sa bouteille et déclare :

— Au tunnel !

— Au tunnel ! je réponds.

Tiens bon, Sabine, j'arrive.

Chapitre 3

L'ennemi de l'État

Sabine

Nous sommes encore vivantes, mais c'est comme si une partie de nous était morte.

Brigitta est bouleversée par ce qui s'est passé au canal et essaie d'oublier en lisant des contes de fées, fuyant dans un monde imaginaire où les sorts maléfiques sont brisés par des princes héroïques. J'essaie de lui dire que nous ne savons pas si les gardes ont vraiment tiré sur Herr Schiller. Peut-être qu'il a sauté du radeau avec Horst et qu'ils ont nagé jusqu'à la rive, je dis, même si je sais que c'est un espoir insensé. Je ne pense pas qu'elle me croie.

Maman a eu une crise de panique dans les jardins ouvriers après notre fuite et il m'a fallu presque une heure pour la calmer. Nous avons dû nous cacher dans la cabane de Horst. J'avais peur que les gardes nous trouvent. Maintenant, elle est tombée dans un état de résignation et de défaite. Elle s'attend à ne jamais revoir Dieter.

Je suis furieuse que nous ayons été si près de réussir. Je pense aussi à Herr Schiller, et il me manque terriblement. Il y a un silence inquiétant dans la cage d'escalier chaque fois que je passe devant son appartement. Je n'aurais jamais cru dire ça, mais l'odeur de chou frit me manque. Si j'en sens quelque part, mon cœur se serre parce que ça me rappelle tellement lui.

Le pire, c'est que nous ne pouvons pas savoir ce qui lui est arrivé. Si nous posions la moindre question à quelqu'un en position d'autorité, ils sauraient que nous avons essayé de nous échapper avec lui. Cela nous enverrait toutes en prison, c'est certain. Alors nous gardons le silence et nous pleurons notre ami en privé, ne sachant pas s'il est mort ou vivant, mais craignant le pire.

Chaque fois que je croise Frau Lange dans les escaliers, j'ai l'impression qu'elle m'observe. Le lendemain de notre tentative d'évasion, elle m'a demandé si nous avions bien profité de la fête d'anniversaire. Je l'ai regardée, interloquée, sans comprendre, tandis qu'elle me scrutait à travers ses yeux plissés. Au bout d'un moment, j'ai retrouvé contenance et marmonné quelque chose d'évasif. Mais, fidèle à elle-même, elle n'a pas lâché le morceau.

— Et Herr Schiller, où est-il ? Je ne l'ai pas vu.

— Il prend de courtes vacances, j'ai menti.

— Vraiment ? a-t-elle dit en haussant les sourcils d'un air incrédule.

Quelques jours plus tard, Hans passe nous voir et propose qu'on aille se promener. Je vois tout de suite qu'il a quelque chose en tête. Nous allons au parc voisin, celui avec la vieille tour d'eau du XIXe siècle, autrefois utilisée par les nazis pour enfermer les sympathisants communistes. Nous nous asseyons sur l'herbe, près de la tour, et Hans se met à parler. Sans s'arrêter. Il déborde d'idées pour s'échapper vers Berlin-Ouest.

Il a entendu dire qu'à l'Ouest des étudiants fabriquent de faux papiers d'identité et les font passer clandestinement à Berlin-Est, mais il ne sait pas comment s'en procurer lui-même. Il compte se renseigner. Et puis il y a le système d'égouts : apparemment, on peut soulever les plaques avec un levier en fer. Ensuite, selon lui, il suffirait de descendre dans les conduits et de se repérer dans le réseau jusqu'à atteindre Berlin-Ouest, où l'on ressortirait à l'air libre. Il ne dit pas comment on est censé soulever la plaque de sortie.

Je l'écoute et hoche la tête, mais je ne retiens que la moitié de ce qu'il dit. Au fond, je suis rongée par la culpabilité. Comment lui dire que nous avons tenté de nous enfuir sans l'inviter, lui et sa mère ? Hans ne ferait jamais une chose pareille. Et Herr Schiller… il est sûrement mort, j'en suis presque certaine, et—

— Sabine, est-ce que tu m'écoutes ? Tu as entendu ce que je viens de dire ?

Je sursaute à la mention de mon nom. Je réalise qu'il m'a posé une question et qu'il attend une réponse.

— Pardon… qu'est-ce que tu disais ?

— Qu'est-ce que tu penses que je devrais faire en premier ? Enquêter sur les faux papiers ou le système d'égouts ?

Je ne pense pas que Maman aura jamais le courage de tenter une autre évasion, mais Hans me regarde avec espoir.

— Je… euh… peut-être les papiers d'identité. Oui, commence par ça.

— OK, je vais le faire.

Il bondit sur ses pieds, comme s'il allait s'en occuper immédiatement. Je me lève plus lentement, et ensemble nous rentrons à Stargarder Strasse.

Août devient septembre. Le Mur continue de grandir, pierre après pierre, brique après brique, serpentant à travers la ville, autour des bâtiments, à travers les rues, par-dessus les voies de tramway. Les stations de métro menant à Berlin-Ouest sont fermées, leurs entrées scellées par des grilles de fer. Depuis les étages supérieurs, des amis et voisins se font encore des signes à travers le Mur ; ceux des étages inférieurs, dont les fenêtres donnent directement sur la frontière, ne voient plus qu'une paroi de béton.

À la boutique, j'entends des bribes de conversation :

— Les Américains ne font rien.

— Le Mur est là pour rester.

Ces mots se disent à voix basse, entre amis de confiance, en achetant des boîtes de viande ou des pots de *Sauerkraut*. Personne ne veut avoir d'ennuis avec la Stasi.

Bientôt, c'est la rentrée. D'habitude, j'attends ce moment avec impatience, mais cette fois, j'appréhende. L'atmosphère a changé. Le Mur a instauré la peur et la méfiance. De quel côté êtes-vous ? Pour le Mur, ou contre ?

Le premier jour, Maman part travailler à six heures, alors j'aide Brigitta à se préparer, puis je la conduis à l'entrée de la *Grundschule*, un bâtiment gris criblé d'impacts de balles sur Pappelallee. J'espère que le retour à l'école l'aidera à oublier le canal.

— À bientôt ! fait Brigitta en me saluant avant de disparaître à l'intérieur.

— À bientôt ! je lui réponds, puis je continue jusqu'à mon lycée, sur Greifenhagener Strasse.

C'est un imposant bâtiment du XIXe siècle, tout en brique, cinq étages, des rangées infinies de fenêtres identiques. C'est ma dernière année. Je passerai l'Abitur l'été prochain. J'ai toujours rêvé d'aller à l'université pour étudier les langues. J'aurais voulu apprendre l'anglais, mais à Berlin-Est, on apprend seulement le russe.

Je rejoins les autres étudiants qui entrent dans le bâtiment et me dirige dans le long couloir. Des chaussures à semelles de caoutchouc grincent sur le sol de linoléum. Pendant les vacances les murs ont été peints d'une nuance criarde de brun moutarde. Je ne peux m'empêcher de penser que je ne serais pas ici maintenant si notre tentative d'évasion à travers le canal avait réussi. Cela m'amène à penser à Herr Schiller ce qui me met une boule dans la gorge et je dois le chasser de mon esprit pour ne pas craquer et attirer l'attention sur moi.

— Sabine, attends !

Je rejoins la file d'étudiants et entre dans le long couloir. Les semelles en caoutchouc grincent sur le linoléum. Les murs ont été repeints pendant l'été d'une teinte criarde de brun moutarde. En avançant, je ne peux m'empêcher de penser que je ne devrais pas être ici, que si notre évasion avait réussi, ma vie serait ailleurs. La pensée d'Herr Schiller me serre la gorge et je dois la chasser pour ne pas craquer.

— Sabine, attends !

Je me retourne. Astrid marche vers moi à grandes enjambées, dépassant tout le monde. Elle est superbe. Le soleil a éclairci ses cheveux blonds et sa peau est dorée. Ses vacances de camping lui ont fait du bien.

Elle passe son bras sous le mien.

— Eh, Sabine ! Contente de te voir. Comment tu vas ?

— Euh... bien. Et tes vacances ?

— Oh, géniales ! rit-elle. Nous avons campé deux semaines dans la forêt, on nageait tous les jours au lac. Et, mon Dieu, Sabine, tu aurais dû voir le chef de camp.

Elle me lance un regard éloquent. Son enthousiasme est contagieux. Je me sens déjà un peu mieux.

En marchant vers la salle de classe, elle bavarde sans s'arrêter, racontant le camp organisé par la *Freie Deutsche Jugend*, l'organisation de jeunesse communiste. Elle dit toujours qu'elle se fiche de la politique, qu'elle aime juste voyager et s'amuser. Et je suppose qu'il n'y a pas de mal à ça.

— Et on restait debout tard chaque soir, à boire des bières et à raconter des blagues. Tu sais, Sabine, tu devrais venir l'année prochaine...

Elle s'interrompt. Nous venons d'entrer dans la salle de classe. L'ambiance y est bien différente, lourde, tendue.

Un groupe d'élèves se tient au centre, avec Matthias et Joachim au milieu. Je les connais depuis l'école primaire. Je ne les ai pas vus de tout l'été et je suis frappée par leur changement. Ce n'est pas seulement que Joachim a grandi ou que Matthias porte les cheveux plus longs. Il y a quelque chose de plus grave chez eux. D'habitude, ils sont les clowns de la classe, imitant les profs pour faire rire tout le monde. Mais aujourd'hui, ils sont habillés entièrement de noir : pantalons, chemises, pulls.

— C'est une protestation, dit Matthias.

Joachim, les mains dans les poches, hoche la tête. Matthias continue.

— Nous protestons contre le Mur. Nous sommes en deuil de la liberté.

Matthias regarde autour de son audience, les invitant à le soutenir.

Et il est clair qu'on est d'accord. Les voix s'élèvent : Monika raconte comment elle a été refoulée au pont Bornholmer, Gabriele parle de la gare de Friedrichstrasse, Jens de Bernauer Strasse. Tous ont vu l'horreur de leurs propres yeux. J'ai envie de partager mon histoire, mais Astrid s'est éloignée vers la fenêtre, son humeur soudain changée.

— Les idiots ! souffle-t-elle en jetant un regard aux deux garçons.

Je suis surprise par sa brusquerie.

— Qu'est-ce que tu veux dire ?

— Porter du noir en signe de protestation ? soupire-t-elle. Qu'est-ce qu'ils espèrent accomplir ?

— Peut-être rien, mais ils ont raison, je dis. On a perdu notre liberté.

— Oui, mais ils vont s'attirer des ennuis. Et quiconque les soutient aussi. Tu ne vois pas ?

— Je suppose…

Elle laisse tomber, et la salle se remplit peu à peu. Je pense qu'elle a raison, mais j'admire quand même le courage de Matthias et Joachim. Je me demande parfois si le gouvernement aurait pu s'en tirer comme ça si tout le monde s'était levé contre lui. Mais on ne discute pas avec une mitraillette.

Hans arrive à ce moment-là, et la culpabilité me serre à nouveau. Je ne dois jamais lui dire ce que nous avons fait. Il vient vers moi.

— Bonjour, Sabine. Ça va ?

— Oui, ça va.

— J'ai commencé à faire des progrès, dit-il à voix basse, à propos de… tu sais.

À ce moment, Herr Keller, notre professeur principal, entre. C'est un homme grincheux, et les vacances n'ont rien fait pour adoucir son humeur.

— Je te dirai plus tard, ajoute Hans.

Le bavardage s'éteint, les chaises raclent.

— Bonjour, aboie Herr Keller, en laissant tomber une pile de papiers sur le bureau. Pas un mot de bienvenue.

La première tâche de la journée est la distribution des emplois du temps, tapés sur du papier mince et brillant par Frau Weber, la secrétaire. Quand je reçois le mien, je le parcours : russe, physique, chimie, mathématiques, littérature allemande… et le marxisme-léninisme obligatoire. Je compte les cours de Marx et Lénine : un aujourd'hui, un demain, un autre mercredi matin, et une double séance vendredi. Mon cœur se serre. L'école a doublé les heures de politique socialiste.

Autour de moi, les étudiants murmurent, mécontents. Hans lève la main.

— Qu'est-ce qu'il y a ? claque Herr Keller.

— Il doit y avoir une erreur, dit Hans. Il y a beaucoup trop de marxisme-léninisme.

Je doute que ce soit une erreur.

Herr Keller le fusille du regard, ajuste son col.

— Il n'y a pas d'erreur, dit-il sèchement. Ces cours sont nécessaires. Nous ne pouvons construire un État socialiste solide si nos citoyens ne sont pas correctement formés aux idéaux socialistes.

Il récite ça comme un texte appris par cœur.

Hans accroche mon regard et sourit narquoisement comme pour dire, *quelles conneries*. Je garde mon propre visage neutre.

— Et enfin, poursuit Herr Keller, le directeur m'a demandé d'informer les garçons qu'ils doivent s'inscrire au service militaire. Vous pourrez le faire dans le hall pendant la pause du matin.

Le sourire de Hans s'efface aussitôt, remplacé par une colère froide et une détermination d'acier derrière ses yeux bleus.

Dieter

D'abord, nous devons trouver un endroit à l'Ouest d'où creuser.C'est lundi matin et je suis de retour dans l'appartement de Claudia, Jakobstrasse. J'ai appelé le travail pour dire que j'étais malade. Je doute que Herr Pohl m'ait cru.

Je suis resté tard chez Claudia vendredi soir, buvant des bières et apprenant à mieux connaître mes nouveaux amis. Werner s'est beaucoup détendu depuis qu'on a accepté de suivre son projet de tunnel. Il nous a expliqué que sa petite amie, Marion, est coincée à travailler dans une usine de Trabant parce que les autorités refusent de la laisser aller à l'université – tout ça à cause de son père, qui a eu le malheur de faire une blague au travail sur la direction du Parti communiste. Ses collègues avaient trouvé la blague très drôle, mais quelqu'un a dû le dénoncer à la Stasi. Il a été arrêté et condamné à cinq mois de prison. Depuis, toute la famille est sous surveillance.

Claudia nous a dit qu'elle a un frère et une sœur plus jeunes qui vivent avec leur tante à Pankow, dans Berlin-Est, mais elle semblait réticente à expliquer pourquoi ils sont là-bas et elle ici.

Je leur ai parlé de Sabine, de Brigitta et de Maman. Harry, lui, est resté vague sur les gens qu'il connaît à l'Est, mais il semble qu'une de ses connaissances soit un acteur. Ce que je n'ai pas encore compris, c'est la relation entre Harry et Claudia. Nous utilisons son appartement comme point de ralliement, mais Harry est clairement le chef du groupe, même s'il laisse toute la partie technique à Werner.

Claudia et moi rejoignons Werner à la table. Les bouteilles de bière du vendredi ont disparu. Harry, lui, ne s'assied pas : il arpente la pièce comme un animal en cage.

De sa pile de papiers, Werner sort une carte détaillée de Berlin et l'étale sur la table. Le tracé du Mur y est dessiné à l'encre rouge – une rivière de sang traversant la ville, longeant les rues, coupant les voies ferrées, les lignes de tram, franchissant les rivières et les canaux.

— J'ai réfléchi au meilleur endroit pour creuser, dit Werner. On peut oublier tout le secteur du Tiergarten, c'est trop central et trop exposé. On ne va pas creuser sous la Brandenburger Tor ni sous Potsdamer Platz. Et Neukölln est exclu à cause du canal de Teltow. Il nous faut un endroit où il y a des maisons proches les unes des autres de chaque côté du Mur. Ici, à Kreuzberg, c'est une possibilité. Sinon, Wedding, dans le secteur français, pourrait aussi convenir.

Il pointe une rue sur la carte, dans le quartier de Wedding.

— Voici Bernauer Strasse, où la frontière longe les façades.

Je hoche la tête. C'est là que j'ai vu la vieille dame sauter depuis sa fenêtre du premier étage, vers la liberté.

— Ce serait une zone idéale, poursuit Werner. Beaucoup de maisons du côté Est sont maintenant vides, ou le seront bientôt. Ceux qui s'y trouvent encore ont reçu des ordres d'évacuation. Si on peut trouver un bâtiment convenable à l'Ouest, on pourrait creuser un tunnel depuis la cave jusqu'à un immeuble de l'autre côté. Qu'en pensez-vous ?

— Ça me semble bien, je dis. Et toi, Claudia ?

Avant qu'elle ait le temps de répondre, Harry intervient.

— On a pris une décision ?

Il trépigne d'impatience, visiblement agacé par les détails. Claudia lève les yeux au ciel.

— Je suppose, dit Werner.

— Bon alors, allons-y, dit Harry.

Nous prenons tous les quatre le S-Bahn vers le nord jusqu'à Wedding et commençons à explorer les rues, cherchant des bâtiments adéquats – maisons vides ou boutiques à louer.

Harry marche en tête, arpentant Bernauer Strasse à grands pas, son long manteau flottant derrière lui. Au-dessus du Mur qui bloque les rues latérales, on aperçoit les casques métalliques des gardes-frontières est-allemands.

Du côté ouest de Bernauer Strasse, non loin du croisement avec Brunnenstrasse, nous trouvons une boutique à la vitrine barricadée. Au-dessus, un panneau peint à la main : *Boulangerie*. Dans la vitrine, un carton indique *À louer* avec un numéro de téléphone.

— Ça pourrait marcher, dit Werner en observant la façade déserte. Les bâtiments voisins ont l'air tout aussi vides. Je suppose que vivre juste en face du Mur n'a rien de séduisant.

De l'autre côté de la rue, des immeubles ont leurs fenêtres murées. Plus loin, le Mur traverse un terrain vague – un trou laissé par les bombardements de la guerre. Au-delà, on distingue les bâtiments de Schönholzer Strasse, qui court parallèlement à Bernauer Strasse.

— On pourrait creuser jusqu'à une cave là-bas, dit Werner. Ces maisons sont à une centaine de mètres de la frontière. Il ne faut pas que le tunnel débouche trop près du Mur.

Tandis que nous regardons vers Schönholzer Strasse, un garde passe devant le Mur : seul le haut de son casque dépasse. Nous creuserions littéralement sous leurs pieds.

Harry sort un carnet et note le numéro de téléphone, puis nous repartons pour ne pas paraître suspects.

Aucune autre propriété convenable ne se présente dans les rues alentour. Nous finissons par entrer dans un café où il y a un téléphone, et Harry appelle le propriétaire pour lui demander à louer la boulangerie. L'homme accepte de nous rencontrer dans une heure.

Quand nous revenons, il nous attend à l'intérieur. C'est un vieil homme voûté, qui se présente comme Herr Becker. Il doit être un peu sourd, car nous devons répéter nos noms.

Herr Becker nous observe avec un mélange de curiosité et de méfiance : nous n'avons pas vraiment l'air de boulangers. Il traîne des pieds en nous montrant la boutique, puis la cuisine à l'arrière avec ses énormes fours à pain. Claudia l'écoute poliment disserter sur la capacité de cuisson des fours, tandis que Harry arpente l'endroit, ouvre des portes, jette un coup d'œil dans la cour.

Harry finit par l'interrompre.

— Pourrions-nous voir la cave, s'il vous plaît ?

Le vieil homme marmonne quelque chose d'inaudible. Pendant un instant, je crains qu'il ne nous mette dehors, mais il décroche une grande clé métallique d'un crochet mural, déverrouille une porte au fond de la cuisine et allume la lumière. L'escalier de bois qui descend est raide et grince sous nos pas.

En bas, nous découvrons une vaste cave. Des piles de vieux meubles s'entassent dans un coin, et des étagères en bois longent les murs pour stocker les sacs de farine.

Claudia engage la conversation avec Herr Becker sur la taille du local, pendant que Werner, Harry et moi examinons le sol.

— Terre nue, murmure Werner.

— Qu'est-ce que c'est ? fait Herr Becker, la main en cornet à son oreille.

— Bel espace, répète Werner avec un sourire.

— Hmmm, répond le vieil homme en hochant la tête.

Nous visitons aussi l'appartement à l'étage : trois chambres, un salon, une petite cuisine, une salle de bains minuscule. Il faudra habiter sur place pour éviter trop d'allées et venues. Les gardes de l'autre côté ne manquent rien.

Vient le moment délicat : le loyer. Cent marks par mois. Bien trop cher pour nous. Harry tente la négociation.

— Écoutez, dit-il d'un ton charmeur, la rue est à moitié vide. Les affaires ont chuté depuis que le Mur est là : la moitié des clients ne peut plus venir. Que diriez-vous de cinquante marks par mois ?

Il sort son portefeuille. Herr Becker reste immobile, nous observant tour à tour. Un long silence s'installe. J'entends mon propre pouls battre dans mes tempes. Finalement, il prend une décision.

— Je suis peut-être vieux et sourd, dit-il, mais je ne suis pas idiot. Vous n'allez pas ouvrir une boulangerie, n'est-ce pas ?

Harry commence à protester, mais Herr Becker lève la main.

— Épargnez votre salive, mes garçons.

Il regarde par la fenêtre. De l'autre côté du Mur, les casques des gardes-frontières brillent sous le soleil. Quand il reprend la parole, sa voix tremble légèrement.

— Il n'y a qu'une seule raison pour laquelle un groupe de jeunes comme vous voudrait louer un vieux local aussi près du Mur. Vous avez quelque chose en tête pour faire sortir des gens de Berlin-Est. Eh bien, je vous dis : bonne chance. Gardez votre argent, je n'en veux pas.

Il tend la clé à Harry.

— Prenez-la. L'endroit est à vous jusqu'à ce que vous ayez fait ce que vous devez faire. Ne laissez simplement pas ces salauds de l'autre côté vous attraper.

Sabine

Matthias et Joachim attirent beaucoup d'attention. Les gens les dévisagent et les montrent du doigt lorsqu'ils se déplacent dans l'école. La nouvelle de leur décision de porter du noir en signe de protestation politique s'est répandue rapidement. Ils reçoivent beaucoup de soutien de leurs camarades, mais le personnel enseignant, lui, n'est pas amusé.

Le dernier cours de la journée est marxisme-léninisme avec Herr Schmidt, mon professeur le moins préféré.

Petit homme terne à la tête chauve et tachetée, Herr Schmidt marche à grands pas vers le bureau à l'avant de la salle. Ses yeux de belette balaient la pièce et son nez tressaille comme s'il espérait flairer la dissidence à cinquante mètres. Son regard se pose sur Matthias et Joachim, assis au fond de la classe. Je leur jette un coup d'œil : ils soutiennent son regard, défiants et impénitents. Je m'attends à une remarque, mais Herr Schmidt se contente d'enregistrer l'affront dans un coin de sa tête, visiblement décidé à se venger plus tard.

— Ouvrez vos cahiers, dit-il de sa voix râpeuse. Nous allons commencer par examiner quelques héros du socialisme et leur contribution à notre société.

Il se dirige vers le mur où sont accrochés quatre portraits de dirigeants et penseurs communistes.

En tête de cette galerie de demi-dieux socialistes, Karl Marx est assis sur une chaise en bois sculpté, la main droite glissée dans le revers de sa veste, une montre en or suspendue à une chaîne. Ses cheveux frisés et négligés, sa barbe épaisse, lui donnent l'air d'un savant fou. À côté de lui, son collaborateur Friedrich Engels, dont la moustache en guidon et la barbe envahissante masquent complètement la bouche ; je me demande comment il pouvait manger une soupe sans en mettre partout.

Viennent ensuite deux praticiens du marxisme au XXe siècle : Vladimir Lénine et notre propre dirigeant, Walter Ulbricht. Leur pilosité est plus disciplinée : moustaches taillées, barbichettes soignées. Avec ses sourcils noirs arqués et sa barbe pointue, Lénine me fait penser à Méphistophélès, le diable du *Faust* de Goethe. Ulbricht, lui, est plus difficile à lire. En apparence, il semble presque bénin avec sa tête chauve et ses lunettes à monture argentée, mais je sens qu'il y a sous ce visage fade un cœur d'acier. Après tout, c'est l'homme qui a déclaré : *Personne n'a l'intention de construire un mur.*

Marx, Engels, Lénine et Ulbricht observent la classe comme des inspecteurs venus vérifier que Herr Schmidt suit fidèlement la ligne du Parti.

Ils n'ont aucune raison de s'inquiéter. Herr Schmidt récite la doctrine marxiste-léniniste comme un élève modèle. D'une voix monotone, il rabâche les principes de l'idéologie communiste et nous sommes obligés de tout noter. Je me surprends à écrire des phrases comme *dictature de la bourgeoisie* – qu'il prononce avec un mépris évident – et *dictature du prolétariat*, qu'il énonce en ronronnant presque, sans comprendre la moitié de ce que cela signifie. Au moindre regard jeté par la fenêtre, Herr Schmidt fond sur l'élève fautif avec une rafale verbale digne d'une mitraillette.

— Matthias, une société socialiste exige la coopération de tous ses membres, et cela t'inclut.

— Joachim, puisque tu ne juges pas utile de prendre des notes, je dois supposer que tu connais déjà parfaitement le programme de Lénine tel qu'exposé dans ses *Thèses d'avril* de 1917. Peut-être aimerais-tu éclairer la classe ?

Un froissement de papier au fond de la salle.

— Non ? Dois-je comprendre que tu n'es pas si familier que ça avec les théories de Lénine ? Dans ce cas, fais donc preuve de courtoisie et prends des notes.

— Monika, les concepts du marxisme-léninisme que je viens d'exposer en détail ne se trouvent pas sur tes ongles – dont la longueur, j'ajouterais, t'empêcherait d'effectuer tout travail manuel sérieux, la forme de travail la plus noble dans notre société.

Monika rougit violemment et glisse ses mains sous le bureau.

Je garde la tête baissée, attendant désespérément la sonnerie.

Je commence à me demander si elle est en panne quand le bourdonnement strident retentit enfin. Un immense soupir de soulagement traverse la classe. Personne ne sort assez vite. Astrid m'attrape par le bras et m'entraîne dehors.

— Bon Dieu, dit-elle. Je croyais que ce cours n'allait jamais finir. Je ne t'ai même pas raconté tout ce qui s'est passé pendant le camping.

Elle passe son bras sous le mien alors que nous descendons Greifenhagener Strasse et se lance dans une histoire de randonnée nocturne dans la forêt, quand j'entends mon nom.

— Sabine !

Je me retourne : Hans trottine pour nous rattraper. Astrid fronce les sourcils.

— Salut, je dis à Hans.

Nous continuons à marcher, Hans se calant à mon rythme. Astrid se tait.

— Tu me racontais une randonnée ? je l'encourage.

— Oh... ce n'est rien d'important, dit-elle sèchement.

À l'angle de Stargarder Strasse, elle lâche mon bras.

— Bon, je vais vous laisser tous les deux, dit-elle en nous lançant un regard appuyé, avant de s'éloigner vers Schönhauser Allee.

Hans a l'air un peu déconcerté.

— J'ai interrompu quelque chose ?

— Non, ne sois pas idiot.

Il hésite, puis :

— Sabine, tu sais ce que Herr Keller a dit ce matin à propos du service militaire ?

— Oui ?

— Eh bien... je ne vais pas le faire.

Je ne suis pas surprise. J'attends la suite.

Il se penche vers moi et murmure :

— J'ai trouvé un groupe à Berlin-Ouest qui peut organiser de faux papiers d'identité. Ça prendra du temps, mais… c'est un début.

Son souffle me chatouille le cou.

— C'est bien, je dis en lui souriant. Nous sommes arrivés.

— Je te tiendrai au courant, dit-il en me faisant un clin d'œil.

Je le regarde s'éloigner, puis je monte les escaliers jusqu'à notre appartement.

Brigitta est déjà là, allongée sur la couchette du haut, en train de lire.

— Comment était l'école ?

— Pas bien.

Elle m'explique que la gentille Fräulein Peters n'est plus là, remplacée par une certaine Frau Wolf, « un vrai dragon ». Elle grimace et mime une bête féroce.

— Frau Wolf dit qu'on doit toutes rejoindre les Jeunes Pionniers, gémit-elle.

C'est l'organisation de jeunesse communiste destinée aux jeunes enfants. Maman ne nous a jamais encouragées à rejoindre ces groupes. Elle ne leur fait pas confiance, disant qu'ils lui rappellent trop le *Bund Deutscher Mädel*, qu'elle avait été forcée de rejoindre quand elle était enfant. Elle nous racontait souvent des histoires d'horreur sur les exercices aérobiques obligatoires, pratiqués en masse dans les parcs, où les filles devaient porter des robes blanches échancrées et se savaient observées, reluquées même, par les instructeurs masculins.

— Je ne veux pas être Jeune Pionnière, dit Brigitta. Je déteste leurs uniformes. Et les garçons sont horribles.

— Ils ne peuvent pas t'y obliger.

Elle n'a pas l'air convaincue.

— Je pense que Frau Wolf est la belle-mère maléfique de Blanche-Neige, dit-elle. Elle dit que les gens de Berlin-Ouest sont méchants, mais ce n'est pas vrai. Dieter est à Berlin-Ouest, et il n'est pas méchant.

Sa voix tremble.

Je grimpe sur la couchette et m'assieds près d'elle.

— Lisons une histoire ensemble. Laquelle ?

— *Raiponce.*

Comme c'est approprié, pensé-je. Une fille emprisonnée dans une tour. À Berlin-Est, nous sommes tous des Raiponce maintenant.

Dieter

Maintenant que nous avons un endroit d'où creuser, Werner se met au travail à étudier des cartes détaillées de la zone, calculant les distances et le meilleur itinéraire pour le tunnel. Harry est parti chercher des pelles, des bêches, des pioches, des seaux et une brouette. Il dit qu'il connaît un endroit où il peut obtenir tout ce dont nous avons besoin pour une fraction du prix réel. J'ai proposé de l'aider, mais il m'a repoussé d'un geste. Alors Claudia et moi nous chargeons de rendre habitables les pièces à l'étage de la boulangerie et de préparer la cave pour le début du creusement.

La boulangerie est vide depuis des mois et en piteux état. La boutique est sale et il y a des crottes de souris dans la cuisine.

Claudia tire la lourde porte en fonte d'un des fours à pain et enfonce la tête à l'intérieur.

— On devrait essayer de les remettre en marche, dit-elle, sa voix résonnant dans l'espace creux.

— Quoi, tu plaisantes ?

— Pas du tout, répond-elle en se tournant vers moi. Elle est parfaitement sérieuse. Nous allons avoir besoin de beaucoup de nourriture si nous voulons avoir la force de creuser un tunnel à la main.

— C'est vrai, je dis. Werner a clairement expliqué que nous ne pourrons pas utiliser de machines pour creuser : ce serait trop bruyant, et les gardes est-allemands finiraient par entendre s'il y avait du forage sous leurs pieds.

À l'étage, ce n'est guère plus propre qu'en bas. Mais au moins il y a un lit double dans une chambre et des lits superposés dans les deux autres. Une famille avec des enfants a dû vivre ici autrefois. Les lits signifient que six personnes peuvent dormir en même temps. Harry prévoit que nous travaillions jour et nuit, par équipes, afin d'essayer de terminer plus vite. Dans la cuisine, il y a une petite plaque à gaz, une table et une demi-douzaine de chaises. Le salon contient un canapé aux ressorts cassés.

— Confortable, dit Claudia en rebondissant sur le canapé avant d'éclater de rire.

Mais c'est dans la cave que le vrai travail doit commencer. Nous descendons les marches en bois branlantes.

— Celles-ci ne sont pas sûres, dit Claudia en montrant une marche fendue.

Elle a raison. Ce n'est pas la seule. Les marches ne tiendront pas longtemps si des dizaines d'étudiants montent et descendent jour et nuit.

— Je vais les réparer, je dis, désireux de l'impressionner, puis regrettant aussitôt de m'être porté volontaire. Je n'ai jamais manié un marteau de ma vie. Mais enfin, ça ne peut pas être si compliqué.

Claudia ouvre un vieux sac de farine posé sur une étagère et jette un coup d'œil à l'intérieur.

— Merde, dit-elle en se détournant aussitôt. Il doit faire humide ici en hiver. La farine a moisi.

La première chose que nous faisons est donc de remonter les lourds sacs de farine et de les jeter dans la cour à l'arrière. Puis nous revenons à la cave pour examiner la pile de vieux meubles : des chaises à trois pieds, une table cassée, une vieille commode.

L'après-midi, nous nous mettons au travail. Nous utilisons le bois des meubles pour réparer les marches de la cave et nettoyer l'appartement. Claudia déborde d'énergie et attaque chaque tâche comme si elle partait au combat. Elle scie les tiroirs de la vieille commode pendant que je cloue les planches sur l'escalier. À l'étage, elle retrousse ses manches et frotte les surfaces, les sols et les murs jusqu'à ce que la sueur lui coule dans les yeux et qu'elle ne voie presque plus ce qu'elle fait. Je fais de mon mieux pour suivre son rythme, mais elle est infatigable.

À la fin de la journée, nous sommes épuisés. Je nous prépare chacun une tasse de café et nous nous affalons à la table de la cuisine. Claudia tient sa tasse à deux mains, pince les lèvres et souffle doucement sur la surface du liquide brûlant. Une trace de saleté lui barre le bout du nez. Nous avons travaillé côte à côte pendant des heures, mais je la connais encore à peine.

— Tu as dit que ton frère et ta sœur vivent à Berlin-Est avec ta tante, je dis. Comment ça se fait ?

Elle fixe longtemps sa tasse de café. Quand elle se met à parler, sa voix est calme.

— Mes parents sont morts dans un accident de voiture il y a dix-huit mois.

— Je suis désolé.

— Merci.

Elle m'adresse un sourire fatigué.

— Mon petit frère et ma petite sœur, Axel et Bettina, sont allés vivre chez notre tante, dans le quartier de Pankow, à Berlin-Est. Moi, je suis restée ici pour poursuivre mes études de sociologie à l'université. Au début, ça n'avait pas d'importance que je sois à l'Ouest et eux dans le secteur soviétique. Ils étaient en sécurité, je leur rendais visite tous les week-ends, je leur apportais des choses comme des bonbons qu'ils ne pouvaient pas acheter facilement à l'Est. Et eux venaient me voir pendant les vacances scolaires. Mais depuis que le Mur s'est dressé, je ne peux plus aller là-bas et ils ne peuvent plus venir ici. Si je ne les fais pas sortir de Berlin-Est, je ne les reverrai peut-être jamais.

Elle me regarde de ses grands yeux noisette, embués de larmes.

— Ne t'inquiète pas, je dis en posant une main sur son bras. Nous les ferons sortir. Tous.

Sabine

La protestation lancée hier par Matthias et Joachim prend de l'ampleur. La moitié de la classe est venue à l'école aujourd'hui habillée de la tête aux pieds en noir. Hans en fait partie. Il est entré dans la salle de classe ce matin vêtu d'un pantalon noir et d'un pull noir. Matthias et Joachim sont devenus, aux yeux de beaucoup, de véritables héros. Même Monika a abandonné ses jolies couleurs habituelles pour un chemisier noir et une jupe noire qui la font paraître beaucoup plus âgée. Astrid refuse de participer, disant qu'ils vont tous s'attirer de sérieux ennuis. Quant à moi, je n'ai tout simplement rien de noir dans ma garde-robe.

À l'appel, Herr Keller se tient devant la classe et nous regarde un par un. Je suis certaine qu'il prend note mentalement de qui porte quoi.

Quand je rentre de l'école, Frau Mann, du premier étage, se trouve dans le hall en train de retirer des lettres de sa boîte aux lettres. Elle commence à les feuilleter. C'est une femme mince d'une trentaine d'années, mais qui paraît plus âgée ; une ou deux mèches de ses cheveux foncés grisonnent déjà. Olaf et Michaela, les enfants, se tiennent près d'elle, Olaf suçant son pouce, Michaela enroulant une mèche de cheveux blonds autour de ses doigts.

— Bonjour, Frau Mann, je dis. C'est une voisine bien plus aimable que Frau Lange.

Elle lève brusquement les yeux et fourre les lettres dans la poche de son manteau.

— Oh, Sabine, dit-elle en soupirant. Tu m'as fait sursauter.

Ses yeux glissent au-delà de moi vers la porte, comme si elle s'attendait à voir entrer quelqu'un d'autre.

— Tout va bien ? je demande.

Elle serre son manteau contre elle, même si le temps est encore très doux.

Elle jette un coup d'œil aux enfants, puis se penche vers moi et parle d'une voix feutrée.

— Pas bien, dit-elle en secouant la tête. Helmut ne peut pas trouver de travail.

Helmut est son mari, un homme grand et jovial, mais presque jamais à la maison parce qu'il travaille habituellement beaucoup.

— Oh ?

— Tu sais, il travaillait avant… elle baisse encore la voix, au point que je dois presque lire sur ses lèvres… là-bas.

Elle veut dire Berlin-Ouest. Je hoche la tête pour montrer que je comprends.

— Mais maintenant, il n'est plus autorisé à traverser la frontière pour aller travailler, et il ne trouve rien à Berlin-Est. Il a postulé à beaucoup de postes, mais personne ne veut l'embaucher. Je pense que la Stasi doit avoir quelque chose contre lui.

— C'est terrible.

Frau Mann semble sur le point d'ajouter quelque chose, mais une porte s'ouvre et se referme à l'étage, suivie de bruits de pas dans l'escalier. Frau Lange apparaît. Elle nous regarde, Frau Mann et moi, puis me fixe à nouveau, comme si elle tirait une conclusion significative du simple fait que nous parlions ensemble.

— Bonjour, Frau Lange, je dis, déterminée à lui montrer que nous n'avons rien à cacher.

Les règles élémentaires de la politesse l'obligent à répondre par un *bonjour* bref et sec, mais elle ne s'arrête pas pour bavarder.

— Il faut que j'y aille, dit Frau Mann en jetant un coup d'œil vers les enfants.

Elle les pousse doucement hors de l'immeuble, me laissant seule dans le hall, à me demander comment ils vont s'en sortir si Herr Mann ne parvient pas à trouver du travail.

Dieter

J'ai quitté l'appartement que je partageais avec Bernd, même si la plupart de mes vêtements et de mes affaires s'y trouvent encore. J'ai aussi donné ma démission de l'Hotel Zoo. Je veux me consacrer entièrement au projet de tunnel et faire sortir Sabine, Brigitta et Maman de Berlin-Est. Le peu d'argent que j'avais économisé, je l'ai versé dans la cagnotte collective pour acheter de l'équipement et de la nourriture.

Jeudi soir, Harry convoque une réunion dans la cuisine de l'appartement du dessus pour discuter des plans.

Werner arrive avec une vieille serviette en cuir abîmée, dont il sort une liasse de papiers et sa carte de Berlin. Il étale la carte sur la table et Harry, Claudia et moi écoutons pendant qu'il nous explique les détails.

Werner a établi les plans d'un tunnel reliant la boulangerie de la Bernauer Strasse au numéro dix-sept de la Schönholzer Strasse. Le tunnel fera cent vingt mètres de long.

— Voici le profil du tunnel, dit Werner en sortant une autre feuille de sa serviette. Nous devons creuser verticalement sur quatre mètres avant de commencer le tunnel horizontal. À l'autre extrémité, nous creuserons une pente vers le haut avec un angle de trente degrés. C'est la seule façon d'atteindre la surface en sécurité, et cela permettra aussi aux fuyards de glisser dans le tunnel, ce qui accélérera leur passage.

Je suis impressionné par la précision du travail de Werner, mais Harry est d'humeur combative.

— Quelle hauteur fera le tunnel ? demande-t-il.

— Un peu plus d'un mètre, répond Werner.

— Donc les gens devront ramper ?

— Creuser un tunnel plus haut prendrait trop de temps.

— Et combien de temps pour le creuser, celui-ci ?

— Ça dépend du sol. Si c'est surtout du sable, ce sera rapide ; si on tombe sur de l'argile, ça prendra plus longtemps. En travaillant jour et nuit, je pense qu'on peut y arriver en environ quatre mois.

Harry siffle entre ses dents. Je m'attendais à ce qu'il soit plus enthousiaste.

— Écoute, je dis, plus tôt on commence, plus tôt on aura fini.

Harry ignore ma remarque et poursuit son interrogatoire.

— Et le bruit ? Il y a un risque que les Allemands de l'Est nous entendent ?

— Nous ne pourrons utiliser aucune machine, dit Werner, mais on le savait déjà. C'est pour ça que le creusement prendra autant de temps. Et il y a autre chose : comme on est très près du Mur, je pense qu'on devrait avoir en permanence quelqu'un en sentinelle sur le toit. Si les Allemands de l'Est deviennent soupçonneux, on pourra arrêter le travail immédiatement et verrouiller la cave.

L'idée de devoir maintenir une sentinelle en permanence me glace le sang, mais je me rappelle que nous prévoyons de creuser sous un territoire ennemi. S'ils nous attrapaient, nous serions très probablement abattus.

— Comme tu veux, dit Harry, sans avoir l'air totalement convaincu.

— Bien, conclut Werner d'un ton qui met fin à la discussion.

Claudia me lance un regard qui signifie : *heureusement que c'est réglé.*

— Une dernière chose, dit Harry. Je vais entrer et sortir de Berlin-Est moi-même, puisque le courrier est inutilisable : la Stasi ouvre les lettres à la vapeur et lit tout. Mais je ne peux pas rendre visite à chaque fuyard personnellement. Il nous faut un contact à l'Est.

Quelqu'un au-dessus de tout soupçon. Quelqu'un que la Stasi n'a jamais eu de raison de surveiller.

— Ma petite amie Marion aurait le courage de le faire, dit Werner, mais l'usine où elle travaille grouille d'informateurs de la Stasi. Elle ne s'en sortirait jamais. Et ton ami, Harry ?

Harry secoue la tête.

— Manfred est acteur. Trop connu. Ils surveillent les gens comme lui de très près.

— Ma tante n'a jamais eu de problèmes avec la Stasi, dit Claudia. Mais elle travaille toute la journée à l'hôpital et s'occupe de mon frère et de ma sœur le soir.

— Ne vous inquiétez pas, je dis avec une excitation soudaine. Je sais exactement qui il nous faut.

Tous les regards se tournent vers moi.

— Ma sœur Sabine pourrait être notre contact à l'Est. La Stasi n'a jamais eu la moindre raison de la soupçonner. Elle serait parfaite.

— Elle est comment, ta sœur ? demande Harry.

— Elle a dix-sept ans et elle est encore à l'école, mais ne te laisse pas influencer par ça. Elle est très mûre, très sensée. Elle n'a jamais eu d'ennuis avec la Stasi, ni avec qui que ce soit.

— Hm, fait Harry. Bon, si c'est ce qu'on a de mieux, elle fera l'affaire.

Sa réaction me déçoit, mais je m'efforce de ne rien laisser paraître.

— Je suis sûre qu'elle sera parfaite, dit Claudia avec assurance.

Je le pense aussi. Et Harry aussi... une fois qu'il l'aura rencontrée.

Sabine

L'atmosphère à l'école se détériore. Hans et les autres garçons subissent une pression croissante de la part du directeur pour s'inscrire au service militaire. Jusqu'à présent, ils ont tous refusé. La plupart portent du noir en soutien à la protestation lancée par Matthias et Joachim. Et il y a des hommes que je ne reconnais pas dans les couloirs. Habillés de costumes gris, ils doivent être des responsables du Parti, probablement de la Stasi. Et ils nous observent.

Quand la dernière sonnerie retentit jeudi, Astrid m'attrape par le bras.

— Allez, sortons d'ici. J'ai l'impression qu'on est sous surveillance.

— On l'est.

— Bon, j'en ai assez.

Elle m'entraîne dehors.

— Tu veux venir chez moi un moment ?

— Bien sûr.

Nous nous dirigeons vers Schönhauser Allee, où Astrid vit dans un appartement moderne avec ses parents et son petit frère, Frank. En marchant, Astrid fait une imitation impitoyable du professeur de politique, Herr Schmidt, fronçant les sourcils et prenant une voix pompeuse pour déclamer de la théorie marxiste. Ça fait du bien de rire.

Quand nous arrivons devant son immeuble, nous montons jusqu'au premier étage. La cage d'escalier est éclairée par des lumières électriques qui ne s'éteignent pas automatiquement et elle a l'air – et sent – comme si elle venait d'être repeinte. Astrid ouvre la porte et je la suis dans le salon tandis qu'elle enchaîne sur une nouvelle imitation de Herr Schmidt.

Frank est allongé sur un tapis rouge, absorbé par *Meister Nadelöhr*, le seul programme pour enfants à la télévision. Comme beaucoup de garçons de son âge, il porte l'uniforme des Jeunes Pionniers : short bleu, chemise blanche et foulard bleu.

— Chut ! dit-il en nous lançant un regard sévère.

Astrid se tait et nous regardons l'écran qui scintille. Un homme à la coiffure gonflée, vêtu d'une chemise blanche à froufrous et d'un smoking, chante une chanson sur les contes de fées en mimant une guitare qui ressemble à une planche de bois. Puis il commence à préparer un sac à dos pour partir en randonnée dans la forêt avec son ours en peluche, afin d'observer les animaux à la jumelle. Je me demande si c'est vraiment le mieux que la télévision est-allemande puisse offrir aux enfants.

— Papa voudra regarder les informations quand il rentrera, dit Astrid.

Frank lui tire la langue.

J'ai demandé une fois à Astrid ce que faisait son père, mais elle s'est contentée de dire qu'il avait un travail ennuyeux dans un bureau.

— Astrid, c'est toi ? appelle sa mère depuis la cuisine.

L'odeur de Bratwurst et d'Apfelstrudel flotte dans l'appartement.

— Le thé sera prêt dans une demi-heure. Oh, bonjour Sabine. Tu restes manger quelque chose ?

C'est tentant, mais je dois rentrer préparer le dîner pour Brigitta. Je remercie la mère d'Astrid pour sa gentillesse et lui dis que je ne peux pas rester longtemps.

Astrid a la chance d'avoir sa propre chambre, moderne et lumineuse, donnant sur Schönhauser Allee. Elle m'y emmène et nous

nous asseyons sur son lit, bien plus confortable que le lit superposé que je partage avec Brigitta.

Je lui demande ce qu'elle pense de tous ces responsables du Parti qui rôdent dans l'école.

Elle hausse les épaules.

— C'est comme je l'ai dit dès le premier jour. Matthias et Joachim causent des ennuis à tout le monde.

— Et qu'est-ce que tu penses qu'il va se passer ?

— Comment je pourrais savoir ? Et puis, franchement, qui s'en soucie ? Tu veux écouter mon nouveau disque ?

Elle bondit du lit et se dirige vers le tourne-disque installé dans un coin de la pièce. Nous passons la demi-heure suivante à écouter de la musique. Mais je n'arrive pas à chasser de mon esprit l'image de ces hommes du Parti, rôdant dans les couloirs de l'école comme des prédateurs à l'affût.

Je pense encore aux prédateurs quand je rentre chez moi. En tournant dans Stargarder Strasse, je remarque un homme qui marche sur le trottoir en sens inverse. Mon premier réflexe est de baisser les yeux. Mais quelque chose chez lui m'oblige à regarder.

Il ne ressemble pas aux habitants du quartier, avec leurs vêtements ternes d'usine. Il ne ressemble pas non plus aux hommes en costume gris de l'école. Il est grand, blond, les cheveux rejetés en arrière, et porte un long pardessus qui flotte derrière lui dans la brise.

Alors que nous arrivons à sa hauteur, il glisse la main dans la poche de son manteau et en sort une carte qu'il commence à déplier. Je suis sur le point de passer quand il se tourne vers moi.

— Excusez-moi.

Son allemand est teinté d'un accent étranger que je n'arrive pas à identifier. Peut-être américain.

— Je cherche le cimetière juif de Prenzlauer Berg, dit-il en levant la carte. Je me suis un peu perdu. Est-ce que vous pourriez m'indiquer la direction ?

Un étranger à Berlin-Est, à la recherche du cimetière juif. L'idée me paraît étrange. Puis je me rappelle que les occidentaux – Américains, Britanniques – peuvent encore passer les points de contrôle.

Il manipule la carte maladroitement et l'ouvre à une page qui n'a rien à voir avec l'endroit où nous sommes. Dans les plis du papier, j'aperçois une petite enveloppe. Mon nom est écrit dessus. Je reconnais immédiatement l'écriture. Le sol semble se dérober sous mes pieds.

— Prenez-la, chuchote-t-il.

Puis, plus fort, en pointant la carte :

— Est-ce que je suis au moins dans la bonne direction ?

Je tends la main, prends l'enveloppe et la glisse dans ma poche.

— Non, vous êtes complètement perdu. Si vous cherchez le cimetière juif, il faut redescendre cette rue, je dis en pointant la carte d'un doigt tremblant, puis continuer jusqu'au carrefour. C'est à deux pâtés de maisons de là.

— Merci beaucoup.

Il replie la carte et la glisse dans son manteau.

— Vous m'avez été d'une grande aide.

Il me fait un très léger clin d'œil, puis s'éloigne à grands pas... dans la direction opposée au cimetière. Il n'a jamais été perdu. Il savait exactement qui j'étais.

Je rentre précipitamment et monte les escaliers deux par deux. Dans la chambre, je referme la porte et déchire l'enveloppe.

À l'intérieur, un court message de Dieter. Il m'explique que l'homme que je viens de rencontrer s'appelle Harry. Qu'il est moitié américain, moitié allemand. Et puis il y a cette phrase que je relis encore et encore avant d'oser y croire :

Dieter, Harry et quelques autres vont creuser un tunnel vers Berlin-Est pour nous faire sortir.

Une larme tombe sur le papier.

Je pleure.

Dieter vient nous chercher. Il va nous sauver.

Dieter

Il est tard quand Harry revient de Berlin-Est. Il traverse la cuisine, enlève son manteau et le jette sur le dossier d'une chaise.

— Comment ça s'est passé ? je lui demande.

Je suis désespéré de savoir s'il a réussi à entrer en contact avec Sabine. Je veux savoir comment elle va.

— Oh, facile comme toujours, dit Harry en passant les doigts dans ses cheveux. Ces types à Checkpoint Charlie font tout un cinéma en examinant mon passeport, comme s'ils allaient me refuser le passage, mais ils savent très bien qu'ils n'en ont pas le droit.

Il rit.

Il est toujours comme ça quand il revient de Berlin-Est. Il savoure le frisson de marcher en territoire ennemi, de comploter contre les Allemands de l'Est. En temps de guerre, il aurait fait un excellent espion. Mais je n'ai aucune envie d'entendre parler de ses pitreries à Checkpoint Charlie.

— Et Sabine ? je dis. Tu l'as vue ? Comment allait-elle ?

— Eh, elle n'est pas mal, ta sœur, non ?

Il me fait un clin d'œil. Claudia sursaute alors que le couteau avec lequel elle hache des légumes glisse dans sa main. Elle jure à voix basse.

La remarque d'Harry m'agace, mais je laisse passer.

— Alors tu l'as vue ?

Il hoche la tête.

— Tout est arrangé. Je lui ai transmis ton message. Et tu avais raison.

— À propos de quoi ?

— Elle fera un contact formidable. Elle sait se tenir tranquille. Elle ne se mettra pas dans le viseur de la Stasi.

Sabine

Enfin c'est vendredi et le dernier cours de la journée. Malheureusement, c'est marxisme-léninisme avec Herr Schmidt.

J'ai été retardée en parlant avec Frau Nijinsky, la professeure de russe, des romans russes que je devrais lire, alors je me précipite dans la classe de Herr Schmidt à la dernière minute. La seule place qui reste est devant, au milieu. Personne ne veut s'asseoir juste sous le nez de Herr Schmidt. J'ai chaud d'avoir couru, alors j'enlève mon cardigan et le jette sur le dossier de la chaise. Puis je sors mon cahier et ma trousse de mon sac. Juste à temps.

Quelques instants plus tard, Herr Schmidt entre dans la salle, marche à grands pas jusqu'à son bureau et y claque un exemplaire du *Kapital*. Il y a des taches rouges sur sa tête chauve. La classe se tait. Il se tient si près que je peux sentir l'odeur de tabac froid et de sueur. Je garde la tête baissée, faisant semblant de relire les notes prises mercredi.

Herr Schmidt émet un bruit rauque dans sa gorge, comme s'il avait avalé du *Sauerkraut* mélangé à du fil barbelé. C'est le signal que le cours commence. Avec un soupir, je tourne une page vierge dans mon cahier et j'écris la date. Herr Schmidt se met à parler.

— Aujourd'hui, nous examinerons les théories de Marx sur la lutte des classes – le conflit entre une classe possédante et une classe ouvrière. Karl Marx...

Herr Schmidt marche vers les portraits des penseurs et dirigeants communistes accrochés au mur.

— ...était un grand homme qui comprenait les problèmes auxquels faisaient face les travailleurs dans une société bourgeoise injuste.

Pendant qu'il rabâche, je coupe mon cerveau et me contente d'écrire mécaniquement tout ce qu'il dit. Je remplis deux pages et je suis sur le point d'en commencer une troisième – Herr Schmidt décrit maintenant dans les moindres détails la collaboration de Marx avec Friedrich Engels – quand il bredouille au milieu d'une phrase et s'interrompt.

C'est si soudain que je lève les yeux. Herr Schmidt est figé devant la classe, la bouche ouverte, les yeux écarquillés d'indignation. Je suis son regard vers le fond de la salle. Hans est assis près de la fenêtre, dans le coin. Il a levé la main.

— Qu'est-ce que c'est ? claque Herr Schmidt.

Personne n'interrompt jamais Herr Schmidt.

Les lèvres de Hans se retroussent en un léger sourire narquois. Mon cœur se serre.

Quand Hans parle, il prend un ton faussement naïf, comme un enfant posant une question innocente à un parent indulgent.

— Nous nous appelons la République démocratique allemande, mais comment pouvons-nous être un pays démocratique s'il n'y a qu'un seul parti politique ?

C'est comme s'il avait lancé une grenade à main. Je dois résister à l'envie de me glisser sous le bureau. Je suis sûre que personne ne respire.

Les taches rouges sur le crâne de Herr Schmidt virent au violet. Il fait à nouveau ces bruits râpeux dans sa gorge.

— La classe ouvrière n'a besoin que d'un seul parti pour représenter ses intérêts, dit-il enfin. Et ce parti est le Parti communiste. Il n'y a donc pas besoin d'élections libres, puisque la classe ouvrière n'a pas besoin de choix.

Hans fait semblant de réfléchir à cette absurdité. Matthias et Joachim sourient, ravis. J'essaie de faire signe à Hans d'arrêter, mais il ne me voit pas.

— Mais sûrement, dit Hans d'un ton affable, comme s'ils discutaient tranquillement autour d'une bière, un parti doit gagner une élection avec un véritable choix pour démontrer qu'il a le soutien du peuple.

Je pense qu'il a perdu la tête.

Matthias et Joachim regardent dans la direction de Hans et hochent la tête en accord. Astrid me regarde et lève les yeux au ciel. J'aimerais que la sonnerie retentisse et qu'on puisse toutes rentrer à la maison.

Tous les regards se tournent vers Herr Schmidt. Il marche vers Hans, pose ses deux mains sur le bureau et se penche en avant. Hans recule légèrement.

— Un jeune homme ignorant et impudent comme toi, dit Herr Schmidt en l'arrosant de postillons, n'est pas encore capable d'apprécier les valeurs de notre société socialiste. Mais un passage par le service obligatoire dans l'Armée populaire nationale arrangera bientôt cela.

Le sourire de Hans disparaît.

Dring !

La sonnerie retentit. Tout le monde se lève d'un bond.

Astrid apparaît à côté de moi.

— Sortons d'ici.

Je ramasse mes affaires à la hâte et la suis dans la cohue.

— Mon Dieu, dit Astrid. Tu ne peux pas remettre un peu de plomb dans la cervelle de ton petit ami ?

— Ce n'est pas mon petit ami.

— Peu importe. Dis-lui d'arrêter d'être stupide. Il croit vraiment qu'il va changer le système politique du pays tout seul ?

Je n'ai pas le temps de répondre. Des regards nous suivent dans le couloir. Des espions de la Stasi pourraient être partout.

Arrivées presque au bout, je me souviens soudain de mon cardigan.

— Désolée, je dis. Il faut que je retourne.

— Je t'attends ici. Fais vite.

Je retourne vers la classe. J'ouvre la porte. Mon cardigan est toujours sur la chaise. Le *Kapital* est encore sur le bureau.

Puis je remarque un bruit à ma gauche.

Matthias et Joachim sont debout près des portraits de Marx, Engels, Lénine et Ulbricht. À ma vue, ils sursautent et se précipitent vers la porte. Dans leur fuite, quelque chose tombe et roule jusqu'au pied d'un bureau.

Je prends mon cardigan, puis je m'approche. C'est un stylo noir.

Au même moment, Herr Schmidt entre.

Il s'arrête net en me voyant, le stylo à la main. Son regard passe de moi aux portraits, puis revient sur moi. Son visage devient livide.

Je me retourne.

Les portraits ont été défigurés.

Marx porte des lunettes noires. Des insectes rampent dans la barbe d'Engels. Lénine a des cornes. Et la moustache clairsemée d'Ulbricht est devenue une petite moustache noire, en brosse à dents dans le style d'Adolf Hitler.

Je regarde le stylo. Mes jambes tremblent.

Herr Schmidt s'avance.

— Donne-moi le stylo.

Je le lui tends. Il le saisit du bout des doigts.

— Que signifie cette... excroissance ? siffle-t-il.

— Ce n'était pas moi, je dis.

— Qui alors ?

— Je ne sais pas. Ils étaient déjà partis.

— Ils ?

Je rougis jusqu'aux racines des cheveux.

Il touche la petite moustache façon Hitler dessinée sur le visage d'Ulbricht avec un doigt jauni par la nicotine. Le bout de son doigt ressort noir.

— L'encre n'est pas encore sèche, dit-il, avec une note de triomphe dans la voix. Les coupables – si ce n'était vraiment pas toi, comme tu le prétends, ajoute-t-il d'un ton chargé de scepticisme – ne peuvent pas être partis depuis longtemps. Tu es sûre que tu ne les as pas vus ?

— Pas vraiment, je dis. J'étais là-bas, je pointe vers l'avant de la classe, en train de récupérer mon cardigan, et quelqu'un s'est précipité dehors. Je ne sais pas qui c'était.

C'est ridicule, bien sûr. Il est inconcevable que je ne reconnaisse pas mes propres camarades de classe, ceux avec qui je suis à l'école depuis des années, même si je ne les ai aperçus que de dos. Mais je suis déterminée à ne pas céder maintenant. Pour autant que je sache, Herr Schmidt les a peut-être vus quitter la pièce et sait parfaitement qui ils sont. Il pourrait très bien jouer avec moi, simplement pour le plaisir de me tourmenter.

— Ceci, dit-il en pointant un doigt accusateur vers les portraits profanés, est une affaire très sérieuse. Tu peux partir maintenant, mais ne pense pas que cette histoire est terminée.

Je prends mon sac et sors de la salle.

En quelques minutes à peine, tout a changé. Je ne suis plus la même personne que celle qui est entrée ici cinq minutes plus tôt. Je suis devenue quelqu'un qu'on remarque. Quelqu'un qu'on surveille. Une personne marquée. Un Ennemi de l'État.

Astrid est appuyée contre le mur au bout du couloir. Elle regarde sa montre quand j'approche.

— Qu'est-ce qui t'a pris si longtemps ?

— Pas ici, je dis en jetant un coup d'œil derrière moi.

Une fois dehors, loin du bâtiment, je lui raconte tout : les portraits, le stylo, et comment, stupidement, je l'ai ramassé juste au moment où Herr Schmidt est entré. Je ne lui dis pas que ce sont Matthias et Joachim qui ont fait ça. Même si Astrid est mon amie, je ne veux pas être responsable de propager des rumeurs qui pourraient attirer des ennuis aux garçons.

— Ne t'inquiète pas, dit Astrid en passant son bras autour de moi. Il ne va rien arriver.

Mais je sais qu'elle dit ça pour me rassurer.

La vérité, c'est que j'ai peur.

Très peur.

Chapitre 4

La Stasi

Sabine

J'AVAIS RAISON D'AVOIR PEUR hier.

C'est Brigitta qui remarque la voiture à sept heures et demie du matin. Maman est déjà au travail. La veille au soir, je leur ai raconté ce qui s'était passé à la fin du cours de Herr Schmidt et je les ai prévenues que la Stasi pourrait vouloir m'interroger à ce sujet. Malgré tout, c'est un sale choc de réaliser qu'ils sont venus si tôt.

Brigitta se tient au bord de la fenêtre du salon, à moitié cachée derrière le rideau. Elle m'appelle, la voix tremblante.

— Regarde, chuchote-t-elle. Il y a une Wartburg vert pâle garée devant notre immeuble.

La grande voiture, avec son long capot élégant et son toit doucement courbé, est voyante. Presque personne ici ne possède une voiture, et ceux qui en ont roulent tous dans des Trabi en forme de boîte. Deux hommes sont assis à l'avant, observant l'immeuble. Des officiers de la Stasi.

L'homme côté passager regarde sa montre, puis fait un signe de tête au conducteur. Ils ouvrent les portières et descendent. Celui qui sort côté passager est grand, avec des épaules carrées et des cheveux gris acier hérissés. Le conducteur est plus petit, plus trapu, et même d'ici je distingue la calvitie sur le sommet de son crâne. Tous deux portent des imperméables bruns, quelconques. Des vêtements civils.

Ils claquent les portières et marchent vers l'immeuble. Je les perds de vue lorsqu'ils franchissent la porte d'entrée. Ce n'est plus qu'une question de secondes avant qu'ils arrivent à l'appartement. Pendant un instant, je me sens paralysée, incapable même de penser. Puis je secoue la tête et me ressaisis.

— Vite, je dis à Brigitta. La lettre de Dieter est dans mon carnet, dans la commode. Brûle-la. Maintenant.

Je n'ai aucune idée s'ils vont fouiller l'appartement, à la recherche de preuves que je suis une traîtresse à l'État, mais la note de Dieter décrivant les plans de tunnel pourrait me conduire en prison pour le restant de mes jours.

Brigitta court dans la chambre, attrape la lettre, revient dans le salon et la jette dans le poêle en faïence juste au moment où un coup sec retentit à la porte.

Je traverse le couloir, les jambes tremblantes à chaque pas. Je prends une profonde inspiration et ouvre la porte.

Les deux hommes se tiennent là. Le plus grand, aux cheveux gris, a un visage creusé de rides profondes, comme des fissures dans un lit de rivière asséché. Il se place légèrement devant son collègue, qui s'est posté sur le côté, les pieds écartés, les bras croisés, prêt à réagir si je tentais de fuir. Le grand se présente d'un ton sec, factuel.

— Herr Stein, du *Staatssicherheitsdienst*.

La Police secrète d'État. La Stasi.

Puis il ajoute :

— Fräulein Neumann, nous devons vous poser quelques questions concernant une affaire de sécurité d'État. Vous êtes tenue de venir avec nous.

Il ne me demande pas si je suis Fräulein Neumann. Il le sait déjà.

Il n'y a aucun intérêt à feindre l'ignorance. Je hoche la tête, décidant qu'il vaut sans doute mieux paraître coopérative.

— Mais d'abord, je dois dire au revoir à ma sœur.

Sans attendre leur réponse, je retourne dans le salon. Brigitta est recroquevillée dans son fauteuil préféré, serrant son livre de contes de fées contre sa poitrine. La terreur est gravée sur son visage.

— Ne t'inquiète pas, je dis en la prenant dans mes bras. Reste à l'intérieur et n'ouvre la porte à personne.

Elle hoche la tête.

— Quand Maman rentrera du travail, dis-lui ce qui s'est passé, mais dis-lui de ne pas s'inquiéter. Je reviendrai bientôt.

Je l'embrasse sur le front, puis retourne dans le couloir où les deux hommes m'attendent.

Je suis Herr Stein dans l'escalier, le conducteur fermant la marche. Juste au moment où je pense que la situation ne peut pas empirer, nous croisons Frau Lange qui revient du magasin. Elle ne dit rien. Je refuse de la regarder, mais je peux imaginer sans peine le sourire narquois étirant ses lèvres.

Dehors, une envie soudaine me traverse : courir. Sprinter aussi vite que possible dans la rue. Mais Herr Stein semble anticiper mes pensées. Avant que je comprenne ce qui se passe, il ouvre la portière arrière et me pousse à l'intérieur de la voiture. Les deux hommes prennent place à l'avant.

L'habitacle sent la cigarette froide et la brillantine.

Le moteur démarre et nous quittons le trottoir. Je m'affaisse contre le siège, vaincue. Les rues familières de Prenzlauer Berg défilent derrière la vitre, mais elles me paraissent irréelles, comme si je les observais à travers un rêve trouble.

Pour me calmer, j'essaie de me concentrer sur notre trajet. Nous roulons vers le sud-est, en direction de Lichtenberg. Nous prenons Dimitroffstrasse, puis Frankfurter Allee, droite et rigide comme une artère prussienne. Environ vingt minutes plus tard, la voiture tourne dans Normannenstrasse et débouche sur une vaste place sans âme, entourée de tous côtés par d'énormes blocs interconnectés.

Nous nous arrêtons devant un bâtiment de béton brun.

Je sais, sans qu'on ait besoin de me le dire, que c'est le quartier général de la Stasi. Les bâtiments alentours forment la machinerie entière de la peur.

Les hommes sortent de la voiture. Le conducteur ouvre ma portière. Je descends, me sentant minuscule et impuissante face à l'architecture mégalithique. Herr Stein me guide à l'intérieur du bâtiment et vers un ascenseur Paternoster en mouvement. Je me tiens prudemment en retrait du bord, terrifiée à l'idée de tomber. Au deuxième étage, il me saisit par le bras et nous sautons hors de la cabine encore en marche.

Il m'emmène le long d'un couloir jusqu'à une petite pièce carrée.

— Ici.

J'entre. La pièce est presque vide : un classeur métallique, un bureau, deux chaises – une de chaque côté. Sur le bureau, un téléphone couleur fauve doté de rangées de boutons supplémentaires, et une grande boîte métallique avec deux bobines de bande. Je n'ai jamais vu une machine pareille, mais je comprends qu'il s'agit d'un magnétophone. Le début de mon dossier, si la Stasi n'en a pas déjà un à mon nom.

Herr Stein désigne la chaise la plus proche, celle dont le dossier fait face à la porte.

— Asseyez-vous !

Un tissu est posé sur le siège. Je ne sais pas pourquoi. Peut-être l'a-t-on oublié là. Je le prends, prête à le laisser tomber par terre, mais Herr Stein m'aboye dessus.

— Laissez-le !

Je le regarde, sidérée.

— Vous devez vous asseoir dessus.

Je ne comprends pas pourquoi, mais je n'ose pas protester. Je lisse le tissu et m'assieds, droite comme un piquet, les mains jointes sur les genoux. Tout cela est profondément déstabilisant. Je sens mes mains trembler.

Mon regard va du téléphone au magnétophone, puis revient au téléphone. Ce ne sont que des objets, mais ils m'intimident.

Je pensais que Herr Stein allait m'interroger immédiatement. Au lieu de cela, il semble attendre quelqu'un. Je sais qu'il est toujours là, derrière moi – j'entends sa respiration.

Je m'assieds.

Et j'attends.

Dieter

— Alors, qu'est-ce qui t'a donné envie de faire ça ?

Nous marchons en direction de la *Technische Universität*. Harry et moi allons tenter d'y recruter des étudiants pour travailler au creusement du tunnel. Je sais ce qui motive Claudia et Werner, mais je n'ai jamais vraiment compris ce qui a poussé Harry à se lancer dans ce projet dangereux.

— Faire quoi ? demande-t-il avec sa désinvolture habituelle.

— Tu sais bien. Organiser une voie d'évasion pour les gens de l'Est. Tu n'as pas de famille là-bas, si ? Tu n'es même pas berlinois.

Il m'a déjà expliqué que son père était américain et sa mère originaire de Hambourg. Il a grandi à Boston et possède la double nationalité américaine et ouest-allemande. Il utilise son passeport américain pour franchir Checkpoint Charlie, même si son passeport ouest-allemand ferait tout aussi bien l'affaire. Selon lui, laisser passer un Américain énerve davantage les gardes est-allemands que de laisser passer un simple Allemand de l'Ouest. J'attends toujours sa réponse.

— Tu as raison, dit-il enfin. Je n'ai pas de famille là-bas, derrière le Mur. Mais le truc, c'est que… mon père a été tué pendant la guerre. Son avion a été abattu au-dessus de Dresde. J'avais sept ans à l'époque. Après ça, j'ai passé toute mon enfance à vouloir venir en Europe, à voir de mes propres yeux l'endroit où il est mort. Je suis arrivé ici en 1954, à dix-huit ans.

Il s'arrête et regarde droit devant lui. Quand il reprend la parole, sa voix est si basse que je dois me pencher légèrement pour l'entendre.

— Mon père est mort en essayant de libérer l'Europe de la tyrannie d'Hitler. Aujourd'hui, je fais ce que je peux pour libérer les gens de la tyrannie du communisme. Ça te suffit ?

Je ne l'ai jamais entendu parler avec autant de gravité. Je me sens soudain très humble. Moi, je fais tout ça pour sortir Sabine, Brigitta et Maman de Berlin-Est. Je me demande si je serais capable d'un tel engagement si je n'avais personne de l'autre côté du Mur.

Sabine

Il y a des pas rapides dans le couloir. Ils s'arrêtent devant la pièce. Puis une voix de femme s'adresse à Herr Stein.

— Merci. Vous pouvez partir.

Pour une raison que je ne m'explique pas, je m'attendais à un homme, alors cette voix féminine me surprend légèrement. Je suis curieuse, mais je n'ose pas me retourner pour regarder.

La femme ferme la porte, contourne le bureau et s'assied en face de moi. Son apparence ne fait rien pour calmer mes nerfs.

Elle est grande, d'âge moyen, avec des cheveux noirs coupés très courts, manifestement teints. Ses sourcils ont été épilés jusqu'à disparaître, puis redessinés en arcs nets de khôl noir, ce qui lui donne un regard perpétuellement interrogateur – sans doute approprié à son travail. Ses lèvres, enduites d'un rouge foncé, rivalisent d'attention avec ses sourcils. Elle a quelque chose d'artificiel, comme un objet produit en laboratoire. Elle ne sourit pas.

— Frau Biedermeier, dit-elle.

Il est inutile que je me présente. Elle sait déjà qui je suis, où je vais à l'école, où je vis, et sans doute bien d'autres détails de ma vie.

Pendant qu'elle trie ses papiers et se prépare à commencer l'interrogatoire, je me donne du courage en pensant à Dieter et aux creuseurs de tunnels à Berlin-Ouest. Pour autant que je sache, même la Stasi n'a pas encore appris à lire dans les pensées. Que ne ferait-elle pas pour posséder une telle information ? Vendre sa propre grand-mère, j'imagine – si elle ne l'a pas déjà fait.

Elle tend un doigt et appuie sur un bouton du magnétophone. Ses ongles sont peints de la même nuance de rouge que ses lèvres. Les bobines commencent à tourner, produisant un ronronnement régulier que je trouve étrangement distrayant. Elle joint le bout de ses doigts et m'évalue de ses yeux gris et froids.

— Alors, dit-elle, vous avez été surprise par Herr Schmidt, votre professeur de politique, debout près des portraits de grands dirigeants socialistes, tenant un stylo noir avec lequel vous aviez honteusement et grossièrement défiguré ces portraits, manifestant ainsi votre mépris pour notre système socialiste. Qu'avez-vous à dire ?

Ses sourcils de khôl se haussent légèrement. Elle attend.

— Ce n'était pas moi. Je n'ai pas dessiné sur les portraits.

Ma voix ne me ressemble pas. Elle est trop mince, trop faible. Le magnétophone ronronne.

— Sottises. Vous avez défiguré ces portraits, et plus tôt vous l'admettrez, plus tôt cet entretien prendra fin.

— Je ne l'ai pas fait.

Ma voix est plus ferme cette fois. Elle ne me fera pas avouer quelque chose que je n'ai pas fait.

— Alors comment expliquez-vous le fait que vous teniez le stylo noir ?

— Je suis retournée dans la salle de classe pour récupérer mon cardigan que j'avais laissé sur ma chaise.

Ne dis que les faits, je me répète.

— En entrant dans la pièce, j'ai surpris des étudiants qui se sont précipités dehors. L'un d'eux a fait tomber le stylo. Je l'ai ramassé, et c'est à ce moment-là que Herr Schmidt est revenu.

— Donc vous avez ramassé le stylo noir. Il s'agissait vraisemblablement du même stylo que celui utilisé pour défigurer les portraits, oui ?

— Je suppose.

— Et vous avez déjà dit que quelqu'un dans la pièce avait fait tomber ce stylo.

Je hoche la tête, mal à l'aise, regrettant déjà d'avoir parlé autant.

— Plus fort, s'il vous plaît.

— Oui, je marmonne.

— Alors vous reconnaissez qu'un des étudiants présents tenait ce stylo noir. Il serait donc logique que cet étudiant soit la personne qui a défiguré les portraits, n'est-ce pas ?

— Possiblement.

— Avez-vous vu cette personne défigurer les portraits ?

— Non.

— Mais vous avez remarqué qu'il ou elle avait fait tomber le stylo noir ?

— Euh... oui.

Frau Biedermeier se penche par-dessus le bureau, ses yeux brillants du frisson de la chasse.

— Qui était-ce ?

Je me mords la langue. Je ne vais pas lui donner cette réponse.

— Je ne sais pas.

Ses sourcils de khôl montent encore plus haut.

— Vous n'espérez tout de même pas que je croie cela. Vous êtes dans cette école depuis des années. Vous auriez forcément reconnu la personne concernée. Qui était-ce ?

Je secoue la tête.

— Je vous l'ai dit. Je ne sais pas.

Ma voix vacille. Je suis sûre qu'elle sait que je mens. Je transpire, ma gorge est sèche, et je sens les prémices d'un mal de tête.

Elle jette un coup d'œil au magnétophone. À peine un quart de la bande s'est déroulé d'une bobine à l'autre. Il reste encore beaucoup de temps d'enregistrement. Frau Biedermeier se recule dans sa chaise, penche la tête sur le côté et se prépare à lancer sa prochaine question.

— Combien d'étudiants se trouvaient dans la pièce quand vous y êtes retournée ?

Je reconnais la manœuvre. Elle change de tactique, cherchant à me piéger.

— Euh... je ne sais pas. Peut-être deux ou trois. Je ne peux pas dire avec certitude.

— Mais vous devez les avoir vus en entrant dans la pièce.

— Je suis entrée pour prendre mon cardigan, alors je ne regardais pas dans leur direction.

— Mais vous avez forcément remarqué qu'il y avait quelqu'un d'autre dans la classe dès que vous êtes entrée. N'avez-vous pas regardé pour voir qui c'était ?

— Pas vraiment. J'étais pressée d'aller chercher mon cardigan. Mon amie m'attendait dans le couloir.

— Oui, vous avez déjà mentionné votre cardigan à de nombreuses reprises, mais je répète mon point : vous devez avoir vu qui se trouvait dans la classe quand vous y êtes retournée.

Je commence à me sentir étourdie. Quand je parle, j'entends une note de désespoir dans ma voix.

— Non, je n'ai pas vu qui était là. Je ne regardais pas dans cette direction. J'étais assise à l'avant de la classe et les garçons étaient au fond.

— Alors c'étaient des garçons qui ont fait ça ?

Elle bondit sur mes mots comme un chat sur une souris. Le silence qui suit est rempli par le ronronnement régulier du magnétophone.

Merde. Je comprends que je viens de commettre ma première véritable erreur et j'essaie aussitôt de me reprendre.

— Je ne dis pas que ce sont des garçons qui l'ont fait. Juste qu'ils étaient assis au fond de la classe pendant le cours.

Même à mes propres oreilles, ça sonne pathétique.

— Il y avait peut-être des filles impliquées.

Je m'arrête net. Qu'est-ce que je suis en train de dire ? En essayant de protéger Matthias et Joachim, je fais du bon travail pour incriminer d'autres personnes innocentes.

— Mais vous avez indiqué il y a un instant que c'étaient très probablement des garçons.

— Peut-être.

Frau Biedermeier est comme un rottweiler qui refuse de lâcher un os. Elle est implacable et méthodique, et ses questions commencent à m'épuiser. Je dois rester concentrée. M'en tenir à mon histoire.

— Alors, dit Frau Biedermeier, puisque vous ne pouvez pas – ou ne voulez pas – dire qui est responsable, je dois en conclure que c'est vous qui avez défiguré les portraits.

— Je ne l'ai pas fait.

Nous voilà revenues exactement au point de départ. Je sais que nous allons recommencer à tourner en rond, encore et encore. Il reste encore beaucoup de bande.

Après une bonne demi-heure supplémentaire d'interrogatoire serré, je n'ai toujours rien ajouté de nouveau. Elle me fixe longuement, puis semble prendre une décision.

— Peut-être avez-vous besoin d'un peu de temps pour rafraîchir votre mémoire quant à l'identité des personnes présentes dans la classe, dit-elle.

Je ne comprends pas tout de suite ce qu'elle veut dire. Elle arrête le magnétophone et appuie sur un bouton du téléphone. Des pas résonnent dans le couloir. La porte s'ouvre et Herr Stein apparaît. Frau Biedermeier se tourne vers lui.

— Fräulein Neumann a besoin de temps pour réfléchir, dit-elle.

— Certainement, répond Herr Stein.

Il me saisit par le bras et m'entraîne dans le couloir. Je n'ai aucune idée d'où il m'emmène, mais je ne me fais aucune illusion : on ne me raccompagne pas chez moi.

Nous retournons à l'ascenseur Paternoster et, cette fois, sautons dans une cabine qui descend. Arrivés au rez-de-chaussée, Herr Stein me reprend fermement par le bras, son pouce et ses doigts s'enfonçant dans ma chair, et me conduit dehors. Nous traversons la cour vers un autre bâtiment et entrons. Celui-ci est plongé dans un silence inquiétant qui me met immédiatement mal à l'aise. La porte claque derrière nous.

Un garde en uniforme s'avance pour nous accueillir, et c'est à ce moment-là que la peur me saisit vraiment.

Nous suivons le garde dans un escalier, puis le long d'un couloir. Il s'arrête devant une porte d'acier et la déverrouille avec une clé attachée à une chaîne à sa ceinture. Il se met de côté pendant que Herr Stein m'escorte à l'intérieur.

— Vous pouvez rester ici, dit Herr Stein, jusqu'à ce que vous vous souveniez de quelques détails supplémentaires. Utilisez votre temps à bon escient.

Puis il ressort. Le garde referme la porte derrière moi et la verrouille.

Je n'arrive pas à croire qu'ils m'ont enfermée. Et tout ça parce que j'ai refusé de dire à Frau Biedermeier ce qu'elle voulait entendre. Une vague de fureur monte soudain en moi. Je me précipite vers la porte et frappe de toutes mes forces.

— Non ! je crie. Laissez-moi sortir !

Personne ne répond.

Je laisse mon front retomber contre la porte et ferme les yeux. Je dois me calmer. Ne pas perdre le contrôle. J'inspire profondément, ouvre les yeux et m'éloigne de la porte.

La pièce est petite, avec une fenêtre de verre dépoli placée haut sur le mur. Il y a un lit de camp étroit, des toilettes et un lavabo, une table et une chaise. Rien d'autre. Je remarque un judas dans la porte. Herr Stein ou le garde pourrait être en train de m'observer à cet instant même. Je suis déterminée à ne pas craquer, à ne pas pleurer. Je ne leur donnerai pas cette satisfaction.

Je m'assieds sur le bord du lit et essaie de réfléchir rationnellement à ma situation. Frau Biedermeier est obsédée par l'idée de découvrir qui a défiguré les portraits. Je suis soulagée de ne pas lui avoir fourni la moindre information utile. Et le fait que je porte en moi un secret bien plus grave – le tunnel – me donne de la force.

Je continuerai à nier toute connaissance de l'identité des coupables. Top of FormBottom of FormCe que Matthias et Joachim ont fait était peut-être imprudent, mais je refuse de devenir une informatrice.

Dieter

— Dix-sept étudiants.

Harry se balance sur sa chaise, l'air visiblement satisfait de lui.

— C'est fantastique, dit Claudia en lui souriant. Où les as-tu tous trouvés ?

— À la *Technische Universität*, je dis, espérant qu'elle reconnaîtra ma part dans le recrutement de toutes ces paires de mains supplémentaires, mais elle garde les yeux fixés sur Harry.

— L'université grouille de gens désireux d'aider dans un projet comme celui-ci, dit Harry avec désinvolture.

Il sort une feuille de papier de la poche de son manteau.

— Nous avons inscrit douze gars et cinq filles. Avec vous trois, ça fait vingt personnes pour creuser.

Je me dis que ça devrait faire vingt et une personnes avec Harry, mais Werner ne relève rien et je garde le silence. J'imagine qu'Harry se voit davantage comme un superviseur que comme un ouvrier.

— Comment sais-tu qu'on peut tous leur faire confiance ? demande Werner, levant à peine les yeux de la carte détaillée du réseau d'égouts sur laquelle il est penché depuis une bonne partie de la soirée.

— Nous les avons interrogés intensivement, je dis. Sur leurs motivations.

En réalité, Harry a surtout charmé la plupart d'entre eux grâce à son assurance et à son charisme.

Harry me lance la feuille de papier.

— Tu peux établir un planning sur vingt-quatre heures, Dieter ? Il nous faut quatre équipes de six heures, jour et nuit. Avec cinq personnes par équipe, ça fera deux pour creuser, deux pour évacuer les seaux de déblais et un en sentinelle sur le toit.

— Bien sûr, je dis en parcourant la liste des noms. J'ai autant hâte que n'importe qui de commencer, et je m'assurerai d'être dans la première équipe. Demain, on commence à creuser.

Sabine

J'attends qu'on me ramène dans la salle d'interrogatoire, mais personne ne vient. Le garde m'apporte du pain et une soupe claire et aqueuse. Je n'ai pas beaucoup d'appétit, mais je me force à manger. Je vais avoir besoin de garder mes forces si je dois affronter un autre round de questions.

La lumière à la fenêtre commence à faiblir, puis finit par disparaître. J'espérais être rentrée chez moi à cette heure-ci, pas encore coincée ici, impuissante et seule. J'imagine Brigitta racontant à Maman les deux hommes qui sont venus m'emmener. Cette pensée pourrait faire basculer Maman.

Je reste éveillée longtemps après la tombée de la nuit. La lumière est toujours allumée dans ma cellule. Je commence à me sentir lourde de fatigue. Il doit être bien après minuit. Je finis par m'allonger sur le lit et fermer les yeux.

À peine l'ai-je fait que la porte s'ouvre brutalement et que le garde entre d'un pas lourd.

— Lève-toi ! crie-t-il.

Je me redresse, le cœur battant. Il m'attrape par le bras et me traîne hors de la cellule, de retour dans la salle d'interrogatoire pour un nouveau round.

Frau Biedermeier a remis du rouge à lèvres ; ses lèvres sont plus rouges, plus dures que jamais. Je prends une profonde inspiration tandis qu'elle pose les coudes sur le bureau, le bout des doigts joints, les sourcils arqués. Qu'est-ce qu'elle me réserve cette fois ? L'adrénaline qui circule dans mes veines me maintient éveillée.

— J'espère que vous avez utilisé votre temps pour reconsidérer vos réponses à mes questions.

Je ne réponds pas.

Nous repassons par les mêmes questions qu'avant — *N'avez-vous pas vu qui était dans la pièce ? N'avez-vous même pas regardé ? Combien y en avait-il ? Des garçons ? Des filles ? Pourquoi avez-vous ramassé le stylo ? C'était vous, n'est-ce pas ?* — et elle y ajoute de nouvelles questions, conçues pour tester ma loyauté idéologique : *Vous considérez-vous comme une bonne socialiste ? Écoutez-vous RIAS ? Croyez-vous en la République démocratique allemande ?*

Je m'accroche obstinément à mon histoire. Je répète que je n'ai vu personne. J'essaie aussi de ressembler à une citoyenne modèle de l'État socialiste, allant jusqu'à réciter quelques phrases sur la lutte des classes que Herr Schmidt débite sans cesse.

Quand Frau Biedermeier met fin à l'entretien, l'adrénaline m'a quittée. Je me sens vidée, faible. Il doit être quatre ou cinq heures du matin.

Le garde me ramène dans la cellule. Je m'effondre sur le lit. La lumière est enfin éteinte et on me permet de dormir. Mais ce n'est pas suffisant.

Avant même que je comprenne ce qui se passe, la lumière se rallume. La voix du garde résonne à travers le judas.

— Réveille-toi !

J'ouvre les yeux en gémissant. Il fait déjà jour dehors. J'ai dû dormir deux heures, tout au plus. Je reste allongée, chaque muscle endolori par le manque de sommeil et le matelas dur.

La porte s'ouvre. Le garde entre, attrape mes poignets et me tire brutalement debout.

— Tu n'as pas entendu ce que j'ai dit ? crie-t-il. Se réveiller, ça veut dire se lever. Pas t'allonger. Pas t'asseoir. Debout.

Il me pousse au centre de la pièce, puis sort en claquant la porte.

Je reste figée, trop choquée pour réagir. Mon corps me supplie de m'allonger, mais je me force à rester droite. *Ne les laisse pas te briser, Sabine.*

Plusieurs fois, mes paupières se ferment et je chancelle, à deux doigts de tomber. Chaque fois, je me réveille juste avant de perdre l'équilibre. Quand je crois ne plus pouvoir tenir une seconde de plus, la porte s'ouvre à nouveau et on me ramène dans la salle d'interrogatoire.

Frau Biedermeier recommence exactement le même manège. Une nouvelle bobine tourne dans le magnétophone. Je lui donne les mêmes réponses.

Je suis si épuisée que j'ai du mal à suivre ses questions. Et puis je comprends. C'est ça, son objectif : me désorienter, m'user, jusqu'à ce que je lâche un nom. Ou que j'abandonne simplement pour avoir le droit de dormir.

Je ne dis rien.

On me reconduit dans la cellule. On me donne du pain et de l'eau.

Ça va être une autre longue journée.

Dieter

Je me lève tôt, impatient de commencer le tunnel. Quelques-unes des nouvelles recrues arrivent juste avant neuf heures ; je les fais entrer dans la boulangerie et verrouille la porte derrière eux. On ne peut pas risquer que quelqu'un entre par hasard et découvre nos plans. Werner disait encore hier soir qu'un tunnel à moitié creusé, dans une autre partie de Berlin, avait dû être abandonné lorsque l'équipe avait été infiltrée par des espions de la Stasi de l'Est.

La paire venue aider aujourd'hui se compose de deux étudiants qu'Harry et moi avons recrutés à l'université. Andreas étudie l'ingénierie ; il a l'air capable de creuser sa propre sortie de Colditz à lui tout seul. J'aimerais qu'on en ait davantage comme lui. Thomas, lui, étudie les mathématiques et, si je suis honnête, n'a pas l'air taillé pour le travail physique. Malgré tout, nous avons besoin de toutes les mains possibles, et je ne suis pas exactement Hercule non plus. Aucun des deux n'a d'amis ni de famille à Berlin-Est, mais ils se sont portés volontaires par haine du régime totalitaire de l'Allemagne de l'Est.

— Bon, dit Andreas en se frottant les mains. Montre-nous où creuser.

Je les emmène tous les deux à la cave pour rencontrer Claudia et Werner. Werner est agenouillé devant quelques caisses retournées qu'il utilise comme bureau de fortune. Il étudie encore les plans. Il a dû les examiner une centaine de fois, mesurant les distances sur la carte et calculant les angles. Hier soir, il m'a même demandé de les vérifier. Je n'aurais jamais imaginé, à l'école, qu'un jour j'utiliserais le théorème de Pythagore pour quelque chose d'utile.

Claudia, elle, inspecte les outils, soupesant les pioches et les pelles dans ses mains.

— Voici Andreas et Thomas, je dis. Ils sont là pour aider au creusement, alors commençons.

Werner lève les yeux, enlève ses lunettes, se frotte l'arête du nez, puis les remet. Il tape dans ses mains et, soudain, un autre Werner apparaît – plus ferme, plus assuré.

— Bien. D'abord, nous devons décider qui fait quoi.

Il se tourne vers Claudia.

— Je pensais que tu pourrais faire le premier tour de garde.

Il lui tend une paire de jumelles et un émetteur radio.

Claudia tient une pioche dans la main droite et en frappe doucement le manche contre sa paume gauche. Un instant, elle regarde Werner comme si elle envisageait de l'attaquer avec. Puis elle lève les yeux au ciel et laisse tomber la pioche au sol.

— Très bien, je ferai le tour de garde, dit-elle en prenant les jumelles et l'émetteur. Appelez-moi quand vous, les gars, en aurez marre de creuser.

Elle monte les escaliers d'un pas lourd. Je me promets de vérifier plus tard qu'elle va bien.

— Bon, reprend Werner, la première tâche consiste à creuser un puits vertical. J'ai marqué l'endroit sur le sol, juste ici.

Il marche vers le centre de la cave et nous montre un cercle à la craie, d'environ un mètre cinquante de diamètre.

— Nous ne saurons pas à quel point ce sera difficile avant d'avoir commencé, alors je suggère qu'on s'y mette tout de suite.

— Super, dit Andreas.

Thomas a l'air un peu moins sûr de lui.

Nous choisissons chacun une pioche et une pelle, puis nous nous plaçons autour du cercle de craie.

Werner soulève sa pioche par-dessus son épaule et l'abat dans la terre.

— Berlin-Est, nous voilà !

Sabine

Je passe tout l'après-midi dans cette pièce, à regarder la lumière dehors changer, passant de l'éclat cru du milieu d'après-midi au crépuscule.

On m'autorise à m'asseoir au bord du lit. Ma seule tentative de m'allonger se solde par l'entrée brutale du garde dans la cellule : il me force à rester debout pendant l'heure suivante. Après cela, je reste assise bien droite, sans bouger. J'ai la tête qui me fait mal à cause de la déshydratation et du manque de sommeil. Maman et Brigitta doivent être folles d'inquiétude maintenant que je ne suis pas rentrée hier.

Je dois utiliser les toilettes dans la pièce et je déteste l'idée que le garde puisse me regarder à travers le judas pendant ce moment-là. La soirée avance lentement, puis il fait complètement sombre dehors. Je sais ce qui va se passer.

On me ramène dans la salle d'interrogatoire.

Cette fois, il n'y a plus d'adrénaline pour me tenir éveillée. Je suis vidée. Une force épuisée. Je déteste ce que Frau Biedermeier me fait subir, mais cela ne fait que renforcer ma détermination à ne pas coopérer avec elle.

Nous repassons encore et encore sur les mêmes questions, jusqu'à ce que je m'endorme là où je suis assise, la tête tombant en avant. Quand

Frau Biedermeier décide qu'elle en a assez, elle appelle le garde et lui dit de me ramener dans la pièce. Je l'entends marmonner, agacée :

— C'est une dure à craquer.

Je m'allonge sur le matelas, décidée à tirer le maximum des deux heures que j'ai avant que la lumière ne se rallume. Je ne rêve de rien.

Dieter

Je titube dans la cuisine lundi matin avec l'impression d'avoir été écrasé par un char soviétique. J'ai passé dix heures à creuser hier, et maintenant les muscles de mes bras, de mes épaules et de mon dos me donnent l'impression d'avoir été pulvérisés. J'ai tellement le bas du dos raide que je n'arrive presque pas à me tenir droit. *Merde*, je pense, je ne suis vraiment pas habitué au travail physique. Et pour tout ça, nous n'avons réussi à creuser qu'environ trois mètres hier. Il reste encore un sacré long chemin à faire.

Harry est debout dans la cuisine, déjà habillé de son pardessus, en train d'avaler un café noir.

— Tu as l'air nul, dit-il en riant.

— Merci. Il reste du café ?

— Un peu.

Il me verse une demi-tasse. Il est tiède.

— Tu sors ? je demande.

— Bien sûr, dit-il. Je vais encore voir cette magnifique sœur à toi. Je veux lui donner des instructions sur la manière de contacter les autres fuyards.

— Alors tu ferais mieux de te dépêcher, je dis. Elle part tôt à l'école.

— Parfait ! dit Harry en me faisant un salut militaire moqueur.

À mon grand soulagement, il s'en va. Je m'effondre sur une chaise à la table. Quelqu'un a laissé du pain et du fromage ; je prends un petit déjeuner rapide puis, me sentant un peu mieux, je descends à la cave.

Andreas frappe la terre à coups de pioche et pelle des monticules de gravats dans les seaux que Werner et Thomas transportent vers la cour arrière.

— Salut les gars, je dis en attrapant une pelle. Je vois qu'ils ont déjà déplacé pas mal de seaux ce matin.

Werner me lance un coup d'œil.

— Pourquoi tu ne ferais pas le tour de garde aujourd'hui ?

Je n'aurais jamais cru pouvoir être aussi heureux d'entendre ces mots.

— Bien sûr, je dis en lâchant la pelle. Je vais échanger avec Claudia.

Après tout, je me dis, quelqu'un doit bien s'en charger.

Sabine

La lumière s'allume et je m'assieds aussitôt, comme un robot. Je suis crevée, mais je ne veux pas que le garde entre en me bousculant. Je mange le pain et bois l'eau. On me laisse seule pendant environ une heure, puis on m'emmène dans la salle d'interrogatoire.

Je m'attends à plus de la même chose, mais ce matin Frau Biedermeier est dans un état d'esprit différent. Elle m'informe qu'ils ont reçu de nouvelles informations de l'école au sujet des « ennemis de l'État » qui ont défiguré les portraits. Elle m'observe attentivement, impatiente de voir comment je vais réagir. La nouvelle me surprend, mais je fais de mon mieux pour ne rien laisser paraître. Est-ce que quelqu'un a dénoncé Matthias et Joachim, ou est-ce qu'elle essaie simplement de me piéger pour que je révèle ce que je sais ?

Mais elle ne poursuit pas sur ce sujet. À la place, elle dit qu'elle a une proposition à me faire.

Elle tente de sourire, mais ça ne fonctionne pas. Seule sa bouche, peinte d'un rouge agressif, se recourbe aux coins ; ses yeux gris restent froids, absents de cette mascarade d'amabilité.

— Vous pourriez nous être d'un grand service, dit-elle. J'entends dire que vous espérez aller à l'université et étudier les langues. En échange d'un peu de coopération de votre part, je suis sûre que nous pourrions arranger les choses pour rendre vos futures études universitaires… comment dire… plus agréables.

Elle fait glisser un morceau de papier sur la table vers moi et me tend un stylo.

Je baisse les yeux et deux mots me sautent immédiatement aux yeux : *Inoffizieller Mitarbeiter*. Collaborateur non officiel. Elle veut que je devienne informatrice. Que j'espionne ma famille et mes amis. Que je transmette des informations à la Stasi, des informations qui pourraient être utilisées contre d'autres personnes.

La pensée me soulève le cœur. Comment pourrais-je faire une chose pareille ? Comment pourrais-je me regarder dans le miroir si je trahissais ceux que j'aime ? Quel genre de personne cela ferait-il de moi ?

— Beaucoup de gens nous aident, ajoute-t-elle calmement, y compris des jeunes comme vous.

Je ne la crois pas. Aucun de mes amis ne s'abaisserait jamais à ça. Je secoue la tête.

— Vous ne signerez pas ?

Toute trace de fausse amabilité disparaît de sa voix.

— Non, je ne signerai pas.

Elle reprend le papier. Son visage se ferme davantage encore. Je l'ai déçue, et j'en suis presque fière.

Elle se dirige vers la porte et appelle le garde. Je m'attends à être reconduite dans la cellule, alors je peine à croire ce qui se passe lorsque le garde m'escorte jusqu'à la porte principale du bâtiment… et me laisse partir.

Je sors du quartier général de la Stasi dans la lumière vive du matin et j'inspire profondément. La Wartburg vert pâle qui m'a amenée ici est toujours garée dehors, mais Herr Stein et le conducteur ne sont nulle part en vue. Je ne m'attendais pas à ce qu'ils me ramènent chez moi, et de toute façon je préfère être seule. Je m'éloigne aussi vite que possible du complexe de bâtiments.

Ils m'ont laissée partir, mais je sais que ma vie ne sera plus jamais la même. La Stasi a désormais un dossier sur moi. Je suis marquée : personne suspecte, peu fiable, potentielle traîtresse à la cause du socialisme. Ils vont m'observer. Je vais devoir faire attention à qui je parle, avec qui on me voit, sinon d'autres tomberont aussi sous les soupçons.

Je prends le S-Bahn de Frankfurter Allee jusqu'à Prenzlauer Allee, puis je marche le reste du chemin jusqu'à la maison. Je n'arrive pourtant pas à me débarrasser de l'impression d'être suivie. Je regarde sans cesse par-dessus mon épaule. Pourquoi cette femme au manteau rouge me regarde-t-elle ? Pourquoi cet homme avec un journal sous le bras vient-il de changer de trottoir ? Pourquoi y a-t-il une Trabant blanche garée au coin ?

Normalement je n'aurais prêté attention à rien de tout ça, mais quarante-huit heures passées entre les mains de la Stasi m'ont rendue paranoïaque.

Je tourne dans Stargarder Strasse et je vois quelqu'un que je reconnais marcher vers moi. C'est Harry.

C'est le pire moment possible. Si je suis suivie, je ne dois surtout pas lui parler. Cela pourrait signifier la fin du tunnel.

Quand je vois qu'il me regarde, je fais un signe de tête négatif, à peine perceptible, puis je traverse la rue de façon très délibérée. J'espère qu'il comprendra. La Trabant blanche qui était garée au coin s'engage lentement sur la chaussée derrière moi.

Harry a dû comprendre, parce qu'il se détourne et entre dans un bar. Je me demande ce qu'il voulait me dire.

Quand j'atteins notre immeuble, je tremble encore de la tension d'avoir été suivie. Je me sens comme un animal traqué. J'aurais voulu pouvoir parler à Harry, mais c'était impossible.

Je n'ai jamais eu autant de mal à monter les escaliers jusqu'à notre appartement. Quand j'arrive en haut, je suis presque au bord de l'effondrement. J'ouvre la porte et entre.

Maman et Brigitta se précipitent vers moi.

— Viens, Sabine, dit Maman en me conduisant jusqu'à une chaise dans le salon. Tu n'as rien à dire maintenant.

Je suis trop bouleversée pour parler. Je m'assieds, encore sous le choc, ayant du mal à croire que je suis réellement rentrée.

Brigitta disparaît dans notre chambre, puis revient en courant, brandissant un morceau de papier.

— C'était dans la boîte aux lettres, dit-elle en me le tendant.

Je le déplie et parcours la page. Je n'arrive pas à tout assimiler sur-le-champ, mais je vois que c'est une lettre d'Harry. Elle contient des instructions précises sur ce qu'il attend de moi.

Un soulagement écrasant m'envahit. Il n'y avait donc pas besoin de lui parler dans la rue. Tout ce que j'ai besoin de savoir est là, noir sur blanc.

C'est seulement à ce moment-là que les larmes commencent à couler sur mon visage.

Dieter

Je pousse la lucarne, grimpe sur le toit et cherche Claudia. Elle est à environ trois mètres, accroupie derrière un parapet de pierre bas, regardant à travers des jumelles. Une étroite passerelle longe le parapet, séparée du reste du toit. Je rampe prudemment le long.

— Salut, je dis en lui tapotant l'épaule.

Elle baisse les jumelles et se tourne vers moi.

— Mon Dieu, tu as l'air affreux.

— Tu n'es pas la première personne à me le faire remarquer aujourd'hui.

— Désolée.

Elle m'adresse un sourire chaleureux.

C'est la première fois que je monte ici et je suis frappé par la vue dégagée sur Berlin-Est. Je distingue clairement les gardes-frontières de l'autre côté du Mur, avec leurs casques métalliques et leurs fusils. Je peux aussi voir la maison de Schönholzer Strasse que nous visons.

— Qu'est-ce qui se passe là-bas ? je demande.

— Pas grand-chose. Les gardes se contentent de patrouiller le long du Mur. Toutes les quelques heures, un camion arrive et une nouvelle relève prend le relais.

— Bon, je peux prendre la garde ici si tu veux, je dis. Tu pourrais retourner creuser. Montrer à Werner que tu es à la hauteur.

— Super, dit-elle en souriant.

Elle me tend les jumelles.

Il n'y a pas beaucoup de place sur le toit et, en échangeant nos positions, nous nous retrouvons un instant serrés l'un contre l'autre. Elle a l'air si frêle que je suis soudain envahi par l'envie de la prendre dans mes bras. Elle ne devrait pas risquer sa vie dans un projet aussi dangereux.

— Désolée, dit-elle en se faufilant.

— Ne t'excuse pas.

Elle me regarde de ses grands yeux noisette, puis disparaît par la lucarne.

Je m'assieds près du parapet, cale les jumelles contre mes yeux et me prépare à passer les prochaines heures à surveiller les gardes de l'autre côté du Mur.

Sabine

Je passe le reste de la matinée du lundi et une bonne partie de l'après-midi au lit, à rattraper le sommeil perdu. Quand je me réveille, Brigitta, qui a refusé d'aller à l'école aujourd'hui, m'apporte une boisson chaude et quelque chose à manger. Mais mardi, je retourne en classe. La vie doit continuer, et je pense que ça me fera du bien de revoir mes amis.

Une Trabant blanche est garée devant notre immeuble. Alors que Brigitta et moi descendons Stargarder Strasse, le moteur de la voiture tousse, démarre, puis s'éloigne du trottoir. Je l'entends rouler derrière nous en première vitesse. Je dis à Brigitta de ne pas regarder, mais elle se retourne quand même et fixe la voiture.

— Il y a deux hommes dedans, m'informe-t-elle.

Je soupire. Ces gens n'ont-ils vraiment rien de mieux à faire ? Juste avant d'entrer dans le bâtiment de l'école, je ne peux pas résister à l'envie de me retourner. La Trabant est arrêtée à une vingtaine de mètres. Ont-ils l'intention de rester là toute la journée ?

Je me dirige vers la salle de classe, impatiente de retrouver les autres, mais il n'y a presque personne. Astrid n'est pas encore arrivée. Matthias et Joachim ne sont pas là. Hans non plus. Ni Monika. Où est tout le monde ? Les quelques élèves présents parlent à voix basse, en petits groupes. Les conversations s'interrompent quand je passe. Je m'assieds à mon bureau, le cœur serré, essayant de comprendre ce qui se passe.

À ce moment-là, Astrid entre dans la pièce avec son air habituellement désinvolte. Elle me voit et vient droit vers moi.

— Comme je suis contente de te voir, dit-elle en m'adressant un grand sourire. Tu n'étais pas là hier et, évidemment, nous avons tous pensé que...

Sa voix s'éteint.

— Pensé quoi ? je demande.

Elle jette un coup d'œil par-dessus son épaule, puis se penche vers moi.

— Que tu avais été arrêtée.

Elle prononce le dernier mot à voix basse.

— Je l'ai été, je dis. La Stasi m'a interrogée. Ils m'ont enfermée pour la nuit.

Astrid a l'air horrifiée.

— Impossible... C'était à cause des portraits ?

Je hoche la tête.

— Qu'est-ce que tu leur as dit ? Tu leur as dit que c'étaient Matthias et Joachim ?

Elle forme leurs noms sans les prononcer à voix haute.

— Non, bien sûr que non.

Je me demande comment elle le sait. Je ne le lui ai jamais dit. Peut-être les a-t-elle vus quitter la classe ce jour-là.

Elle tire une chaise et s'assied à côté de moi.

— Mais... comment c'était ? Ça a dû être horrible.

Je vois bien qu'elle brûle d'envie d'entendre les détails, alors je lui raconte les hommes venus à l'appartement, la cellule au quartier général de la Stasi, la salle d'interrogatoire, Frau Biedermeier. Astrid m'écoute, les yeux écarquillés, hochant la tête avec compassion. Puis je mentionne le tissu posé sur la chaise et la façon dont Herr Stein m'a crié dessus quand j'ai essayé de l'enlever.

— Tu sais à quoi ça servait ? me demande-t-elle.

— Non. À quoi ?

— À recueillir ton odeur. Ton odeur personnelle. Ils mettent le tissu dans un bocal scellé avec ton nom dessus, et s'ils ont un jour besoin de te retrouver, ils le donneront à un chien renifleur.

Je repense à la façon dont je me suis assise sur ce tissu, transpirant de nervosité et d'effort pour ne rien révéler, et je me sens physiquement mal.

— De toute façon, ne t'inquiète pas, reprend Astrid. Tu leur as dit que tu n'y étais pour rien, et puisqu'ils t'ont laissée partir, c'est qu'ils t'ont crue. Ils ont les coupables maintenant.

— Comment tu le sais ? je demande. Et qu'est-ce qui s'est passé ici ?

Je fais un geste vers la salle de classe.

— Où est tout le monde ? Où sont Matthias et Joachim ? Et Hans ? Pourquoi tout le monde parle à voix basse ?

Astrid lève les yeux au ciel.

— Évidemment, tu ne sais pas.

— Savoir quoi ?

Elle se penche encore plus près et murmure :

— Ils ont tous été renvoyés.

Ses mots me frappent comme un coup de foudre. Pendant quelques secondes, je la regarde sans parvenir à réagir.

— Renvoyés ? Mais pourquoi ?

— Pour avoir porté du noir. Pour avoir protesté contre le Mur. Et Matthias et Joachim, en tant que meneurs, ont été arrêtés. Ils vont être accusés d'avoir défiguré les portraits.

À cet instant, Herr Keller entre dans la salle et Astrid retourne à sa place. Je réalise que je tremble de tout mon corps.

Dieter

Il y a un bruit dans la rue, juste en dessous de moi. Je me penche et vois une femme accompagnée de deux garçons : l'un a environ huit ans, l'autre est un adolescent. Le plus âgé porte un escabeau en bois sous le bras. Il a cinq marches, le genre qu'on utilise pour décorer une pièce ou attraper quelque chose sur une étagère trop haute. Ils s'arrêtent à quelques mètres de la boulangerie et l'adolescent installe l'escabeau contre un réverbère portant le panneau *Bernauer Strasse*.

Le plus jeune garçon peut à peine contenir son excitation. Quand l'escabeau est en place, il grimpe les cinq marches, tandis que la femme se tient derrière lui, lui tenant les jambes pour l'empêcher de tomber. Le petit est maintenant plus haut que le panneau de rue. D'une main, il s'appuie contre le métal, et de l'autre il s'étire aussi loin qu'il le peut, faisant de grands signes vers un immeuble de Brunnenstrasse.

Je prends mes jumelles et regarde dans la même direction, essayant de comprendre à qui il fait signe. Au début je ne vois rien. Puis je remarque un mouvement derrière une fenêtre. J'ajuste la mise au point et une vieille femme apparaît. Elle se tient à une fenêtre ouverte, tout en haut d'un immeuble de cinq étages. Elle agite un mouchoir blanc.

— *Da ist sie !* crie le petit garçon. *Da ist Oma !* Voilà grand-mère.

Pour lui, cela doit ressembler à un jeu : faire signe à sa grand-mère, de l'autre côté du Mur.

— Chut, dit la femme. Souviens-toi qu'on doit être silencieux.

Le cri de l'enfant attire l'attention des gardes. Ils se retournent et lèvent les yeux vers la vieille femme à la fenêtre. Elle disparaît aussitôt, refermant violemment la fenêtre. Une tête casquée apparaît alors au-dessus du Mur. Le garde observe la famille avec l'escabeau, visiblement incrédule. Puis son regard glisse vers la boulangerie. Dans la vitrine, notre panneau *Fermé pour rénovation* est bien visible.

— Elle est partie… gémit le petit garçon, en pointant la maison de sa grand-mère.

— Mais on l'a vue, n'est-ce pas ? dit la femme, forçant une gaieté qui sonne faux. Elle se tourne vers l'adolescent. Apporte l'escabeau, s'il te plaît, Axel. Il faut qu'on rentre à la maison maintenant.

— Mais maman... supplie le petit garçon. Juste encore une...

— Non, dit sa mère, la voix soudain brisée. On reverra Oma un jour.

J'en doute.

Sabine

Je n'arrive à me concentrer sur rien de toute la journée et je reste assise à mon bureau comme un zombie. Presque la moitié de la classe a été renvoyée. Ceux qui restent sont, compréhensiblement, abattus. Je comprends maintenant pourquoi les gens semblaient surpris de me voir ce matin : ils ont dû penser que j'avais été renvoyée aussi, puisque je n'étais pas venue hier. J'espère qu'ils ne croient pas que je suis devenue informatrice et qu'on m'a autorisée à revenir à l'école pour « bonne conduite ». Astrid me soutient comme si rien ne s'était passé et je lui suis profondément reconnaissante de cette loyauté sans faille.

Mais je n'arrête pas de penser à Hans. Il n'a jamais eu d'ennuis avec les autorités auparavant, malgré sa tendance à l'imprudence. Pourtant, ce renvoi signifie la fin de sa scolarité et de toute perspective universitaire. Il voudra quitter Berlin-Est plus que jamais. Je dois aller le voir dès que possible et lui parler du projet de tunnel.

Quant à Matthias et Joachim, je frissonne en pensant à ce que la Stasi est en train de leur faire. Ont-ils été arrêtés simplement parce qu'ils étaient les meneurs de la « protestation noire », ou à cause des portraits ? Peu importe le nombre de fois où Frau Biedermeier m'a demandé qui les avait défigurés, je ne le lui ai jamais dit. Alors comment la Stasi saurait-elle que c'était Matthias et Joachim ? Astrid semble certaine des faits, mais est-ce seulement le résultat de ragots ? Herr Schmidt connaissait-il la vérité depuis le début et l'a-t-il signalée ? Et s'il savait, pourquoi ai-je été arrêtée, moi ? Ces questions tournent en boucle dans ma tête jusqu'à ce que j'aie mal. Je commence à regarder mes camarades de classe avec suspicion et je réalise, avec horreur, que je deviens comme la Stasi : paranoïaque.

Après la récréation du matin, nous avons marxisme-léninisme avec Herr Schmidt. Je redoute de retourner dans cette salle ; je préférerais être n'importe où ailleurs. Je me force à arriver tôt pour pouvoir m'asseoir près de la fenêtre, loin de son regard. Les portraits offensants ont tous été retirés et le mur est désormais nu, à part les zones plus claires où ils étaient accrochés.

Je veux simplement que ce cours se termine.

Herr Schmidt entre et balaie la pièce du regard, notant mentalement qui est encore là et qui ne l'est plus. J'ai du mal à soutenir sa vue. Ses lèvres se recourbent en un sourire de satisfaction en découvrant les chaises vides. Je le soupçonne fortement d'avoir dénoncé Matthias et Joachim, et je le méprise plus que jamais.

Quand l'école se termine, ma seule pensée est d'aller voir Hans. Je trouve une excuse à Astrid, lui disant que je dois rentrer rapidement à la maison pour Brigitta, puis je pars presque en courant.

Frau Fischer m'ouvre la porte. Elle a l'air plus âgée que la dernière fois que je l'ai vue, plus grise, plus fatiguée. Pourtant, elle sourit et m'invite à entrer.

— Sabine, ça me fait plaisir de te voir.

Elle prend ma main dans les siennes. Son chagrin est palpable.

— J'ai entendu ce qui est arrivé à Hans, je dis alors que nous entrons dans le salon.

Elle secoue la tête.

— La Stasi nous a interrogés tous les deux, tu sais.

— Pourquoi ?

— Ils voulaient que j'admette avoir échoué à l'élever comme un vrai socialiste. Apparemment, j'ai failli à son éducation politique.

Sa voix est calme, mais je vois une étincelle de défi dans ses yeux, comme si cette évaluation de ses qualités maternelles n'était, à ses yeux, qu'un tas de merde.

— C'est absurde, je dis.

Elle hausse les épaules.

— C'est ainsi qu'ils voient les choses. Hans est dans sa chambre. Va lui parler. Il y passe beaucoup trop de temps.

Je frappe à sa porte.

— Qui est là ?

— C'est moi, Sabine.

Il ouvre et me laisse entrer. Il a l'air épuisé : cheveux en bataille, cernes sombres sous les yeux, comme s'il n'avait pas dormi. Il s'assied sur le lit sans un mot. Je m'assieds à côté de lui.

— Je suis désolée que tu aies été renvoyé, je dis. Astrid me l'a appris ce matin.

Il laisse échapper un rire amer.

— Elle va se régaler d'avoir quelque chose à colporter.

C'est un peu injuste envers Astrid, mais Hans est trop bouleversé pour que je le relève.

Il se tourne enfin vers moi.

— Tu n'étais pas à l'école hier. Qu'est-ce qui t'est arrivé ?

Je lui raconte mon arrestation et l'interrogatoire. Sa colère grandit à mesure que je parle.

— Ces salauds ! lâche-t-il quand j'ai fini.

Il a l'air prêt à frapper quelqu'un. Je pose une main sur son bras.

— C'est fini maintenant, je dis. Essaie d'oublier. Et puis, je ne suis pas venue pour te parler de ça. Je suis venue parce que j'ai eu des nouvelles de Dieter.

— Ah ?

La surprise est sincère.

— Il a rejoint un groupe à Berlin-Ouest. Ils creusent un tunnel vers l'Est pour faire sortir leurs amis et leur famille.

Je me sens fière de Dieter et j'attends une réaction enthousiaste. Mais le visage de Hans se ferme et il détourne le regard.

— Tu n'as pas entendu ce que je viens de dire ? je demande, frustrée.

Il se lève et va jusqu'à la fenêtre, appuyant son front contre la vitre.

— Bien sûr que j'ai entendu. Dieter creuse un tunnel. C'est impressionnant. Mais combien de temps ça va prendre ?

— Quelques mois, je suppose.

Il se retourne vers moi.

— C'est beaucoup trop long. Ils seront découverts avant d'avoir fini. Et pendant ce temps, nous sommes coincés ici, à gâcher nos vies.

— Tu n'en sais rien ! Ils font sûrement très attention.

Je suis furieuse qu'il balaie le plan de Dieter avant même qu'il ait une chance.

— Au moins, Dieter fait quelque chose de concret, au lieu de simplement porter du noir et de s'attirer des ennuis avec la Stasi sans rien changer.

Il sursaute à mes mots. Je les regrette aussitôt.

— C'est ce que tu penses de mes actions ? demande-t-il.

— Je suis désolée, je dis. Je ne voulais pas t'offenser. Dieter fait ce qu'il peut et tu ne devrais pas écarter ce qu'il fait. Je pensais que tu serais content d'entendre parler du tunnel.

Il baisse la tête, l'air vaincu. Pendant quelques instants, il ne dit rien. Puis il relève les yeux vers moi.

— Écoute... bien sûr que je suis content que Dieter fasse quelque chose. Mais le problème avec cette histoire de tunnel, c'est que ça va prendre trop de temps. Je ne peux pas attendre des mois.

— Et ton plan pour obtenir de fausses identités ? je demande.

Il hoche la tête.

— Ça pourrait encore marcher. J'ai des contacts. Mais je ne peux pas attendre indéfiniment. Tu ne vois pas ? J'ai été renvoyé de l'école. Ça veut dire que je n'aurai jamais mon Abitur et que je ne pourrai jamais aller à l'université. Dès que je mets le pied dehors, la Stasi me surveille. Si je ne règle pas l'affaire des faux papiers rapidement, alors j'ai d'autres options.

— Lesquelles ?

Il baisse la voix jusqu'au chuchotement.

— Je pourrais aller en Tchécoslovaquie, et de là essayer de passer en Autriche.

Je le regarde, stupéfaite.

— Tu es fou ? Tu te feras abattre en tentant un truc pareil. Au moins Dieter et ses amis seront cachés sous terre. Essayer de franchir la frontière en Tchécoslovaquie, c'est évident, dangereux... Astrid pense—

Il se tourne brusquement vers moi et m'interrompt.

— Je me fiche complètement de ce que pense Astrid.

Je reste bouche bée.

— Pourquoi ?

Il hausse les épaules et détourne le regard.

— Pourquoi ? j'insiste. Qu'est-ce que tu as contre elle ?

Il soupire.

— Rien de précis. Elle est sûrement inoffensive. Elle me tape juste sur les nerfs avec ses ragots incessants. Fais attention à ce que tu lui dis.

Cette remarque m'irrite profondément. Astrid est la seule personne à l'école qui m'a montré une vraie gentillesse aujourd'hui.

— Tu me dis de faire attention, alors que toi tu envisages de courir à travers des frontières nationales ?

Il a l'air comme si je venais de le gifler.

Je me lève, regrettant d'être venue.

— Si tu es encore là quand le tunnel sera prêt, alors tu seras le bienvenu pour venir avec nous.

Il ne répond pas.

Je rentre chez moi dans un état d'énervement noir. Astrid avait raison : porter du noir en signe de protestation n'a rien accompli, sinon attirer des ennuis à ceux qui l'ont fait. Et si Hans n'est pas prêt à attendre que le tunnel soit terminé, eh bien qu'il tente sa chance à la frontière tchécoslovaque, et tant pis si ça m'importe.

Je marche les bras croisés, la tête baissée, si absorbée par mes pensées que je manque de percuter un groupe de jeunes gens qui arrivent en face de moi.

— Attention *!* lance une voix sèche. Attention !

Je relève la tête. Devant moi se tiennent trois adolescents – deux garçons et une fille – tous vêtus des chemises bleu vif ornées du soleil levant jaune sur la manche, l'uniforme de la *Freie Deutsche Jugend.*

C'est la fille qui a parlé. Elle me fusille du regard et secoue la tête, faisant voler ses deux longues tresses blondes par-dessus ses épaules. Elle tient une boussole dans la main droite. Les garçons portent chacun un porte-bloc et un crayon.

— Pardon, je marmonne.

Je n'ai aucune envie d'une confrontation avec ces jeunes enthousiastes du système socialiste. Je veux juste rentrer chez moi.

Ils me laissent passer et je poursuis mon chemin. Mais arrivée devant mon immeuble, je me retourne. Ils sont toujours là. La fille tient la boussole dans sa paume tendue, tandis que les garçons lèvent la tête vers les toits, puis notent quelque chose sur leurs porte-blocs. Que font-ils exactement ?

À ce moment-là, Frau Lange apparaît dans l'embrasure de la porte et sort dans la rue.

Elle me salue avec sa politesse rigide habituelle.

— Bonjour, Fräulein Neumann.

— Bonjour, Frau Lange.

Elle remarque le groupe un peu plus loin et hoche la tête avec approbation. Puis elle se tourne vers moi.

— Je vois que vous n'êtes pas dehors avec vos camarades.

— Euh… non, je dis, sans préciser que je ne fais pas partie de la *Freie Deutsche Jugend*.

— Un travail admirable qu'ils accomplissent, dit-elle en regardant les deux garçons et la fille qui ont avancé dans la rue et répètent leur manège avec la boussole et les porte-blocs.

— Et qu'est-ce qu'ils font exactement ? je demande.

Elle me regarde comme si j'étais stupide.

— Ils vérifient les antennes de télévision, bien sûr.

— Quoi, les antennes ?

Il n'y en a pas tant que ça dans cette rue, mais je remarque maintenant qu'ils se tiennent près d'un immeuble qui en possède effectivement quelques-unes, ces objets rares et convoités.

Frau Lange claque la langue avec désapprobation.

— Ils vérifient lesquelles pointent vers l'Ouest. C'est pour ça qu'ils utilisent une boussole. Les gens ne devraient pas regarder la télévision occidentale. C'est corrupteur. Immoral.

Puis elle tourne les talons et s'éloigne.

Malgré la journée épouvantable que je viens de vivre, j'éclate de rire. Elle peut sûrement m'entendre, mais je m'en moque. Nous n'avons pas de télévision, mais j'ai vu la télévision occidentale chez Dieter, et elle était infiniment plus intéressante que la grisaille que l'on nous impose ici. Je pense au petit frère d'Astrid, Frank, regardant ce ridicule *Meister Nadeloehr*, et à quel point il apprécierait un vrai dessin animé.

Je monte les escaliers jusqu'à notre appartement avec un sentiment écrasant de tristesse face à la vie ici, à l'Est. Si nous portons du noir pour protester, nous sommes renvoyés de l'école. Si nous disons ce que nous pensons, nous risquons l'arrestation. Si nous regardons la télévision occidentale, nous sommes des traîtres à l'État.

Deux jours plus tard, la *Freie Deutsche Jugend* est de retour, mais cette fois sur les toits des immeubles, réorientant les antennes pointant vers l'Ouest vers l'Est. C'est la fin des films américains et des informations occidentales pour les Berlinois de l'Est. Désormais, il n'y aura plus que la chaîne officielle... et *Meister Nadeloehr*.

Chapitre 5

Mère Courage

Sabine

Octobre arrive avec des rafales de vent qui secouent violemment les feuilles des arbres. Je n'ai pas vu Hans depuis quelques semaines maintenant. J'espérais qu'il passerait me voir pour me dire qu'il a changé d'avis sur le tunnel, qu'il est prêt à attendre qu'il soit terminé. Mais il n'y a eu aucun signe de lui. Et, au fond, j'étais encore fâchée contre lui pour la façon dont il avait parlé d'Astrid. Alors je suis allée à l'école chaque jour et j'ai essayé de continuer normalement. Pendant un temps, la Trabant blanche m'a suivie partout, mais je ne l'ai pas remarquée ces derniers jours. Peut-être que la Stasi pense que j'ai retenu la leçon.

À la fin de la semaine, je réalise que l'absence de Hans me pèse plus que je ne veux l'admettre, et je décide de lui rendre visite. Je veux essayer d'arranger les choses entre nous. Je passe chez lui après l'école, vendredi. Frau Fischer me répond à la porte.

— Je suis désolée, Sabine, dit-elle en s'essuyant les mains sur un torchon, mais il est sorti il y a quelques heures. Je ne sais pas quand il reviendra.

Elle retourne tranquillement à ses tâches et n'a pas l'air inquiète le moins du monde, mais un nœud se forme dans mon estomac. J'étais si sûre de le trouver à la maison que je ne peux m'empêcher d'imaginer le pire quand j'apprends qu'il n'est pas là. Et s'il avait décidé de partir pour la Tchécoslovaquie sans rien dire ? Il pourrait être dans un train en ce moment même. Je ne sais pas si elle est au courant de ses projets – probablement pas, sinon elle ne serait pas aussi calme.

— Puis-je lui laisser un message ? demande-t-elle avec un sourire.

Elle est toujours aussi détendue, alors j'essaie de me calmer moi aussi.

— Non. Pas de message. Dites-lui simplement que je suis passée, s'il vous plaît.

— Bien sûr, ma chère.

De retour à la maison, j'essaie de chasser Hans de mes pensées en allant chercher la dernière lettre d'Harry dans sa cachette, dissimulée entre les pages de mon carnet. C'est celle que Brigitta m'a donnée le jour où j'ai été libérée du quartier général de la Stasi. Je n'ai encore rien fait de ce qu'elle contient, trop inquiète à l'idée d'être suivie. Je m'installe dans la cuisine et la relis attentivement.

La lettre contient une série d'instructions, une liste de trois noms et quelques photographies. Harry veut que je contacte les personnes figurant sur cette liste. Elles devront ensuite, chacune à leur tour, contacter d'autres gens désireux de fuir Berlin-Est et dignes de confiance, capables de garder le secret du tunnel. De cette manière, l'information pourra circuler sans qu'Harry ait à rencontrer tout le monde personnellement. S'il le faisait, il attirerait inévitablement l'attention, et tout le projet serait compromis.

En relisant la lettre maintenant, je prends conscience avec une certaine inquiétude qu'Harry m'a désignée comme contact principal à l'Est. Si je ne transmets pas ces informations, personne ne saura rien du tunnel. Je soupçonne que Dieter m'a proposée pour ce rôle, persuadé que je n'ai jamais eu de problèmes avec la Stasi. Si seulement c'était encore vrai. Ce n'est pas parce que je n'ai pas vu la Trabant blanche depuis quelques jours que je peux me permettre de relâcher ma vigilance. J'ai un dossier à la Stasi, ce qui signifie qu'ils me surveilleront désormais à distance, prêts à relever le moindre comportement suspect.

J'étudie les noms, adresses et photographies des personnes que je suis censée contacter. Les photos sont des clichés de vacances, pris à une époque plus heureuse, avant que le Mur ne soit construit. Elles ont dû être fournies par les creuseurs de tunnels à l'Ouest. J'essaie de mémoriser chaque nom, chaque visage, chaque adresse, au cas où je serais contrainte de détruire la lettre plus tard.

La première personne sur la liste est une femme appelée Marion Weber, la petite amie de Werner, l'ingénieur du tunnel. La photographie la montre, blonde et souriante, au bras d'un jeune homme aux lunettes à monture métallique. Ils posent devant le château de Charlottenburg, à Berlin-Ouest, l'air heureux et détendu. Mais son adresse réelle est loin de ce décor verdoyant : elle vit dans le quartier de Biesdorf, au sud-est de Prenzlauer Berg, à Berlin-Est. La lettre indique également l'usine de Trabant où elle travaille sur la chaîne de production. Lui rendre visite impliquera un long trajet en U-Bahn. Je mets sa photo de côté et prends la suivante.

C'est une photo de vacances d'Ingrid Huber, la tante de Claudia. On y voit un pique-nique sur une plage, probablement quelque part sur la mer du Nord. Ingrid est assise sur une couverture à carreaux, entourée de deux jeunes enfants – le frère et la sœur de Claudia. Ils vivent à Pankow, juste au nord de Prenzlauer Berg. Ingrid travaille à l'hôpital du quartier, mais la lettre me donne aussi son adresse personnelle.

Les derniers noms sur la liste sont ceux de Manfred Heilmann, de sa femme Gisela, de leur jeune fils Peter et de leur bébé, Karin. Il n'y a pas de photo d'eux, mais la lettre précise que Manfred est un ami d'Harry et un acteur du Berliner Ensemble. Il doit bientôt jouer dans *Mère Courage et ses enfants* de Brecht, une pièce qui ouvrira au *Theater am Schiffbauerdamm* dans une semaine. Hitler avait interdit l'œuvre de Brecht dans les années trente, mais les communistes se réjouissent aujourd'hui de remettre ses pièces à l'affiche, en raison de leurs thèmes socialistes.

Il me vient à l'esprit qu'assister à une représentation de Brecht pourrait même améliorer ma réputation auprès de la Stasi. Je passe la tête dans le salon, où Brigitta est installée avec un livre.

— Ça te dirait d'aller au théâtre ?

Ses yeux s'illuminent aussitôt.

— Qu'est-ce qu'on va voir ?

Si elle espère *Blanche-Neige* ou *Hänsel und Gretel*, elle risque d'être déçue, mais tant pis.

— *Mère Courage et ses enfants*, je lui dis.

— Oui, bien sûr, répond-elle gaiement.

— Alors c'est décidé, je dis. Allons acheter des billets.

Dieter

Les progrès de la semaine passée ont été bons. En faisant travailler des équipes jour et nuit, nous avons réussi à creuser un puits vertical profond. Je descends jusqu'au fond en utilisant les prises pour les mains et les pieds que Claudia et moi avons aménagées avec les restes des vieux meubles qui traînaient dans la cave.

— Le voilà qui arrive, dit Werner en se penchant par-dessus le bord du trou.

Il descend une corde nouée à des intervalles d'un mètre, lestée au bout avec un marteau. J'attrape le marteau et tire la corde bien tendue. Le marteau atteint juste le sol du puits.

— On a réussi ! je crie.

Un cri de joie monte de Claudia et des autres étudiants.

Après des semaines de travail éreintant, le puits vertical fait maintenant quatre mètres de profondeur. Nous avons installé un système de poulie pour remonter les seaux de terre à la surface. Werner remonte la corde et je grimpe à mon tour. À peine arrivé en haut, Claudia se précipite vers moi et me serre dans ses bras, puis fait la même chose avec Werner. Il enlève ses lunettes et se frotte les yeux.

Malgré ce sentiment d'accomplissement, nous savons tous que ce n'est que le début. Il nous reste maintenant la tâche gigantesque de creuser un tunnel horizontal de cent vingt mètres. La première section passera sous Bernauer Strasse, puis nous traverserons la frontière pour entrer en République démocratique allemande. Nous allons envahir une terre ennemie.

Harry s'avance depuis les ombres. Je ne savais même pas qu'il était dans la cave.

— Bien joué, les gars. Bon travail. Une chance d'accélérer un peu les choses maintenant ? Il nous reste encore un sacré long chemin à faire.

Je pense : comment ose-t-il ? Nous nous sommes éreintés sur ce puits vertical, et ce n'est pas comme si Harry avait levé le petit doigt pour aider.

— Écoute, je dis—

Mais Werner s'avance et me coupe.

— Nous faisons de bons progrès et nous sommes dans les temps par rapport au plan. Les choses iront plus vite maintenant que nous prenons du muscle, dit-il en me lançant un bref regard. Mais creuser le tunnel horizontal prendra plus de temps que le puits vertical, parce qu'il faudra étayer les parois et le plafond avec du bois au fur et à mesure.

Harry soupire.

— Combien de temps ça prendra ?

— Moins de temps que si le tunnel s'effondre, dit Werner en le regardant droit dans les yeux.

Un silence inconfortable s'installe tandis qu'Harry et Werner se défient du regard.

Claudia intervient.

— Werner a raison. On ne peut pas se permettre de prendre ce risque.

— Et, ajoute Werner, il faudra être très silencieux. Les gardes patrouillent en permanence et ils ont des chiens qui pourraient sentir qu'il se passe quelque chose sous leurs pieds.

— D'accord, d'accord, dit Harry en levant les mains. Tu es l'expert technique, alors on fera comme tu dis.

— Allez, je dis. Remettons-nous au travail. On perd du temps ici.

J'ai hâte de recommencer. Werner a raison : nous devenons tous plus forts. J'ai remarqué que mes bras me font moins mal après avoir creusé et que je tiens plus longtemps.

— Oui, dit Claudia. En avant !

Sabine

Après encore une semaine tendue à l'école, où tout le monde est à l'affût de comportements suspects et où les gens ont perdu la confiance de dire ce qu'ils pensent vraiment du Mur, c'est enfin la première de *Mère Courage et ses enfants*. Mais comme toujours quand on attend quelque chose avec impatience, le temps ralentit et la journée traîne encore plus que d'habitude.

La goutte qui fait déborder le vase, c'est le cours de marxisme-léninisme, où Herr Schmidt est particulièrement véhément dans sa défense de la théorie marxiste, argumentant que la lutte des classes est un prérequis nécessaire au progrès dans une société. Apparemment, le Mur divisant Berlin-Est et Berlin-Ouest est lui aussi un élément essentiel du progrès de notre pays.

Le seul progrès qui m'intéresse, c'est celui que Dieter et ses amis font avec le tunnel.

Quand le cours de Herr Schmidt est enfin terminé, je suis la première à sortir de la classe.

— Attends ! appelle Astrid, occupée à rassembler ses affaires.

— Désolée, je dis en l'attendant près de la porte. Je ne voulais pas te laisser derrière. J'ai juste des choses à faire ce soir.

Pendant que nous marchons, Astrid bavarde sans arrêt d'un prochain voyage de camping avec la *Freie Deutsche Jugend*. J'écoute à moitié, hochant la tête et disant *bon* ou *très bien* aux moments appropriés.

Quand nous atteignons le coin de Stargarder Strasse, je n'ai pas eu l'occasion de mentionner la sortie au théâtre de ce soir et, pour être honnête, j'en suis contente. Ce n'est pas que je veuille cacher des choses à Astrid, mais si je lui disais que nous allions voir une pièce de Brecht, elle voudrait tout savoir – jusqu'au moindre détail sur les acteurs et la mise en scène.

La vérité, c'est que je ne sais même pas combien de la pièce nous verrons réellement, car la tâche principale est d'essayer de trouver un moyen de contacter Manfred Heilmann. Je me dis qu'il vaut mieux qu'Astrid n'en sache rien. Ainsi, si tout tourne mal, elle ne pourra pas être accusée de frayer avec des traîtres.

Quand j'arrive à la maison, Brigitta est déjà là. Elle est très excitée à l'idée d'aller au théâtre, et encore plus à celle de notre mission secrète. Moi, je suis surtout nerveuse – à l'idée que nous échouions à contacter Manfred et que tout cela ne soit qu'une perte de temps et d'argent, ou pire encore, que nous soyons observées par la Stasi.

J'ai écrit une note pour Manfred et l'ai glissée dans une petite enveloppe blanche. Il faudra que j'essaie de la lui remettre, même si je n'ai aucune idée de la manière dont je suis censée accomplir cet exploit de prestidigitation.

Je cache la lettre destinée à Manfred Heilmann dans la poche de mon manteau, vérifie que j'ai bien les billets, et nous partons.

Nous prenons le S-Bahn jusqu'à Friedrichstrasse, ce qui me rappelle le voyage que nous avons fait en août, quand nous attendions avec impatience une journée au lac avec Dieter et qu'à la place nous avons découvert que la frontière avait été fermée et que nous étions piégées à l'Est.

Brigitta glisse sa main dans la mienne lorsque nous quittons la station et parcourons la courte distance jusqu'au théâtre. Oma avait une carte postale du théâtre, prise avant la guerre. L'entrée principale était une tour ornée, décorée de sculptures, de volutes et de tourelles. Après sa destruction pendant la guerre, l'entrée a été reconstruite dans un style plus simple : les sculptures de pierre élaborées ont été remplacées par des lignes droites, et la tour gothique fantaisiste par un panneau métallique circulaire annonçant le bâtiment comme le foyer du *Berliner Ensemble*, la troupe fondée par Brecht.

Avant d'entrer, je jette un coup d'œil dans la rue. C'est devenu une habitude désormais : vérifier s'il y a une Trabant blanche garée à proximité, un homme debout à un coin de rue derrière son journal, ou une femme immobile devant une vitrine. Je ne fais confiance à personne qui semble simplement traîner. Il y a beaucoup de gens qui se dirigent vers le théâtre, mais aucun ne paraît suspect.

Mais alors, je suppose que les meilleurs espions sont justement ceux qui se fondent dans la masse.

À l'intérieur, il y a une bousculade autour du vestiaire. Je décide qu'il vaut mieux garder nos manteaux. Je ne veux pas être vue tenant la lettre de Manfred à la main.

Nous montons les escaliers jusqu'au balcon et trouvons nos places, au deuxième rang depuis l'arrière, au milieu – les seules que nous pouvions nous permettre.

Avec son velours rouge, son épais rembourrage et le grand lustre suspendu au centre du plafond, c'est l'endroit le plus opulent où nous ayons jamais mis les pieds.

— Je veux voir le reste du théâtre, dit Brigitta.

Nous longeons le côté du balcon, nous penchons par-dessus la balustrade et regardons l'auditorium en contrebas. Il y a trois niveaux de sièges : l'orchestre en bas, la corbeille au milieu et le balcon tout en haut. Les places de la corbeille sont les meilleures de la salle – surélevées par rapport à l'orchestre plat, mais pas si éloignées, comme celles du balcon, qu'elles réduisent les acteurs à de petites poupées.

Des piliers sculptés en jeunes filles grecques à demi vêtues portent le poids du balcon sur leurs épaules. Je suis en train de faire remarquer cette fantaisie architecturale à Brigitta lorsqu'un mouvement, juste en dessous de nous, au premier rang de la corbeille, me fait m'interrompre.

Les gens assis aux extrémités de la rangée se lèvent pour laisser passer de nouveaux arrivants qui se dirigent vers le milieu. De cet angle, je ne peux voir que le haut de leurs têtes, mais quelque chose chez eux m'est familier.

Il y a un homme grand à la calvitie marquée, une femme aux cheveux relevés en chignon soigné, un jeune garçon et une fille plus âgée... Je n'y crois pas. Ça ne peut pas être.

Ils se décalent jusqu'à ce que chacun trouve sa place, puis s'assoient. La fille se retourne alors, et je comprends que je ne me suis pas trompée. C'est Astrid. Astrid et sa famille.

Elle ne m'a pas vue. Je me recule aussitôt du bord du balcon. Je suis surprise, et aussi un peu contrariée. Pourquoi ne m'a-t-elle pas dit qu'elle venait au théâtre ? D'ordinaire, elle parle sans arrêt de ses projets pour le week-end. J'admets, non sans une pointe de honte, que j'ai gardé mes propres projets secrets, mais je me rappelle que j'avais de bonnes raisons pour cela.

Astrid est probablement ici pour une simple sortie, pour s'amuser. Alors pourquoi n'en a-t-elle rien dit ?

Pendant un moment, je l'observe sans être vue. Elle est assise entre son frère Frank et son père. Son père discute avec deux hommes en costume gris assis à sa gauche. Sa mère essuie le nez de Frank avec un mouchoir. N'ayant personne à qui parler, Astrid feuillette le programme.

— Viens, je dis à Brigitta en la tirant doucement loin du bord du balcon. On devrait retourner à nos places. La pièce va bientôt commencer.

Le balcon se remplit rapidement. Certaines personnes, à en juger par leurs vêtements, semblent venir directement du travail. D'autres ont l'air d'étudiants.

En attendant, Brigitta me demande de quoi parle la pièce. Je lui explique que l'action se déroule au dix-septième siècle et qu'il s'agit de l'histoire d'une femme pendant la guerre de Trente Ans, en Suède, connue sous le nom de Cantinière Anna ou Mère Courage. Elle espère gagner beaucoup d'argent grâce à la guerre et commence à commercer avec les armées des deux camps, mais ses trois enfants meurent à cause du conflit.

— C'est une pièce contre la guerre, j'ajoute, un peu inutilement.

Brigitta hoche la tête pour montrer qu'elle comprend. Personne, à Berlin-Est, ne doute que la guerre soit une mauvaise chose. C'est juste que, derrière le Mur, la paix n'est pas particulièrement réjouissante non plus.

D'après la lettre d'Harry, je sais que Manfred Heilmann joue le rôle du Commandant suédois. L'affiche devant le théâtre annonçait que Mère Courage est interprétée par l'actrice Elisabeth Borgmann.

Les lumières baissent et un silence tombe sur la salle. Quelques retardataires se faufilent en murmurant des excuses le long de notre rangée. Le public s'installe et se prépare à être diverti, même si ce mot n'est sans doute pas le plus approprié pour ce drame sombre.

Il fait chaud dans le théâtre, mais je garde mon manteau : je ne veux pas risquer de perdre la lettre, désormais toute froissée, dans ma poche. D'une façon ou d'une autre, à l'entracte ou juste après la représentation, je vais devoir trouver un moyen de la remettre à Manfred Heilmann.

Le rideau se lève. J'essaie de me détendre et de profiter de la pièce, mais je suis trop nerveuse pour me concentrer sur le dialogue.

Tandis que Mère Courage traîne sa lourde charrette en bois à travers la scène, marchandant avec les généraux et changeant d'allégeance – de protestante à catholique – selon ce qui l'arrange, je reste assise à m'inquiéter de la tâche qui m'attend.

Après environ une heure de marchandage et de manœuvres, son plus jeune fils – qui porte l'improbable nom de Fromage Suisse – est abattu, et le rideau tombe pour l'entracte.

Un nœud se forme dans mon estomac. J'aimerais qu'Astrid ne soit pas ici. Si je la croise, ce sera terriblement gênant.

Brigitta et moi nous levons et suivons la foule qui se dirige vers le foyer. Il est difficile de se déplacer dans cette bousculade, et impossible de savoir s'il y a des agents de la Stasi parmi les spectateurs – même si je suis certaine qu'il y en a. Ils infiltrent tous les rassemblements publics, comme des mouches qui envahissent les maisons en été, même quand on garde les fenêtres fermées.

Dans le foyer, les portes ont été ouvertes pour laisser entrer un peu d'air frais. Les gens se répandent jusque dans la rue, boivent, fument et discutent du premier acte. Je garde un œil ouvert pour Astrid, mais je ne la vois nulle part. J'essaie alors de me concentrer sur la tâche à accomplir : trouver un moyen d'accéder aux coulisses. Mais le public et les acteurs semblent appartenir à deux mondes distincts, et je ne vois pas comment passer de l'un à l'autre. Il ne reste plus qu'une dizaine de minutes avant la reprise.

Brigitta tire soudain sur mon bras.

— Par ici.

Elle se fraie un chemin à travers la foule, et je lutte pour ne pas la perdre de vue. Elle sort du théâtre et j'arrive juste à temps pour la voir tourner sur le côté du bâtiment, dans la Marienstrasse. Je cours pour la rattraper.

— Regarde, dit-elle avec un grand sourire.

Elle pointe une petite porte noire sur le côté du théâtre.

— C'est l'entrée des artistes.

Brigitta tend déjà la main vers la poignée. Je jette un coup d'œil dans la rue : personne ne traîne au coin, et aucune voiture n'est garée avec des hommes assis à l'intérieur.

— Vite, je dis.

Elle pousse la porte, et nous disparaissons à l'intérieur, dans l'obscurité.

Dieter

L'obscurité. Je suis à genoux, recroquevillé dans l'espace confiné du tunnel. J'ai de la boue et de la terre dans les cheveux, sur le visage, coincées sous les ongles et incrustées dans mes vêtements. Je voudrais me lever, étirer mes jambes, détendre mon dos, mais l'espace est bien trop étroit. Je suis là depuis quatre heures, frappant la paroi du tunnel avec la pioche et pelletant la terre dans des seaux. Je sais maintenant ce que ça fait d'être une taupe, vivre et creuser sous terre sans jamais voir la lumière du jour.

Werner est là lui aussi, occupé à installer un câble électrique pour que nous ayons un éclairage fixe et ne dépendions plus seulement des lampes de poche.

— J'aurais besoin d'un peu plus d'espace, dit Werner en déroulant une rallonge. Pourquoi tu ne ferais pas une pause ?

— D'accord, je dis.

Je rampe jusqu'au puits vertical puis me redresse pour la première fois depuis des heures, appuyant mes mains dans le bas de mon dos et me penchant en arrière avec un grognement.

Je monte les marches en boitant jusqu'à la cuisine et m'effondre sur une chaise. Mon jean est déchiré et mes genoux sont éraflés, encore légèrement ensanglantés. Tout mon corps me fait mal. La porte de la cuisine s'ouvre et Claudia entre. Elle est couverte de boue et de poussière elle aussi. Elle a passé les dernières heures à vider les seaux de terre dans la cour. Elle a abandonné toute tentative de maintenir les quartiers d'habitation propres – c'est impossible quand on passe des heures chaque jour à creuser la terre.

Elle me jette un coup d'œil et secoue la tête.

— Du café ?

— Oui, s'il te plaît.

Je suis soulagé que quelqu'un ait encore l'énergie de faire bouillir de l'eau, parce que moi, je n'en ai plus.

Creuser le tunnel horizontal est bien plus difficile que creuser le puits vertical. Je passe des heures accroupi ou à genoux sur le sol rugueux, à gratter la paroi de terre devant moi. Mes jambes sont prises de crampes et mon dos est voûté. J'ai l'impression que je vais finir par me transformer en Quasimodo.

Les progrès sont douloureusement lents. Il n'y a de la place que pour une seule personne à la fois à la face du tunnel, alors les autres membres de l'équipe sont occupés à faire passer les seaux de gravats le long du boyau et à étayer les murs et le plafond avec des planches de bois.

Claudia pose deux tasses de café sur la table, puis s'agenouille pour examiner mes genoux.

— Tu devrais t'enrouler des bandages autour des jambes avant de commencer à creuser, dit-elle.

— Ouais, je sais. Merci pour le conseil.

Sabine

Après quelques instants, nos yeux s'habituent à l'obscurité et nous distinguons un couloir étroit. Au bout, un court escalier descend.

Dans les coulisses, il n'y a rien du luxe qui orne les espaces publics du théâtre : pas de tapis, ni de velours rouge, ni de piliers sculptés. Le sol est recouvert d'un linoléum brun et bon marché, comme celui de notre appartement. Des tuyaux apparents, couverts d'une fine couche de poussière, courent le long du mur au niveau des chevilles. Un tube fluorescent clignotant éclaire l'endroit d'une lumière hésitante et maladive. Je suis surtout soulagée que nous ayons réussi à entrer sans nous faire remarquer. Nous descendons l'escalier à la recherche des loges.

Des voix nous parviennent depuis le couloir. J'attrape Brigitta et la tire derrière un portant chargé de costumes de paysans que quelqu'un a abandonné là. Deux hommes apparaissent, portant un élément de décor volumineux. Ils sont trop occupés à le maintenir en équilibre pour remarquer Brigitta et moi, dissimulées derrière les tuniques et les capes.

Quand ils disparaissent, je jette un coup d'œil pour vérifier que la voie est libre. Nous devons nous dépêcher avant que quelqu'un d'autre arrive.

Nous continuons dans le couloir d'où venaient les hommes. Des portes s'alignent de chaque côté. Ce doivent être les loges, mais je n'ai aucune idée de comment trouver la bonne.

À mi-chemin, une porte s'ouvre brusquement et six acteurs habillés en soldats suédois en sortent. Il n'y a nulle part où se cacher, mais ils partent dans la direction opposée sans nous prêter attention. L'entracte doit toucher à sa fin et l'Acte II est sur le point de commencer.

Nous avançons rapidement, scrutant chaque porte. À mon grand soulagement, les noms des acteurs principaux sont inscrits dessus. Nous arrivons devant celle d'Elisabeth Borgmann, l'actrice qui joue Mère Courage, quand soudain une voix éclate.

— Qu'est-ce que vous faites là ?

Nous nous figeons. Un homme au visage rouge foncé s'avance à grands pas. Il a l'air pressé, irrité, comme si nous étions un problème de plus dans une journée déjà trop chargée.

— J'ai demandé ce que vous faites ici.

Sa voix est sèche, autoritaire. Il nous dévisage.

Je reste muette, mais Brigitta lui adresse son sourire le plus angélique.

— C'est ma faute si nous sommes ici. Je suis une très grande admiratrice d'Elisabeth Borgmann et je voulais juste avoir son autographe. C'est une vraie héroïne pour moi.

L'homme a l'air déconcerté. Manifestement, il ne s'attendait pas à une réponse aussi candide.

Brigitta ne cille pas, ne rougit pas, ne montre aucun signe de nervosité. Elle est parfaitement crédible. Je me dis qu'elle ferait une excellente actrice.

L'homme grogne et consulte sa montre.

— Tout cela est très irrégulier, mais... si vous êtes très rapides, elle aura peut-être le temps de vous donner un autographe. Elle est sur scène dans cinq minutes.

Il frappe à la porte et reste planté là. J'aurais préféré qu'il parte, mais il se tient droit comme s'il s'apprêtait à nous présenter à la Reine de Saba.

La porte s'ouvre et Mère Courage apparaît – Elisabeth Borgmann. Elle est en costume complet : une robe de laine grise grossière, un tablier sale, un morceau de tissu brun noué en turban autour des cheveux. Les mains sur les hanches, elle regarde l'homme, les sourcils arqués. Elle ne sourit pas.

— Une jeune admiratrice, dit-il en désignant Brigitta.

Elisabeth observe Brigitta, toujours rayonnante d'innocence. Elle a l'air de n'y croire qu'à moitié, mais elle hoche la tête.

— Vous feriez mieux d'entrer.

Elle nous fait signe de passer, referme la porte sur l'homme, puis se tourne vers nous.

— Je ne sais pas qui vous êtes, dit-elle, mais vous ne devriez pas traîner dans les coulisses comme deux voleuses. Vous savez qu'on peut être arrêtées, ici, pour comportement suspect ?

Je le sais trop bien.

Je cherche à jauger si je peux lui faire confiance.

Elle retourne à sa coiffeuse, prend un crayon de khôl et accentue ses sourcils. Pendant un instant horrible, je pense à Frau Biedermeier.

— Vous avez entendu l'homme. Je n'ai pas beaucoup de temps. Qu'est-ce que vous voulez ?

Elle repose le crayon et attrape un poudrier. Parmi le désordre de maquillage, de brosses et de paquets de cigarettes, je remarque une photographie encadrée. Un garçon d'environ quinze ans. Elle croise mon regard dans le miroir.

— C'est mon fils. Il vit à Berlin-Ouest, chez sa grand-mère.

Cela suffit.

— Nous cherchons Manfred Heilmann, je dis. J'ai une lettre pour lui.

Elle se lève aussitôt.

— Venez.

Nous la suivons dans le couloir. Elle frappe à une porte, n'attend pas de réponse et l'ouvre, nous poussant à l'intérieur.

— Vous avez des visiteurs.

Manfred Heilmann se tient là, en uniforme suédois complet. Elisabeth referme la porte derrière nous et disparaît, sans doute pour éviter d'être vue en train d'aider des personnes suspectes.

Manfred a l'air sur ses gardes. Sa main va instinctivement vers la poignée de son épée. Il est beaucoup plus grand que je ne l'imaginais.

— J'ai une lettre pour vous, je dis, lui tendant l'enveloppe.

Il relâche son arme et prend la lettre sans me quitter des yeux. Il la déchire, parcourt rapidement le message. C'est une note courte, expliquant Harry et le tunnel. Son expression change, s'adoucit.

— Merci, dit-il en souriant.

Un appel retentit : Manfred est attendu sur scène. Il glisse la lettre dans sa tunique et se dépêche de partir.

Brigitta et moi ressortons par où nous sommes venues. Il est trop tard pour regagner nos places au balcon. Nous raterons la seconde partie de la pièce.

Mais ce soir, nous ne sommes pas des spectatrices.

Nous sommes les actrices principales de notre propre drame – et celui-ci se joue dans la vraie vie.

Dieter

Je suis de retour à la face du tunnel et je fais de meilleurs progrès qu'hier. J'ai suivi le conseil de Claudia et j'ai enroulé mes genoux avec des bandes de tissu déchirées dans une vieille chemise. Andreas m'a lancé quelques commentaires sarcastiques sur le fait de souffrir du *genou de femme de ménage*, mais je les ai ignorés.

J'enfonce la pelle dans le mur de terre devant moi et en retire une motte épaisse et brune. Andreas est un peu derrière moi, en train d'enfoncer des planches de bois dans les murs et le plafond du tunnel, suivant les instructions de Werner pour étayer au fur et à mesure. Claudia arrive pour enlever les seaux que j'ai déjà remplis.

— Hé, tu fais du super travail, dit-elle.

Je lui adresse un sourire reconnaissant.

Elle emporte les seaux pleins et me laisse les vides. À ce rythme, je les aurai remplis en un rien de temps.

Andreas apparaît derrière moi.

— On a besoin de plus de bois, dit-il. Je reviens dans une demi-heure.

— D'accord, je dis sans me retourner.

Je suis déterminé à avancer autant que possible pendant son absence. Werner a dit qu'on ne devait pas creuser trop loin devant la section étayée, mais si je ne fais pas de vrais progrès, Andreas ne manquera pas de me le reprocher à son retour. Il pense clairement que je ne suis pas à la hauteur, mais je vais lui prouver le contraire.

Je continue à frapper la terre. L'éclairage installé par Werner rend l'endroit moins oppressant, et l'argile devient plus sableuse, donc plus facile à creuser. Je remplis rapidement les seaux que Claudia m'a laissés. Elle les emporte, puis revient avec une nouvelle paire.

— Tu veux échanger un moment ? demande-t-elle.

— D'accord, je dis.

Je recule pour la laisser passer. Elle se faufile près de moi. J'inspire l'odeur douce de son savon. Elle sent toujours bon, même couverte de boue et de terre.

Elle enfonce la pelle dans le sol. Werner avait tort de penser qu'elle ne pouvait pas faire aussi bien que nous.

— Vas-y, dit-elle en se tournant vers moi avec un sourire. Emporte les seaux.

— Oui, chef. Désolé.

Je prends les seaux de gravats et me dirige vers l'entrée du tunnel, voûté comme un vieil homme. Arrivé au puits vertical, j'accroche le premier seau au crochet du système de poulie et tire sur la corde.

— Seau qui monte, j'appelle.

Werner le hisse à la surface. Je fais de même avec le second, puis je commence à grimper à mon tour. Je suis presque en haut quand un bruit sourd résonne derrière moi, suivi d'un cri étouffé venant du tunnel.

Werner me regarde.

— C'était quoi, ça ?

Je ne réponds pas. Je redescends déjà, glissant presque sur les prises, pressé d'atteindre la face du tunnel. Je saute les deux derniers mètres, puis cours – du mieux que je peux, plié en deux – vers le fond.

Là où Claudia creusait quelques instants plus tôt, il n'y a plus qu'un amas de terre. Son pied droit dépasse des gravats. Le reste de son corps est entièrement enseveli.

Je passe en surrégime, arrachant la terre à mains nues.

— Claudia ! Claudia ! Tu m'entends ?

J'oublie complètement les gardes est-allemands au-dessus de nos têtes.

Mon Dieu, faites qu'elle soit vivante.

Mes doigts fouillent la terre jusqu'à toucher quelque chose de chaud, de souple. De la chair. Son bras. Je m'en empare et tire, mais je n'arrive pas à la dégager. La masse de terre est trop lourde.

Un bruit derrière moi. Werner est là.

Ensemble, nous arrachons des brassées de terre, jusqu'à ce que le visage de Claudia apparaisse, puis son cou, puis ses épaules. Nous la tirons enfin hors de l'effondrement.

Elle s'assoit, toussant violemment, recrachant de la terre brune et collante. Je frotte la boue de son visage et de ses cheveux. Elle ne dit rien.

— Aide-moi à la remonter, je dis à Werner.

— Ça va, crache Claudia.

— Non, ça ne va pas, je dis. Tu aurais pu mourir là-dessous.

Mon estomac se noue. Si je n'avais pas essayé de creuser trop loin devant la section étayée, cela ne serait jamais arrivé.

Ni Werner ni Claudia ne disent quoi que ce soit.

Mais je le sais.

Cet accident est entièrement de ma faute.

Sabine

À l'école lundi, Astrid ne dit rien sur le fait d'être allée au théâtre vendredi soir. Quand je lui demande comment s'est passé son week-end, elle hausse simplement les épaules et dit qu'il ne s'est rien passé de spécial. Cela m'intrigue, mais je ne peux pas lui poser de questions sans révéler que j'y étais aussi, alors je laisse tomber. Connaissant Astrid, elle a probablement trouvé la pièce si ennuyeuse qu'elle ne pense pas que cela vaille la peine d'en parler.

De toute façon, j'ai d'autres choses en tête. Encouragée par le succès avec Manfred Heilmann, je prévois de contacter Marion Weber, la petite amie de Werner, cet après-midi dès que l'école sera finie. Quand la sonnerie retentit, je trouve une excuse auprès d'Astrid en disant que je dois emmener Brigitta acheter de nouvelles chaussures – je déteste tous ces mensonges et subterfuges – et je me dirige vers le U-Bahn à Schönhauser Allee. Je vais jusqu'à Biesdorf-Süd pour chercher Marion à l'usine où elle travaille.

Je trouve l'usine de Trabant assez facilement grâce aux panaches de fumée grise qui s'échappent des hautes cheminées de brique. Les portes principales sont fermées, mais en regardant à travers les grilles, je réalise, à la vue des bâtiments tentaculaires, que cet endroit doit employer des centaines, sinon des milliers de personnes. Je me demande si j'ai fait une erreur en espérant retrouver Marion parmi tous les ouvriers qui vont sortir à cinq heures et demie.

Il me reste encore vingt minutes avant la fin de la journée de travail et je ne peux pas rester plantée devant l'usine aussi longtemps sans attirer l'attention. Je vais donc dans un café que j'ai repéré en venant, commande un café et m'assieds à une table près de la fenêtre.

Je retourne devant les portes de l'usine une minute avant cinq heures et demie. À cinq heures et demie pile, elles s'ouvrent et des dizaines d'ouvriers en bleus de travail identiques se répandent dans la cour et se dirigent vers la sortie. Comment vais-je trouver Marion dans cette foule ? Je jette un coup d'œil rapide à la photographie que j'ai dans ma poche, puis je scrute les visages. Je vois des hommes et des femmes fatigués, aux traits fermés, usés par la monotonie de leurs vies, et qui ne sourient pas. À première vue, tout le monde se ressemble.

Puis je la vois.

Elle est difficile à manquer. Elle se détache de la foule par l'élan de sa démarche, même après une longue et dure journée à l'usine. Elle porte son bleu de travail comme s'il s'agissait d'un vêtement à la mode plutôt que d'un uniforme fonctionnel. Elle a l'air d'avoir deux ou trois ans de plus que moi. En marchant vers la sortie, elle détache ses cheveux et secoue des boucles blondes qui retombent sur ses épaules.

Je me dirige vers elle, essayant de la rattraper avant qu'elle disparaisse. Elle me voit approcher, s'arrête une fraction de seconde, puis continue d'avancer. Je la suis. Elle jette un regard en arrière, semble m'évaluer, puis m'adresse un léger hochement de tête, comme une invitation. Je presse le pas. À ma surprise, elle glisse son bras dans le mien.

— Fais juste comme si tout était normal et prétends qu'on est meilleures amies, chuchote-t-elle.

Je fais de mon mieux pour obéir, et nous continuons ensemble dans la rue en direction de la station de U-Bahn.

— J'ai un message de Werner, je dis.

— J'espérais que ce serait ça.

Je lui explique rapidement l'histoire du tunnel et lui tends une note qu'elle glisse dans la poche de son bleu sans même la lire.

— Écoute, dit-elle en serrant mon bras un peu plus fort et en se penchant vers moi, tu dois être très prudente par ici. Tu le sais, n'est-ce pas ?

— À cause des informateurs ?

Elle hoche la tête.

— Il y a des espions et des collaborateurs partout dans l'usine. Si demain quelqu'un me demande qui tu es, je dirai que tu es une vieille amie d'école et que tu es simplement passée dire bonjour.

— Bien sûr.

L'idée d'être une « vieille amie » de Marion me plaît.

Au U-Bahn, nous nous séparons. Elle part vers l'est, en direction de Cottbusser Platz, et je retourne vers Prenzlauer Allee. Même si je viens à peine de la rencontrer, j'espère qu'un jour nous pourrons réellement devenir amies, quand nous serons arrivées à Berlin-Ouest.

Je dois croire que nous y arriverons.

C'est la seule chose qui me fait tenir.

Dieter

Claudia se repose sur le canapé, lavée et pansée. Werner lui a ordonné de prendre une journée de repos après son épreuve, même si elle insistait qu'elle allait bien. À mes yeux, elle ne va clairement pas bien. Elle est couverte de coupures et d'ecchymoses, tousse encore comme une poitrinaire du dix-neuvième siècle et se plaint d'un mal de tête persistant. J'ai pris dix minutes de pause du creusement pour lui faire une tasse de café et voir comment elle va.

— Merci, Dieter, dit-elle en prenant la tasse fumante de mes mains. Tu n'as vraiment pas besoin de t'agiter autour de moi, tu sais.

Je me sens toujours profondément coupable de ce qui lui est arrivé hier et je veux qu'elle comprenne à quel point je suis désolé. Je m'agenouille par terre à côté d'elle.

— Écoute, Claudia, je...

La porte s'ouvre brutalement et Harry fonce dans la pièce. Je ne l'ai jamais vu aussi en colère. Maintenant que j'y pense, je ne l'ai pas vu depuis quelques jours.

Il jette un coup d'œil à Claudia allongée sur le canapé, puis se tourne vers moi.

— Qu'est-ce qui s'est passé hier, bon sang ?

— Qu'est-ce que tu veux dire ? je demande en me levant. Il aurait au moins pu demander à Claudia comment elle va.

— Ça ! dit Harry en désignant Claudia.

Elle essaie aussitôt de se redresser, mais retombe en portant la main à sa tête. Je m'inquiète qu'elle souffre d'une commotion cérébrale et qu'elle devrait voir un médecin, mais Werner ne veut pas risquer que quelqu'un découvre ce que nous faisons ici.

Harry ignore totalement sa détresse et s'adresse uniquement à moi.

— Werner me dit que ce foutu tunnel s'est effondré parce qu'il n'était pas étayé correctement.

— Il était en train de l'être, je dis, essayant de garder mon calme. Andreas était parti chercher plus de bois.

— Mais toi, tu as continué à creuser. Tu aurais dû arrêter le travail et attendre qu'il revienne.

Je trouve ça un peu fort venant de quelqu'un qui est toujours impatient de voir des résultats et qui, pourtant, n'a jamais déplacé ne serait-ce qu'un dé à coudre de terre lui-même.

— Qu'est-ce que tu dis ? je me retourne contre lui. Que tout ça, c'est ma faute ?

— Oui. En fait, oui.

La colère me submerge. Même si je me reproche d'avoir été trop impatient de progresser, la dernière chose dont j'ai besoin en ce moment, c'est qu'Harry me fasse la leçon. Si je n'avais pas laissé la place à Claudia, c'est moi qui serais resté coincé sous ces gravats. Ça aurait dû être moi. Mais je ne suis pas prêt à accepter ce genre de reproches de la part de quelqu'un qui ne creuse jamais.

— Au lieu de critiquer les autres, je lui crie, pourquoi tu ne descendrais pas dans ce tunnel et que tu ferais un peu de vrai travail pour changer ?

La colère flamboie dans ses yeux.

— Tu sais très bien ce que je fais. Je risque ma liberté chaque fois que je vais à Berlin-Est.

— Ouais, c'est ça, je ricane, comme si tu n'aimais pas te pavaner comme un agent secret dans un film de guerre. Tout ça, c'est un jeu pour toi, non ?

Claudia essaie de se redresser.

— Dieter, s'il te plaît...

Mais je ne suis pas d'humeur à écouter la raison. Je fais un pas vers Harry et enfonce mon doigt dans sa poitrine.

— Pourquoi tu ne descends pas dans ce tunnel pour voir ce que ça fait de passer des heures à frapper la terre, à vivre comme un rat dans un égout ? Ou quoi ? Trop peur de te salir ?

Pendant un instant, je pense qu'il va me frapper. Il lève le poing à hauteur d'épaule, les yeux brûlants.

— Arrêtez ! crie Claudia.

Le poing d'Harry reste suspendu dans l'air. Je ne cède pas et soutiens son regard. Finalement, il laisse retomber sa main le long de son flanc, se détourne et quitte la pièce en trombe, claquant la porte derrière lui.

Sabine

Je dois contacter encore une personne : Ingrid Huber, la tante de Claudia, à Pankow. Alors, samedi, je prends le S-Bahn pour Pankow-Heinersdorf, laissant Maman et Brigitta à la maison pour faire un gâteau pour Michaela Mann, qui va avoir sept ans demain.

Je trouve la maison d'Ingrid dans une rue tranquille de bungalows blanchis à la chaux, avec des carrés de pelouse et des haies soigneusement taillées devant chaque maison. Je reconnais Ingrid grâce à la photographie du pique-nique sur la plage. Elle est dans le jardin, en train de tailler des rosiers avec un sécateur. C'est une petite femme aux cheveux bruns attachés serrés en queue de cheval. Elle porte d'épais gants de cuir pour se protéger les mains des épines. J'entends des enfants courir dans le jardin derrière la maison.

— Bonjour, je lui lance par-dessus le petit mur qui sépare la propriété de la route.

Elle lève les yeux de son travail, surprise. Je vois aussitôt la méfiance dans son regard : *qui est cette étrangère ?*

— Vous êtes Frau Huber ?

Même si je sais déjà qui elle est, ça me semble plus poli de demander.

— Oui.

Elle se tient très droite, comme si elle s'attendait à ce que je la dénonce comme traîtresse. Pour autant qu'elle sache, je pourrais être de la Stasi.

— Et vous êtes ? demande-t-elle d'une voix hésitante.

— Sabine Neumann. J'ai des nouvelles de Claudia.

À la mention du nom de Claudia, Ingrid pousse un soupir de soulagement, glisse le sécateur dans la poche de son tablier et enlève ses gants de jardinage.

— Oh, Dieu merci. J'ai cru, un instant…

Elle ne termine pas sa phrase et ouvre plutôt la petite porte du jardin.

— S'il vous plaît, entrez.

Quand je pénètre dans le jardin, deux enfants surgissent du coin du bungalow en se poursuivant : une fille et un garçon. La fille a environ huit ans, à peu près l'âge de Brigitta. Le garçon est sans doute un peu plus jeune. En me voyant, ils s'arrêtent net et me fixent. On leur a manifestement appris à se méfier des étrangers.

— Ça va, les enfants, dit Ingrid. Cette dame est une amie. Allez jouer jusqu'à ce que je vous appelle pour le goûter.

Rassurés, les enfants disparaissent derrière la maison. Ingrid m'invite à entrer.

Pendant qu'elle prépare du thé pour nous deux, je lui explique comment Claudia et mon frère travaillent avec une équipe à Berlin-Ouest pour creuser un tunnel afin de nous faire sortir de Berlin-Est.

— Je savais que Claudia ferait quelque chose, dit-elle en posant deux tasses de thé fumant sur la table. C'est une fille courageuse.

— Oui, je dis. On leur doit beaucoup.

Je reste environ une demi-heure à discuter avec elle de Claudia et des deux plus jeunes enfants, dont j'apprends que les prénoms sont Stefanie et Jens. En semaine, Stefanie va à l'école et Jens au *Kindergarten*. Ingrid travaille comme infirmière à l'hôpital local.

— Pour moi-même, me confie-t-elle en se penchant vers moi et en baissant la voix, je resterais probablement ici et j'essaierais de faire avec ce que j'ai. L'hôpital a perdu tant de médecins et d'infirmières qualifiés partis vers l'Ouest avant que le Mur ne soit construit. Mais Stefanie et Jens méritent une vie meilleure que celle qu'ils auront ici, à Berlin-Est.

Je la remercie pour le thé et lui promets de reprendre contact dès que j'aurai des nouvelles sur l'avancée du tunnel. Puis je repars vers la maison.

J'ai hâte de dire à Brigitta et à Maman que j'ai contacté toutes les personnes figurant sur la liste d'Harry et que, pour autant que je sache, je n'ai pas été suivie. Je descends du S-Bahn à Schönhauser Allee et marche rapidement dans Stargarder Strasse. Alors que j'approche de notre immeuble, une Skoda brune démarre et s'éloigne de l'autre côté de la rue.

À l'intérieur, je jette un coup d'œil à travers les grilles de la boîte aux lettres : elle est vide. Pas de message aujourd'hui. J'allume la minuterie et monte les escaliers. L'appartement des Mann est silencieux. Au deuxième étage, la porte de Frau Lange est entrouverte ; elle se referme juste au moment où je tourne le coin de l'escalier. J'ai pris l'habitude de passer rapidement devant la porte de Herr Schiller, au troisième étage, parce que les souvenirs sont trop douloureux. Je monte les dernières marches presque en courant, essayant d'atteindre notre appartement avant que la lumière ne s'éteigne.

Le palier du dernier étage est étrangement silencieux, et une odeur inconnue me saisit : après-rasage et fumée de cigarette.

Je tourne la clé dans la serrure et entre en appelant :

— Brigitta ! Maman !

Aucune réponse.

L'appartement est plongé dans l'obscurité. Je cherche l'interrupteur près de la porte. Quelqu'un est venu ici. Je le sens. C'est la même odeur que sur le palier, mais plus forte.

— Brigitta ! Maman !

Je vais à la cuisine et trouve les ingrédients du gâteau étalés sur la table : farine, sucre, beurre, œufs. Mais aucun signe de ma mère ni de ma sœur.

Alors je repense à la Skoda brune, et je comprends.

Mes jambes se mettent à trembler et je dois m'agripper à une chaise avant de m'asseoir. Pendant que je rendais visite à Ingrid Huber à Pankow, la Stasi est venue. Ils ont emmené Maman et Brigitta. Pour interrogatoire.

Je peux l'imaginer sans peine : le coup sec à la porte, les hommes inconnus sur le palier, exigeant que Maman et Brigitta les suivent jusqu'au quartier général de la Stasi. Mais après ? Les ont-ils enfermées dans une cellule ? Ensemble ? Séparément ? Et pour quelle raison ?

Je cours à la chambre où je cache les lettres d'Harry, dissimulées dans mon carnet, dans la commode. La première lettre a fini dans le poêle en faïence le jour où la Stasi est venue me chercher, mais la seconde – celle avec les noms, les adresses et les photographies – était encore là quand j'ai quitté la maison ce matin.

J'ouvre le tiroir d'un geste brusque.

Le carnet a disparu.

Je m'effondre sur le lit et je pleure.

Chapitre 6

Des oranges pour Noël

Je ne quitte pas l'appartement de toute la journée. Je veux être ici au cas où Maman et Brigitta reviendraient, mais, de façon réaliste, je ne m'attends pas à les revoir aujourd'hui. Je me blâme pour leur arrestation. Si je n'étais pas restée bavarder avec Ingrid Huber, j'aurais été à la maison quand la Stasi est venue. Ils auraient pu me prendre à la place. J'aurais fait n'importe quoi pour empêcher qu'ils emmènent Maman et Brigitta.

Je suis indignée que la Stasi veuille interroger un enfant de huit ans, mais, si je suis honnête, je m'inquiète plus pour Maman que pour ma petite sœur. Brigitta peut être résistante et débrouillarde, comme elle l'a déjà prouvé au théâtre, mais j'ai peur de penser à ce que Maman pourrait dire si elle est mise sous pression.

Et quant au carnet et à la lettre qu'il contenait – comment ai-je pu être assez stupide pour ne pas avoir détruit cette lettre dès que je l'avais lue ? J'avais mémorisé les noms et les adresses dès le début, alors je n'aurais jamais dû la garder. J'ai peut-être compromis tout le projet de tunnel. Et que va faire la Stasi avec ce carnet ? Il contient des noms et des adresses de membres de la famille et d'amis. Ils pourraient retrouver Dieter.

La nuit tombe et je sais que je devrais essayer de me reposer. Je ne me déshabille pas ; je m'allonge sur la couchette du bas avec mes vêtements. Je reste là longtemps, imaginant la salle d'interrogatoire du quartier général de la Stasi. Frau Biedermeier s'invite dans mon esprit sans y être conviée, ses sourcils plus noirs et ses lèvres plus rouges que jamais.

J'ai dû m'endormir aux petites heures du matin, car je me réveille en frissonnant. J'ai oublié de fermer les rideaux la veille au soir et, dehors, c'est un matin gris et froid, avec de la bruine qui ruisselle sur la fenêtre.

Je m'assieds et me frotte les bras pour me réchauffer. Nous allons bientôt devoir recommencer à aller chercher du charbon à la cave. Je me dirige vers la cuisine, consciente à chaque pas de combien l'appartement est vide et silencieux sans Brigitta pour l'animer.

Les ingrédients de la séance de pâtisserie d'hier sont encore étalés sur la table. Maman et Brigitta étaient allées jusqu'à peser la farine et le beurre et à les mettre ensemble dans un bol. Heureusement, elles n'avaient cassé aucun des œufs. C'était devenu un rare plaisir de trouver du beurre, du sucre et des œufs au magasin, et Brigitta avait insisté pour faire un gâteau pour l'anniversaire de Michaela. Je couvre le mélange de farine et de beurre avec un linge et me prépare du thé. Je n'ai pas faim.

Puis j'emporte ma tasse jusqu'au fauteuil de lecture préféré de Brigitta, dans le salon, et je m'assieds là, à attendre.

Dieter

Il n'y a pas de progrès pendant une journée entière, le temps que nous dégagions la terre effondrée du tunnel et que nous vérifiions à nouveau que les murs et le toit sont correctement étayés. Claudia insiste pour redescendre dans le tunnel et aider. Même Harry a retroussé ses manches et fait fonctionner le système de poulie, remontant les seaux de gravats à la surface. Nous n'avons pas parlé depuis notre dispute.

Claudia et moi ramenons nos seaux vides dans le tunnel quand elle s'arrête et pose une main sur mon bras.

— Dieter, je ne pense pas t'avoir remercié correctement de m'avoir sauvé la vie l'autre jour.

Ses mots me font me sentir affreusement mal et je baisse les yeux vers mes pieds.

— Mais c'est ma faute si tu as failli être tuée. Je n'aurais pas dû te laisser creuser là. J'aurais dû attendre qu'Andreas apporte plus de bois. Je suis vraiment désolé.

— Sottises, dit Claudia. N'écoute pas Harry. Personne d'autre ne te blâme. Ce n'était pas ta faute, vraiment pas. C'était ma décision de continuer à creuser.

Puis elle reprend d'une voix plus douce.

— Tu sais, je n'étais pas sûre d'y arriver en redescendant ici. J'avais peur de paniquer en revenant dans cet espace confiné. Mais c'est comme ils disent quand on tombe d'un cheval : il faut remonter tout de suite, sinon on perd son courage.

— J'espère que tu n'as pas perdu le tien, je dis, plongeant mon regard dans ses grands yeux noisette.

— Non, dit-elle en riant doucement. Je peux continuer encore un moment.

Puis elle se penche vers moi et dépose un baiser sur ma joue. Je reste immobile, frappé de stupeur, tandis qu'elle disparaît dans le tunnel.

Sabine

Brigitta et Maman ne reviennent que le dimanche soir. Au bruit de la clé de Maman dans la serrure, je bondis de l'endroit où je suis restée assise toute la journée et cours à leur rencontre. Brigitta traverse l'appartement en courant et me serre fort dans ses bras. Maman entre plus lentement et pose une main sur mon épaule.

— Venez dans la cuisine et asseyez-vous, je leur dis.

Je réalise que je n'ai rien mangé de la journée et que j'ai faim. Je suis sûre qu'elles aussi.

Pendant que je coupe des tranches de *Schwarzbrot* et que je prépare le thé, elles me racontent que la Stasi est venue les chercher samedi matin à dix heures. Elles sont donc parties depuis plus de trente heures. Brigitta a l'air un peu fatiguée mais, à part ça, elle va bien. Maman, en revanche, a l'air tendue, tirée. De sombres cernes creusent le dessous de ses yeux.

Je pose le pain et le thé sur la table et m'assieds à mon tour.

— Dites-moi ce qui s'est passé.

Maman fixe son assiette sans répondre, alors je me tourne vers Brigitta.

— Ils sont venus vous chercher dans une Skoda brune ?

Elle hoche la tête.

— Oui. Deux hommes.

Elle prend une grande bouchée de pain, mâche, avale, puis continue :

— J'ai vu la voiture s'arrêter devant l'immeuble et deux hommes en descendre. J'ai pensé qu'ils avaient l'air suspects. Quand je les ai vus se diriger par ici, je suis allée dans la chambre et j'ai pris la lettre d'Harry dans ton carnet. Je l'ai brûlée dans le poêle en faïence, comme la dernière fois. J'espère que c'était la bonne chose à faire ?

Une montagne d'inquiétude tombe de mes épaules et s'effrite en poussière.

— Oui, je dis en lui serrant la main. C'était exactement la bonne chose à faire. Merci. Où as-tu mis le carnet ?

Brigitta a l'air surprise par la question.

— Je l'ai laissé dans le tiroir, bien sûr.

— Ah… d'accord.

Ce n'est pas une bonne nouvelle. Si Brigitta l'a laissé dans le tiroir, alors la Stasi a dû le prendre. Quelqu'un a probablement fouillé l'appartement après leur départ. Je ne veux pas les inquiéter davantage pour l'instant, alors je demande :

— Où vous ont-ils emmenées ?

— À leur quartier général, je pense.

— Et vous ont-ils gardées ensemble ou séparées ?

— Ils nous ont séparées, dit Brigitta. Nous avons chacune été interrogées par Frau Biedermeier.

Elle en fait une imitation si réussie – sourcils arqués, bouche sévère – que, malgré tout, je souris.

— Alors, qu'est-ce que Frau Biedermeier voulait savoir ?

Enfin, Maman lève les yeux.

— Elle voulait qu'on lui dise pourquoi tu rencontres des gens que tu ne vois pas normalement.

— Et qu'est-ce que vous lui avez dit ?

J'essaie de garder une voix calme, mais mes mains tremblent. Je les pose sur mes genoux pour qu'elles ne le remarquent pas.

— Je ne leur ai rien dit, annonce Brigitta avec assurance. J'ai juste dit que tu avais quelques amis que tu ne voyais pas souvent. Je ne leur ai pas dit pourquoi tu étais allée les voir.

— Bien, je dis.

Je me tourne vers Maman.

— Et toi, qu'est-ce que tu as dit à Frau Biedermeier ?

Elle reste silencieuse un long moment. Le silence s'étire entre nous jusqu'à devenir presque insupportable. Puis elle secoue lentement la tête.

— Non, Sabine. Je ne leur ai rien dit. Mais ils savent que quelque chose se passe. J'en suis sûre. Si ce tunnel n'est pas prêt bientôt… alors il pourrait être trop tard pour nous toutes.

Dieter

— Une chance d'avoir un café ? je demande en titubant dans la cuisine. Je viens de creuser pendant quatre heures sans m'arrêter et j'ai désespérément besoin de caféine et de sucre.

— Bien sûr, dit Claudia en tendant la main vers la bouilloire.

Werner est assis à la table, étudiant le planning de travail. Harry fixe la rue par la fenêtre en fumant une cigarette. Je l'ignore et m'assieds en face de Werner. Malgré les efforts d'Harry sur le système de poulie l'autre jour, les choses sont encore tendues entre nous.

— Comment on s'en sort par rapport au plan ? je demande à Werner.

Il me semble qu'on fait d'excellents progrès depuis environ une semaine maintenant. La seule bonne chose à sortir de l'effondrement du tunnel – à part le fait que Claudia m'a donné un baiser sur la joue – c'est que l'équipe tire vraiment dans le même sens. Harry n'a toujours pas levé le petit doigt pour creuser, mais nous autres travaillons plus dur que jamais.

Werner met le planning de côté et prend sa carte du tunnel.

— On ne s'en sort pas trop mal. D'après mes calculs, nous sommes à peu près ici.

Il dessine une croix sur la carte.

— C'est à environ cinq mètres de la frontière.

— Super.

Pour ma part, j'ai hâte de commencer à creuser sous les pieds de l'ennemi.

— Mais, poursuit Werner, il y a encore un long chemin à faire avant d'atteindre les maisons de Schönholzer Strasse, et nous avons un problème.

— Ah oui ? je demande.

Claudia pose devant moi une tasse de café noir fumant et je commence à y ajouter des cuillerées de sucre.

— Andreas doit prendre du temps libre pour s'occuper de son petit frère et de sa petite sœur, explique Werner. Sa mère est malade. Ça nous laisse un homme en moins.

C'est une mauvaise nouvelle.

— On aura plus qu'un homme en moins, je dis en buvant une gorgée brûlante. Andreas fait le travail d'au moins deux personnes.

J'ai renoncé à essayer de rivaliser avec lui – Andreas est bâti comme un char d'assaut, alors que moi je suis plutôt une Trabi usée.

— Est-ce qu'il y aurait une chance de recruter quelqu'un d'autre ? demande Claudia. Qu'est-ce que tu en penses, Harry ?

Harry se détourne de la fenêtre.

— Ce que j'en pense, dit-il, c'est que si vous n'aviez pas passé deux jours à gérer l'effondrement du tunnel, nous serions déjà sous les pieds de ces salauds d'Allemands de l'Est.

— Pour l'amour de Dieu, je dis en me levant pour lui faire face. Tu ne peux pas laisser tomber ? D'accord, j'ai fait une erreur. Mais on fait de très bons progrès depuis, et ce n'est pas grâce à toi.

— Qu'est-ce que c'est censé vouloir dire ?

— Ça veut dire que tu ne lèves jamais le petit doigt pour nous aider.

Harry ouvre la bouche pour protester, mais je l'interromps.

— Puisqu'on va se passer d'Andreas pendant un moment, que dirais-tu de descendre dans ce tunnel et de faire du vrai travail, pour changer ?

— Mais...

— Quoi ?

— Je...

— Trop peur de la boue ?

— Non.

— Bon. Alors je te verrai dans la cave demain matin. Ne sois pas en retard.

Je sors en claquant la porte derrière moi.

Sabine

Aujourd'hui, Herr Schmidt a organisé une visite au cinéma pour regarder un film gouvernemental sur la productivité agricole et industrielle est-allemande. Je m'attends à ce que ce ne soit qu'un déluge de mensonges et de propagande, mais au moins nous ne devrons pas rester assis à écouter Herr Schmidt exposer les théories de Marx sur la dictature du prolétariat.

Notre classe se rassemble dans le hall d'entrée – ceux d'entre nous qui sont encore à l'école, c'est-à-dire. Des rumeurs circulent selon lesquelles Matthias et Joachim ont été envoyés en prison pour avoir instigué des crimes contre l'État. Ceux qui ont été renvoyés pour avoir porté du noir n'ont pas été autorisés à revenir. Je soupçonne que Hans ne voudrait de toute façon pas remettre les pieds ici, même si on lui en donnait l'occasion.

Je n'ai pas vu Hans depuis des semaines. Pas depuis que je lui ai parlé du tunnel et que nous nous sommes disputés. J'étais trop occupée à contacter les gens sur la liste d'Harry, puis à faire profil bas après ce qui est arrivé à Maman et Brigitta.

— Remonte-toi le moral, dit Astrid. On va voir un film.

— Oh oui ? John Wayne y est ?

Astrid me lance un regard perplexe, puis hausse les épaules.

— De toute façon, c'est mieux que d'être à l'école.

Herr Schmidt arrive, vêtu d'un pardessus brun, ressemblant à un espion de la Stasi caricatural. Il prend la tête du groupe et nous ordonne de le suivre. Nous marchons la courte distance jusqu'au cinéma d'État et prenons place dans l'auditorium terne, avec ses sièges de velours usés.

Le film montre scène après scène des ouvriers industrieux, dans les fermes et les usines, qui, à en juger par les sourires figés sur leurs visages, trouvent leur travail éreintant et monotone source de joie et de satisfaction personnelle.

Il me vient à l'esprit qu'avec aucune perspective de terminer ses études dans ce pays, c'est exactement le genre de travail que Hans finira par faire s'il n'arrive pas à Berlin-Ouest.

À la fin du film, je ne peux pas sortir du cinéma assez vite. Après être restée assise une heure et demie à regarder des ouvriers heureux et à entendre que la production dans les usines est-allemandes a augmenté d'un stupéfiant quarante pour cent cette année seulement, j'ai besoin de la compagnie de quelqu'un qui dit toujours exactement ce qu'il pense. Je vais voir Hans.

Je rencontre Frau Fischer sur le palier. Elle sort de chez elle.

— Entre directement, Sabine. Tu sais où le trouver.

Elle jette un regard vers la porte de la chambre de Hans, et son expression dit clairement : *Garçons adolescents !*

Je frappe à la porte.

— Entre, appelle-t-il.

J'entre et le trouve étalé sur son lit, une carte de Berlin déployée devant lui.

— Oh, Sabine, c'est toi.

Il sursaute et tente de replier la carte, mais pas avant que j'aie vu le tracé du Mur dessiné dessus à l'encre rouge. Il froisse la carte et la glisse sous son lit.

— C'était quoi, ça ? je demande, en essayant de garder une voix désinvolte.

— Rien, dit-il, troublé. J'étais juste... enfin, ce n'est rien.

Je vois bien qu'il essaie de me cacher quelque chose, mais je fais semblant de ne pas remarquer.

— Alors, comment ça va ? je demande. Je préfère éviter toute référence à notre dernière rencontre, espérant qu'on puisse simplement l'oublier et passer à autre chose.

— En fait, j'ai de bonnes nouvelles, dit-il.

— Ah oui ?

Il se penche et sort une boîte à chaussures de dessous son lit.

— Tu te souviens quand j'ai dit que je cherchais des faux papiers d'identité ?

— Oui. Et alors ?

Sans répondre, il enlève le couvercle de la boîte et en sort une perruque aux boucles sombres qui tombent sur les épaules.

Je ris.

— Tu ne vas pas porter ça, quand même ?

— Non ! Bien sûr que non. Ce n'est pas pour moi.

Il jette un coup d'œil vers la porte et baisse la voix.

— C'est pour elle.

Il sort un morceau de papier de la boîte et me le tend. C'est une carte d'identité.

Je la déplie et découvre la photo d'une femme d'âge moyen, aux cheveux sombres et bouclés, avec un visage rond et souriant. Elle s'appelle Frau Roth et vient de Hambourg, en Allemagne de l'Ouest. Je regarde la perruque que Hans tient, puis la photo. Frau Roth ressemble vaguement à Frau Fischer.

— Où est-ce que tu as eu ça ? je demande.

— Des étudiants d'Allemagne de l'Ouest les fournissent. Frau Roth a gentiment prêté ses papiers pour que quelqu'un d'apparence similaire puisse s'échapper vers l'Ouest. Avec la perruque, Maman ressemblera exactement à Frau Roth, et en tant que citoyenne ouest-allemande elle pourra passer Checkpoint Charlie sans problème.

— Impressionnant, je dis en lui rendant les papiers.

C'est un risque énorme – traverser la frontière déguisée – mais je ne veux pas gâcher l'enthousiasme de Hans.

— Et toi ? Tu as aussi une fausse identité ?

Il remet les papiers et la perruque dans la boîte et la glisse sous son lit.

— Non, pas encore.

— Et qu'est-ce que ta mère pense de ce plan ?

Hans grimace.

— Je ne lui en ai pas encore parlé. Mais elle sera d'accord, j'en suis sûr. De toute façon… comment va le grand projet de tunnel ?

— Pour être honnête, je dis, je n'ai rien entendu à ce sujet depuis un moment. Je n'ai aucune idée d'où ils en sont.

Hans ne dit rien, mais une lueur de *je te l'avais dit* traverse son regard. Quand il parle, son ton est pourtant compatissant.

— Ça leur prendra des mois, dit-il. En supposant même qu'ils ne se fassent pas découvrir.

— Je sais.

— Tu veux que j'essaie d'obtenir de faux papiers pour toi aussi ?

C'est tentant, mais je secoue la tête.

— Merci pour la proposition, mais Maman n'aurait jamais le courage de présenter de faux documents à un garde-frontière. Et il nous faudrait des papiers pour moi et pour Brigitta aussi. Non… la seule façon pour ma famille de sortir de Berlin-Est, ce sera en secret. Sous terre.

Dieter

— Bon, commençons, je dis.

Je suis dans la cave avec Harry, qui s'est pointé portant un vieux pantalon kaki et une chemise négligée. Il a l'air assez différent sans ses vêtements élégants habituels. Claudia fait le tour de garde, et Werner et Thomas arriveront d'une minute à l'autre pour travailler à étayer les murs et le toit. Je veux faire commencer Harry au creusement, lui montrer la meilleure façon de travailler dans l'espace exigu.

Je descends dans le puits vertical, cherchant les prises familières avec mes pieds. Je suis monté et descendu si souvent maintenant que j'ai développé de la vitesse et de l'agilité.

J'atteins le fond du puits pendant qu'Harry descend encore par-dessus le bord.

— Ne t'inquiète pas, je crie vers lui. On s'y habitue.

Je veux essayer d'arranger les choses entre nous, mais je commence à m'impatienter alors qu'il fait sa descente lente et hésitante dans le puits.

Finalement, il me rejoint au fond. Il est déjà essoufflé, alors je ne mise pas sur ses chances après une heure de creusement. Quand même, c'est juste qu'il fasse sa part.

— Par ici, je dis.

Je me penche et commence à me diriger vers la face du tunnel. Harry suit juste derrière moi. Sa respiration est bruyante, comme un vieux système de climatisation.

Le système d'éclairage que Werner a installé est monté sur une rallonge et suspendu aux chevrons du toit, mais il s'arrête à environ cinq mètres de la face du tunnel. L'un des travaux de Werner cette semaine est de trouver une autre rallonge à raccorder à la première.

— Un peu sombre ici, non ? dit Harry.

— Ne t'inquiète pas, tes yeux s'y feront après un moment.

Nous atteignons la face du tunnel et je montre à Harry la meilleure façon de frapper la terre avec une pioche. Pendant que je parle, il reste concentré sur le mur de terre devant nous, sans me regarder une seule fois.

— Tiens, essaie, je dis en lui passant la pioche.

Il donne quelques coups faibles dans la terre, tressaillant alors que le sol commence à s'effriter.

— Tu fais du super travail, je mens.

Je pellette la terre détachée dans des seaux.

— Je vais vider ceux-là.

Harry continue à frapper la terre et ne répond pas. J'espère qu'il s'améliorera avec un peu de pratique.

Werner et Thomas ne sont toujours pas arrivés, alors j'accroche le premier seau au système de poulie, monte le puits et le hisse à la surface. Puis je répète l'opération avec le deuxième seau. Il n'y a plus de place dans la cour arrière pour toute la terre qu'on a sortie, alors on a commencé à la déverser dans un coin de la cave, là où se trouvaient les meubles cassés.

Je redescends dans le tunnel avec les seaux vides quand je sens que quelque chose ne va pas.

Depuis la direction de la face du tunnel, j'entends un bruit d'halètement.

Je me mets à courir, ce qui n'est pas facile vu que je ne peux pas me tenir droit. Je trouve Harry assis sur le sol du tunnel, les mains serrées autour de sa gorge. La pioche gît abandonnée par terre. À chaque respiration, sa poitrine monte et descend comme un piston. Ses yeux sont plissés et la sueur coule sur son visage.

Je l'attrape par les bras et crie :

— Harry ! Harry ! Qu'est-ce qui ne va pas ?

Il tremble et ne semble pas m'entendre. Je dois essayer de lui faire reprendre ses esprits.

— Harry !

Il commence à balbutier des mots incohérents. Je ne sais pas quoi faire. Je n'arrive pas à me faire entendre. Par exaspération, je le gifle.

Le balbutiement s'arrête et il ouvre les yeux, me fixant avec terreur.

— Harry, pour l'amour de Dieu, qu'est-ce qui ne va pas chez toi ?

— Je ne peux pas… je ne peux pas…

Sa respiration se bloque dans sa gorge.

— Ne peux pas quoi ?

Je me rends compte que j'ai du mal à respirer moi aussi. Je pense que sa panique est en train de déteindre sur moi.

— Je… dois… sortir.

Et là, je comprends. Il est claustrophobe. C'est pour ça qu'il n'a jamais aidé au creusement.

— D'accord, je dis. On va te sortir de là. Tu peux bouger ?

Il secoue la tête.

— Bon. Il n'y a qu'une sortie, et c'est par là d'où on est venus. Tu dois me suivre.

Je parle avec autant d'autorité que je peux en rassembler, et il hoche lentement la tête.

Je commence à ramper dans le tunnel. Harry me suit à quatre pattes. Ça prend une éternité avant qu'il atteigne le puits vertical. Je le laisse passer devant moi et il grimpe jusqu'en haut en une fraction du temps qu'il avait mis à descendre.

Je le suis pour m'assurer qu'il va bien. Il est allongé sur le dos sur le sol de la cave, avalant de grandes goulées d'air. Je m'assieds à côté de lui et attends qu'il se calme.

Après quelques minutes, il se redresse.

— Désolé pour ça, dit-il en passant ses doigts dans ses cheveux.

— Non, je suis désolé. Je n'aurais pas dû insister pour te faire creuser. Mais pourquoi tu n'as pas dit que tu étais claustrophobe ?

Il hausse les épaules.

— Personne n'aime admettre ses faiblesses, pas vrai ?

Je peux comprendre ça.

— Retourne jouer à l'espion, je dis en lui tapotant le dos. C'est ce que tu fais de mieux.

Sabine

Novembre est arrivé et, avec lui, le premier temps vraiment froid de l'hiver. Maintenant, quand je me réveille le matin, je peux voir ma respiration faire de la buée, et quand je sors du lit le sol de linoléum est aussi humide que froid. Dans la salle de bain, je sautille d'un pied sur l'autre pendant que j'attends que l'eau chaude sorte du robinet. Les tuyaux cognent et cliquettent comme une section de percussion sans mélodie dans un orchestre.

Nous devons aller chercher du charbon dans la cave pour le poêle en faïence. Herr Schiller avait l'habitude de porter du charbon de la cave pour tous les voisins, rejetant nos remerciements d'un geste de sa grosse main comme une patte, en disant que l'exercice le gardait en forme. Mais maintenant, nous devons faire ce travail nous-mêmes.

Brigitta propose de m'aider. Nous prenons un seau métallique et descendons les escaliers jusqu'au rez-de-chaussée, puis ouvrons la porte de la cave. La lumière est allumée. Quelqu'un doit déjà être ici. Nous descendons l'escalier aux marches en bois et trouvons notre propre section de la cave, séparée de celles de nos voisins par des cloisons en bois.

Je soulève le couvercle du bunker et regarde dans le noir. C'est un travail sale qui nous laissera des traces de charbon sur les mains et les vêtements si nous ne faisons pas attention. Nous commençons à pelleter du charbon dans le seau, la poussière nous faisant tousser toutes les deux.

Nous avons presque rempli notre seau quand, dans une autre partie de la cave, un couvercle de bunker à charbon claque. Un moment plus tard, il y a un cri de douleur, comme celui d'un animal blessé.

Nous laissons tomber nos pelles et courons autour des cloisons de bois, dans la direction du bruit, qui s'est transformé en un gémissement aigu. Frau Lange se tient là, un gros seau de charbon à ses pieds, les mains dans le dos, les yeux serrés.

— Ça va, Frau Lange ? je demande.

— Bien sûr que non.

Elle ouvre les yeux et nous fusille du regard.

— Je me suis blessée le dos en essayant de soulever ce seau de charbon.

Elle se frotte le bas du dos d'une main et désigne le seau plein de l'autre.

— Aimeriez-vous que Brigitta et moi vous aidions à le monter ?

Je n'arrive pas à croire que je dis ça, mais ça semble être la seule chose à faire dans les circonstances.

Elle nous regarde avec surprise.

— Oui. Merci. Ce serait très utile.

Brigitta me fronce les sourcils, mais je lui dis de m'aider à soulever le seau. Nous le portons entre nous dans les escaliers de la cave, puis jusqu'à l'appartement de Frau Lange, au deuxième étage. Je ne suis pas surprise qu'elle se soit blessée le dos : ça pèse une tonne. Frau Lange boitille derrière nous.

Nous nous écartons pendant qu'elle déverrouille sa porte.

— Apportez ça à l'intérieur, voulez-vous ? demande-t-elle.

Nous la suivons dans son appartement.

Brigitta et moi n'y sommes jamais entrées auparavant. En traversant le couloir d'entrée puis le salon, je suis frappée par à quel point c'est différent de notre appartement plutôt miteux. Le canapé moderne et rectangulaire et les chaises carrées sont disposés avec une précision géométrique autour d'un tapis beige. Il y a une grande bibliothèque où les livres reliés et de poche sont rangés par hauteur, tous les dos parfaitement alignés avec le bord des étagères. Il n'y a aucune image aux murs, mais une photographie en noir et blanc trône sur le dessus d'un buffet autrement vide.

C'est la photo d'un beau jeune homme aux yeux pensifs et au sourire joueur. Ce n'est personne que je reconnaisse.

Nous portons le seau jusqu'au poêle en faïence, dans un coin de la pièce, et le posons sur une grille de fer noir. Il y a un moment de gêne où personne ne sait quoi dire. Frau Lange s'appuie contre le buffet, se frottant le dos d'une main. Son autre main repose près de la photographie du beau jeune homme.

— Il a l'air gentil, dit Brigitta.

Je pose une main sur son épaule pour la faire taire, inquiète que Frau Lange trouve ça impertinent.

— Mon mari, dit Frau Lange. Il s'appelait Bruno.

C'est plus d'informations sur elle-même que Frau Lange n'en a jamais donné.

— Votre mari a-t-il été tué à la guerre ?

Cela semble poli à demander, et c'est l'explication la plus évidente. S'ils avaient divorcé, elle n'aurait pas une photo de lui aussi bien en vue dans son salon.

Frau Lange secoue la tête.

— Non. Il a été tué avant même que la guerre commence.

Elle ne nous regarde pas, mais fixe la photographie.

— Bruno était un homme bien, dit-elle en hochant la tête. C'était un communiste engagé. Comme tous les communistes dans les années 1930, il s'opposait à Hitler. Il pensait que les nazis étaient diaboliques – et il avait raison.

— Oui, bien sûr, je dis.

Si c'est un test pour vérifier si ma famille soutenait les nazis, alors je veux qu'elle sache que ma conscience est parfaitement claire sur ce point.

— Vous avez entendu parler de l'incendie de février 1933 qui a détruit le bâtiment du Parlement, le Reichstag ? demande-t-elle.

— Oui.

Bien que cela se soit produit des années avant ma naissance, l'incendie du Reichstag est l'un des événements les plus infâmes des premières années de la dictature d'Hitler. Papa en parlait souvent.

J'attends de voir ce que Frau Lange va dire. Quand elle parle, il y a une vraie amertume dans sa voix.

— Nous pensions à l'époque – et je le pense encore aujourd'hui – que les nazis l'ont allumé eux-mêmes, puis ont accusé les communistes.

Elle regarde au-delà de nous, vers un endroit profond de sa mémoire qu'elle seule peut voir.

— Bien sûr, l'incendie était un stratagème pour donner aux nazis une excuse afin d'arrêter des centaines de communistes, de syndicalistes et d'intellectuels – le genre de gens que les nazis détestaient. Cette fois-là, Bruno et moi avons réussi à nous échapper. Nous avons eu de la chance. Mais les choses ont empiré. En mai, les nazis ont commencé à brûler des livres sur l'Opernplatz. Ils brûlaient tout ce qu'ils considéraient comme subversif à leurs idées politiques. Ils ne croyaient pas à la liberté d'expression.

Je jette un coup d'œil à sa bibliothèque et remarque des volumes de Brecht et d'autres auteurs interdits par les nazis.

— Puis, en juin 1933, les nazis ont intensifié leur campagne.

Sa voix monte d'un ton.

— Ils ont mené des raids et enlevé plus de cinq cents communistes de leurs maisons. J'étais sortie à une réunion la nuit où ils sont venus à notre appartement. Je suis rentrée pour trouver la porte enfoncée et Bruno disparu. Je savais qu'il avait été emmené.

Ses yeux se remplissent de larmes.

— Il n'y avait rien que je puisse faire. Je me suis cachée chez des amis pendant deux semaines. Puis je me suis enfuie en Pologne, et finalement en Russie. Il n'a été sûr pour moi de retourner à Berlin qu'après que les Soviétiques ont libéré la ville.

Je ne m'attendais pas à ce qu'elle nous confie autant. Je suppose que c'est sa façon de nous remercier de l'avoir aidée avec le charbon.

— Voulez-vous que je mette du charbon dans le poêle en faïence pour vous ? je demande.

Elle a l'air surprise, comme si elle avait oublié que nous étions encore là.

— Non merci. Je peux me débrouiller maintenant.

Son regard ancien et fermé est revenu.

— Nous partons alors, je dis.

Elle hoche sèchement la tête dans notre direction.

Nous la laissons là, devant le portrait de son mari mort, et retournons à la cave chercher notre propre seau de charbon.

Dieter

Nous avons creusé jusqu'à la frontière avec Berlin-Est, mais Werner n'est pas content.

— Nous avons un sérieux problème, dit-il quand Claudia et moi nous présentons pour le service le matin. Il n'y a pas assez d'oxygène dans le tunnel. Quand Harry a eu sa crise de panique l'autre jour, c'était aggravé par le manque d'oxygène.

— Comment on règle ça ? demande Claudia.

— Il faut installer un système de ventilation, dit Werner. J'ai envoyé Harry voir s'il peut trouver des tuyaux et un ventilateur électrique qu'on fixera dans la cave. Ça devrait nous prendre environ une journée pour mettre ça en place.

Super, je pense. Encore du retard dans le projet. Mais sans oxygène, on n'ira nulle part – du moins pas longtemps. Malgré tout, nous avons atteint la frontière et nous creusons maintenant juste sous les pieds des gardes-frontières qui patrouillent le Mur.

Harry se pointe plus tard dans la matinée avec des mètres de tuyauterie qu'il a réussi à obtenir à bas prix dans une usine qui avait fermé, ainsi qu'un ventilateur d'occasion qu'un contact lui a cédé pour une bouchée de pain. Je dois lui reconnaître ça : il est peut-être nul au creusement, mais il est débrouillard quand il le faut.

Sous la direction technique de Werner, Claudia et moi installons la tuyauterie dans le tunnel pendant que Werner nettoie le ventilateur et le met en marche. À la fin de la journée, nous avons un système de ventilation fonctionnel et nous sommes prêts à recommencer à creuser.

J'ai hâte.

Sabine

Je remonte l'écharpe autour de mon visage pour me protéger du vent mordant et me dirige, tête baissée, vers le magasin. Nous avons besoin de pain – s'il y en a qui ne soit pas rassis –, de lait – s'il y en a qui ne soit pas aigre –, et de légumes, même si je ne m'attends pas à trouver autre chose que les spécimens mous et meurtris habituels.

En approchant du magasin, je suis surprise d'entendre un brouhaha de voix. Je lève les yeux et vois une file de femmes devant l'entrée, toutes parlant avec excitation. Je reconnais Frau Klein du salon de coiffure sur la Pappelallee. Je me place en fin de queue, curieuse de savoir ce qui a attiré tant de monde.

— Je n'ai rien vu d'aussi lumineux et beau depuis des mois, dit Frau Klein à la femme à côté d'elle.

La file avance et j'allonge le cou pour voir de quoi elle parle. Dans un coin de la vitrine se trouve une caisse d'oranges. Empilées en une pyramide dorée et brillante, elles ressemblent à un cadeau des dieux.

— D'où viennent-elles ? demande une femme en foulard à carreaux.

— Elles ont été importées pour Noël, dit Frau Klein d'un air entendu. Pour nous remonter le moral.

Des sourires ironiques apparaissent çà et là – personne ne sait vraiment si elle est sarcastique. La file avance encore de quelques pas.

Après une dizaine de minutes d'attente dans le froid, j'entre enfin dans le magasin. Frau Maier, la commerçante, rationne les oranges afin que le plus grand nombre possible de clients puisse en acheter. Quand vient mon tour, je choisis trois grosses oranges – une pour Brigitta, une pour Maman et une pour moi – et les dépose soigneusement dans mon panier. Leur peau est ferme, sans défaut. Elles sont parfaites.

Puis, comme une idée après coup, je demande à Frau Maier si je peux en prendre deux de plus pour les enfants Mann. Michaela n'a jamais eu le gâteau que nous avions prévu de faire.

— Bien sûr, dit Frau Maier en me tendant deux autres fruits dodus.

Je fais le reste de mes courses, sans vraiment m'inquiéter de la mauvaise qualité des légumes exposés ni de l'âge du lait. Je paie à la caisse et me dépêche de rentrer.

Dans l'escalier, je m'arrête devant la porte des Mann, au premier étage. Je n'ai pas vu Frau Mann depuis longtemps et je me demande si son mari a réussi à trouver du travail. Herr Schmidt nous répète toujours que ce pays a zéro chômage grâce au système communiste, mais ce qu'il omet de mentionner, c'est que personne ne vous embauchera si la Stasi leur dit de ne pas le faire.

J'espère que Frau Mann ne sera pas trop fière pour accepter quelques oranges pour les enfants. Je frappe à la porte et attends. Pas de réponse. J'essaie encore.

— Ça ne sert à rien d'attendre, dit une voix derrière moi.

Je me retourne et vois Frau Lange descendre les escaliers.

— Pourquoi ça ? je demande, redoutant ce qu'elle pourrait dire.

— Ils sont partis.

Elle incline la tête vers la porte des Mann.

— Partis ?

— Oui. Et bon débarras. Ils ne croyaient pas en la société socialiste.

J'ai envie de répondre que la société socialiste ne croyait pas en eux, puisque personne ne voulait donner de travail à Herr Mann, mais Frau Lange n'attend pas ma réponse. Je fixe son dos tandis qu'elle disparaît par la porte d'entrée, me demandant comment elle peut être aussi dure.

Je me détourne de la porte des Mann et monte le reste des escaliers, les cinq oranges soudain lourdes dans mon sac de courses.

Brigitta m'accueille dans la cuisine pour m'aider à décharger.

— Des oranges ! s'exclame-t-elle en fouillant dans le sac et en sortant deux sphères dorées. Elle les tient, une dans chaque main.

Je pense aux Mann et ne peux qu'espérer que, s'ils ont tenté de s'échapper, ils ont réussi. Mais voir le visage de Brigitta s'illuminer à la vue des oranges me fait sourire.

Je cherche dans le placard un bol qui ne soit pas ébréché et nous y disposons les oranges. Puis je le pose au centre de la table de la cuisine. Ce sont les objets les plus colorés de la pièce, et ils dégagent un parfum vif d'agrumes.

Brigitta approche son nez du bol et renifle les fruits. Elle n'a pas goûté quelque chose comme ça depuis des mois.

— Nous les garderons pour Noël, je dis.

Dieter

C'est mon tour de faire le tour de garde. Andreas est de retour, alors il est logique que ce soit lui qui creuse. Nous avons maintenant franchi la frontière et avançons en diagonale sous la Brunnenstrasse, juste sous les bottes des gardes-frontières.

Je monte sur le toit et m'assieds, blotti derrière le parapet, soufflant sur mes mains pour essayer de les garder au chaud. Le temps est devenu amèrement froid et des nuages sombres s'amassent dans le ciel. Au moins, dans le tunnel, la température reste constante, autour de six degrés au-dessus de zéro, et on se réchauffe vite en creusant. Ici, il n'y a aucune protection contre le vent ou la pluie. Je m'attends à ce que la neige arrive bientôt.

Je prends les jumelles et observe ce qui se passe de l'autre côté du Mur. Comme d'habitude, deux gardes patrouillent le long de la Brunnenstrasse. Je suppose qu'ils s'ennuient autant que moi. Je repose les jumelles et enroule mes bras autour de mon corps pour me protéger du vent. Je suis si fatigué que je ferme les yeux un instant. Il ne se passe jamais rien pendant le tour de garde.

Un grondement sourd monte au loin, comme un roulement de tonnerre.

Merde, je pense. Un orage.

C'est bien ma chance d'être coincé ici au milieu d'une averse. Je lève les yeux vers le ciel. On dirait qu'il va pleuvoir des cordes d'une minute à l'autre. Je remonte le col de mon manteau autour de mon cou. J'aurais dû penser à prendre un chapeau.

Le grondement cesse un moment. Puis il reprend, plus fort – et cette fois, ce n'est plus le tonnerre.

Je saisis les jumelles et regarde vers la Brunnenstrasse. À cause de l'angle, je n'ai pas une vue directe sur toute la rue, mais je distingue une cinquantaine de mètres. Je change légèrement de position pour mieux voir. Le grondement s'intensifie. Puis deux camions militaires entrent dans mon champ de vision, suivis d'un char. Ce sont les chenilles du char qui produisent ce bruit de tonnerre. Même à cette distance, c'est assourdissant. Je sens les tuiles vibrer sous moi.

Je regarde, médusé, tandis que les véhicules avancent dans la rue et s'arrêtent à une dizaine de mètres de la frontière. Une douzaine de soldats sautent des camions. Deux d'entre eux tiennent des chiens de garde – de grosses brutes musclées, tirant violemment sur leurs laisses. Les maîtres-chiens font les cent pas juste au-dessus du tunnel, et les chiens deviennent fous, aboyant et grattant le sol.

Animaux stupides, je pense.

Puis je me ressaisis. Je jette les jumelles de côté, attrape la radio et appuie sur les boutons, essayant de contacter Werner et le reste de l'équipe en bas.

— Vous m'entendez ? Vous m'entendez ? Il y a un char. Arrêtez le travail immédiatement. Je répète : arrêtez le travail immédiatement.

Je n'ai aucune idée si le message passe. Bien que nous ayons testé l'équipement radio au début, nous n'avons jamais vraiment eu besoin de l'utiliser. Après quelques secondes interminables, un grésillement retentit, puis la voix de Claudia surgit.

— Message reçu.

Je reprends les jumelles. Les soldats se sont éloignés de l'emplacement du tunnel et se regroupent un peu plus loin. L'un des chiens aboie et tire furieusement sur sa laisse. Il sent qu'il se passe quelque chose à quelques mètres, sous terre. Mais le soldat qui le tient n'y prête aucune attention et lui assène un coup sec du bout de sa botte. Le chien pousse un hurlement, puis se tait. Il a compris.

Deux soldats portent de longues barres métalliques. Ils se penchent, soulèvent un couvercle d'égout, et quatre hommes descendent à l'intérieur. Les autres montent la garde autour de l'ouverture, fusils prêts.

Tout le monde attend.

Après quelques instants, les soldats autour de l'égout se mettent au garde-à-vous. Des cris éclatent, puis des hurlements. Je regarde avec horreur tandis que, l'un après l'autre, des fuyards de Berlin-Est sont tirés hors de l'égout et traînés vers les camions. Ils tentaient de s'échapper par les canalisations et n'ont pas tout à fait réussi. Pauvres diables.

Puis mon souffle se bloque quand je reconnais les quatre dernières personnes à émerger. C'est la famille qui vit dans le même immeuble que Sabine, Brigitta et Maman. Les Mann.

Les enfants – un garçon et une fille – sont sortis en premier, suivis de leur mère, puis de leur père. Les enfants ont l'air perdus, terrifiés. Frau Mann pleure. Son mari essaie de la rassurer, mais un garde l'empoigne et le pousse brutalement à l'arrière de l'un des camions. Frau Mann et les enfants sont conduits vers l'autre véhicule.

Les soldats remettent le couvercle d'égout en place, puis retournent à leurs véhicules. Quelques minutes plus tard, ils repartent, emmenant leurs prisonniers – Dieu sait où, probablement dans un camp de travail oublié de Dieu, pour y finir leurs jours entre captivité et corvées.

Sabine

Le jour de Noël se lève, froid et misérable. Normalement, nous resterions à l'intérieur, à nous réchauffer autour du poêle en faïence, mais cette année, Maman, Brigitta et moi rejoignons les foules à l'Église de la Réconciliation, dans la Bernauer Strasse.

Nous nous emmitouflons contre le froid glacial et nous rassemblons avec des dizaines d'autres Berlinois de l'Est devant l'église, qui se trouve à Berlin-Est, à peine à quelques mètres du Mur. Avec la moitié de sa congrégation à Berlin-Ouest et incapable d'accéder au bâtiment, l'église est maintenant fermée. Le gouvernement est-allemand ne s'intéresse pas au bien-être spirituel de ses citoyens.

Des foules se sont massées des deux côtés du Mur, agitant des mouchoirs blancs les uns vers les autres. Je n'ai aucune idée si Dieter va venir, mais je voulais être ici, juste au cas où.

Le Mur, ici, fait environ un mètre et demi de haut et est construit de blocs de béton grossièrement cimentés ensemble. Tout le monde ne peut pas voir par-dessus. Les enfants à l'Est se tiennent sur des caisses en bois ; ceux à l'Ouest partagent de petits escabeaux. Les gardes-frontières de ce côté du Mur patrouillent, l'air tendu et nerveux. Ils n'autoriseraient normalement jamais les gens à s'approcher si près, mais aujourd'hui, ils semblent faire une exception pour Noël.

Nous nous frayons un chemin vers l'avant. Un homme aimable nous propose d'utiliser sa caisse et nous nous blottissons toutes les trois ensemble, regardant par-dessus le Mur une mer de visages à Berlin-Ouest.

— Joyeux Noël !

Les gens se crient leurs vœux d'un côté à l'autre, qu'ils connaissent ceux à qui ils s'adressent ou non.

Je scrute les visages à l'Ouest, cherchant Dieter. Brigitta et Maman font de même.

Puis Brigitta bondit d'excitation.

— Le voilà !

Elle pointe droit devant elle dans la foule de l'autre côté et appelle son nom.

— Dieter !

Il entend sa voix et se fraie un chemin jusqu'au Mur. Il tend la main et prend les nôtres. Demain, cela redeviendra impossible.

Maman s'accroche à lui, ne voulant pas le lâcher.

— Mon fils, pleure-t-elle.

Les larmes coulent sur ses joues. C'est trop pour elle. Elle n'a pas vu Dieter depuis des mois et, maintenant, tout ce qu'elle peut faire, c'est toucher sa main par-dessus le Mur.

— C'est si bon de vous voir toutes, dit Dieter.

Sa voix est étranglée et ses yeux sont pleins de larmes.

Je voudrais lui demander où en est le tunnel, mais c'est trop dangereux avec tant de monde autour. Il y a forcément des informateurs de la Stasi mêlés à la foule. Je lui lance un regard interrogateur, confiante qu'il comprendra. Il incline la tête d'un imperceptible hochement et je dois m'en contenter.

Finalement, nous relâchons nos mains pour laisser d'autres personnes s'approcher du Mur à la recherche de leurs proches, puis nous reprenons le chemin de la Stargarder Strasse.

Quand nous arrivons à la maison, les oranges sont toujours dans le bol au centre de la table de la cuisine, répandant leur parfum vif et piquant.

Pour remonter le moral de tout le monde, je prends trois assiettes dans le placard et un couteau bien aiguisé. Puis je saisis une orange et la coupe en deux, en la tranchant autour de l'équateur. Le jus jaillit et m'éclabousse l'œil, me faisant cligner des paupières.

Brigitta éclate de rire et me tend un mouchoir. Je tamponne mon œil, mais je ris aussi.

— Bientôt, dit-elle, nous n'aurons pas seulement des oranges pour Noël. Une fois que nous aurons échappé à Berlin-Ouest, nous pourrons en avoir tous les jours.

Je l'espère vraiment.

Chapitre 7

Le Nouvel An

Sabine

Il est tard, le réveillon du Nouvel An, quand je décide de rendre visite à Hans et à sa mère. Il nous reste encore deux oranges. Elles commencent à perdre leur fermeté et je veux les donner à quelqu'un avant qu'elles ne deviennent immangeables.

Je glisse les deux oranges restantes dans mon sac de courses et sors dans la nuit froide. Des flocons de neige tourbillonnent devant mon visage. Je marche rapidement sur le trottoir, la tête baissée.

La porte de l'immeuble est entrebâillée, alors j'entre sans appuyer sur la sonnette et monte les escaliers jusqu'à l'appartement de Hans. Je frappe à la porte.

Pas de réponse. Cela me met mal à l'aise, me rappelant la dernière fois que j'ai frappé à la porte des Mann.

J'essaie encore, plus fort.

La porte de l'autre côté du palier clique et s'ouvre. Je me retourne. Une tête apparaît, passant prudemment l'angle de la porte. C'est la voisine âgée de Hans, Frau Winkler. C'est une petite femme aux cheveux blancs attachés en chignon, avec des yeux vifs et perçants. Quand elle voit que c'est moi, elle ouvre la porte plus largement. Je lui ai rendu visite une ou deux fois avec Hans. Elle s'appuie sur une canne d'une main. De l'autre, elle recourbe un doigt noueux et me fait signe d'approcher.

— Bonsoir, Frau Winkler, je dis.

— Entrez, dit-elle d'une voix étouffée.

Un peu confuse, je la suis dans son appartement, puis dans le salon. Le poêle en faïence, dans un coin, rayonne d'une chaleur intense et la pièce sent la *Bratwurst* et le chou.

Frau Winkler me fixe de ses yeux perçants. Je sens immédiatement que quelque chose ne va pas. Je commence à transpirer – à cause de la chaleur du poêle en faïence ou de mes nerfs, je ne sais pas.

— Ils ne sont pas chez eux, dit-elle, inclinant la tête en direction de l'appartement de Hans.

— Vous voulez dire qu'ils sont sortis pour la soirée ?

Je sais que c'est peu probable, mais je ne veux pas tirer de conclusions hâtives. La pire explication serait que la Stasi les ait emmenés pour interrogatoire.

Frau Winkler me lance un regard lourd de sens et secoue la tête. Ses yeux pétillent et un sourire se dessine au coin de ses lèvres.

— Voulez-vous dire... qu'ils sont allés à l'Ouest ? je chuchote le dernier mot.

Frau Winkler hoche la tête, à peine perceptiblement.

Je ne sais pas si je dois me réjouir pour eux ou être triste de ne pas avoir pu dire au revoir. Et est-ce que cela signifie que Hans a réussi à obtenir de faux papiers pour lui aussi ? Je me demande ce que Frau Winkler sait vraiment – et ce qu'elle est prête à dire.

— Sont-ils partis ensemble ?

Elle secoue la tête et m'invite à m'asseoir sur une chaise près de la table, recouverte d'une nappe brodée crème. Elle s'assied à côté de moi, se penchant en avant, les deux mains posées sur sa canne.

— Frau Fischer est partie il y a une semaine.

— Je vois. Et Hans ?

— Juste ce soir.

J'ai du mal à croire que je viens de le rater de si peu.

— Et comment avait-il l'air ? Je veux dire... était-il comme d'habitude ?

— Oh oui, dit Frau Winkler, surprise par ma question. Je reconnaîtrais ce garçon n'importe où. Je le connais depuis qu'il était tout petit.

Cela m'inquiète. Si Hans ressemblait à lui-même, alors peut-être n'a-t-il pas réussi à obtenir de faux papiers. J'espère qu'il ne projette pas quelque chose d'imprudent. Je comprends que je dois entrer dans son appartement et essayer de découvrir ce qui se passe.

— Frau Winkler, je dis en me penchant vers elle, auriez-vous par hasard une clé de l'appartement de Frau Fischer ? Vous voyez, j'ai laissé quelque chose là-bas la dernière fois que je leur ai rendu visite. Un livre. Et j'espérais vraiment pouvoir le récupérer ce soir.

Elle me regarde de ses yeux brillants. J'essaie de lui adresser un sourire innocent. Je ne sais pas si elle me croit, mais elle hoche la tête et, s'appuyant sur sa canne, se lève. Elle boitille jusqu'à un bureau ancien, en soulève le couvercle et sort quelque chose d'un compartiment.

— Voilà, dit-elle en me tendant une clé attachée à un ruban de velours bleu.

— Merci beaucoup, je dis en me levant pour la prendre. Je n'en aurai que pour une minute. Je vous la rapporte tout de suite.

— Prenez tout votre temps, ma chère. Et vous pouvez garder la clé. Je n'en aurai plus besoin.

— Au revoir, Frau Winkler, je dis en me dirigeant vers la porte.

Elle me fait un petit geste de la main et se rassied. Elle a soudain l'air très fatiguée.

Je quitte la chaleur de son appartement et traverse le palier glacé sur la pointe des pieds. Je glisse la clé dans la serrure, me sentant comme une criminelle. Je me dis que Frau Fischer et Hans ne m'en voudraient pas.

À l'intérieur, l'appartement est froid. Frau Winkler a dit que Hans n'était parti que ce soir, mais il y a déjà un vide ici. Je reste un moment dans le couloir, hésitante, puis je décide de commencer par la chambre de Hans.

La pièce est en désordre : des vêtements sales jonchent le sol, des tasses non lavées sont posées sur la table de chevet. Les portes de l'armoire sont ouvertes, comme s'il s'était habillé à la hâte sans prendre le temps de les refermer.

La boîte à chaussures qui contenait les papiers d'identité de Frau Roth – la femme ouest-allemande de Hambourg – ainsi que la perruque sombre et bouclée, gît vide sur le sol. Mais autre chose attire mon attention. La carte de Berlin que Hans a essayé de me cacher la dernière fois que je suis venue. La carte avec le Mur tracé à l'encre rouge.

Je la ramasse et l'étale sur le lit. Je suis la ligne du Mur du regard, alors qu'elle zigzague autour du centre de Mitte, descend vers le sud le long du canal de Teltow et remonte vers le nord en suivant la ligne de

S-Bahn. Je fixe la carte, essayant de deviner le plan de Hans, la suppliant silencieusement de me donner un indice.

La partie centrale de la carte est tachée et sale, comme si elle avait été examinée encore et encore.

Je fais glisser mon doigt le long de la ligne rouge, au-delà de la porte de Brandebourg et autour de Potsdamer Platz. Une grosse croix rouge tracée sur le passage frontalier de Checkpoint Charlie, sur la Friedrichstrasse, attire mon attention. De là, je suis la ligne vers l'est le long de la Zimmerstrasse. Une maison sur cette rue est marquée d'un petit point rouge.

Ce n'est pas grand-chose sur quoi se baser, mais c'est tout ce que j'ai.

Je laisse la carte sur le lit, puis je ressors dans la nuit.

Dieter

— Ce soir est une opportunité en or pour avancer, dit Werner. Pendant que les gardes est-allemands sont distraits par les feux d'artifice qui éclatent à l'Ouest, ils sont moins susceptibles de remarquer le creusement qui se passe juste sous leurs pieds.

Je suis d'accord. Je passerais normalement le Nouvel An dehors à Kreuzberg, à célébrer avec Bernd. On ferait le tour des bars, on boirait de la bière, et on regarderait les feux d'artifice éclater au-dessus de la ville – au moins à Berlin-Ouest. Mais cette année, personne dans l'équipe n'a envie de faire la fête. Nous voulons juste continuer à creuser. Le tunnel horizontal fait maintenant soixante mètres de long et le sol sablonneux est facile à travailler.

— Mais il faut encore faire attention, dit Claudia en enfilant un bonnet de laine et en enroulant une écharpe autour de son cou pour le tour de garde. Ils font des patrouilles régulières dans les maisons vides de la Bernauer Strasse. Ils sont plus susceptibles de nous entendre depuis une maison que depuis la rue.

— Bon point, dit Werner.

J'attrape une pioche et une pelle et commence à descendre dans le puits du tunnel. Il a commencé à neiger et je suis content de retrouver la chaleur relative du souterrain. Je prendrai le relais de Claudia sur le toit plus tard dans la soirée.

Sabine

Je ne rentre pas à la maison mais me dirige directement vers le S-Bahn. Il n'y a pas de célébrations du Nouvel An de ce côté du Mur et il fait si froid que les rues sont silencieuses.

Je prends le train jusqu'à la station Friedrichstrasse, puis marche vers le sud le long de Friedrichstrasse. Devant moi, au carrefour avec Zimmerstrasse, se trouve Checkpoint Charlie, le passage frontalier pour les étrangers. C'est par là qu'Harry entre et sort de Berlin-Est. Même à cette distance, je peux voir les gardes debout devant le bâtiment préfabriqué et trapu, tapant des pieds pour se réchauffer. Je ne veux pas trop m'approcher d'eux, alors je tourne à gauche dans la Leipziger Strasse et me dirige dans les rues secondaires vers la Zimmerstrasse.

Zimmerstrasse est une rue fantôme. Du côté nord, les maisons gisent sombres et abandonnées, résultat des évacuations forcées récentes. Du côté sud, il y a le Mur, haut d'un mètre et demi et surmonté de trois rangées de fil de fer barbelé soutenu par des montants métalliques. De l'autre côté du Mur se trouve le quartier animé de

Berlin-Ouest, Kreuzberg. Les gens à Kreuzberg savent vraiment comment faire la fête. Je peux entendre le rythme du rock'n'roll provenant d'un café ou d'une boîte de nuit. Les Berlinois de l'Ouest sont sortis pour célébrer le Nouvel An et voudront sans doute montrer aux gardes-frontières est-allemands que le Mur ne les empêchera pas de passer un bon moment.

Je marche lentement le long de Zimmerstrasse en restant près des maisons. Il n'y a aucun signe de vie et je me demande si je suis venue au mauvais endroit. La neige se dépose sur le sol comme une couverture fine.

Je suis maintenant à environ cent mètres de Checkpoint Charlie. Je ne veux pas m'approcher davantage. Si Hans est ici, je suis sûre qu'il ne se positionnerait pas si près du poste de contrôle. Je peux voir les gardes debout devant les barrières, nettement visibles dans les puissants projecteurs qui illuminent la zone.

Une voiture arrive de la Friedrichstrasse. C'est un modèle occidental, élégant et sportif, pas une vieille Trabi rafistolée. Les gardes lui font signe de s'arrêter et le conducteur doit sortir pendant qu'ils ouvrent le capot et le coffre, espérant débusquer un Berlinois de l'Est en train d'être exfiltré clandestinement. Mais leur fouille ne révèle rien et, à contrecœur, ils sont forcés de lever la barrière et de laisser passer le conducteur. Les gardes ont l'air frustrés. Trouver un fugitif aurait fait leur soirée.

L'un d'eux tient un chien en laisse. Il commence à marcher dans ma direction. Je recule dans l'ombre d'une embrasure de porte, cherchant à me rendre invisible.

Les bottes du garde craquent dans la neige gelée. La respiration du chien arrive en halètements courts et secs. Je peux les entendre s'approcher. Puis ils apparaissent. Le garde est un homme trapu qui marche les jambes écartées. Le chien est un berger allemand à l'air féroce, les oreilles dressées, reniflant l'air et tirant sur sa laisse. Je prie pour qu'il ne capte pas mon odeur.

Ils passent devant moi et continuent dans la rue sur une cinquantaine de mètres. Puis ils se retournent et repartent. Je retiens encore ma respiration. Le chien tourne la tête dans ma direction, mais le garde tire sur la laisse et menace de donner un coup de pied à l'animal. Il obéit immédiatement.

— Allez, il n'y a rien là.

Le chien n'a pas l'air convaincu, mais il n'a pas d'autre choix que d'accompagner le garde de retour vers le poste de contrôle.

Je sors de ma cachette et reprends mon chemin dans la Zimmerstrasse. Il n'y a plus aucun intérêt à rester ici. Je suis sur le point de tourner dans une rue transversale quand une silhouette émerge de l'un des bâtiments, à une vingtaine de mètres devant moi.

Un feu d'artifice explose à Berlin-Ouest et, dans la pluie de lumière rouge et verte, je reconnais Hans.

Dieter

Une pluie de lumière rouge et verte éclate dans le ciel.

Je suis sur le toit depuis une demi-heure, gardant un œil sur les gardes-frontières dans Brunnenstrasse, mais regardant aussi les feux d'artifice qui illuminent le ciel au-dessus de Berlin-Ouest. Des éclats argentés, des verts, des bleus et des rouges. Berlin-Est, de l'autre côté, reste enveloppé dans l'obscurité.

Il y a un bruit derrière moi et je me retourne pour voir Claudia ramper par la trappe du toit, deux bouteilles de bière à la main. Elle se blottit à côté de moi et me tend l'une des bouteilles.

Nous restons assis dans un silence complice, sirotant la bière et regardant les fusées exploser dans le ciel.

Claudia regarde sa montre.

— Deux minutes.

— Tu devrais faire un vœu.

— Il n'y a qu'une seule chose que je veux, dit-elle.

Il y a une explosion de rouge dans le ciel, vers le sud.

— Bonne année, dit-elle en se penchant pour me donner un baiser.

Je prends sa main.

— Claudia, je dis, quand tout cela sera fini...

— Oui, dit-elle en posant un doigt sur mes lèvres. Quand tout cela sera fini. Mais pas maintenant. Je dois retourner aider au creusement.

Je la regarde disparaître dans la trappe.

Des flocons de neige tombent sur mon visage, mais je ne sens pas le froid.

Sabine

— Hans ! Je chuchote son nom, mais le son porte dans la rue déserte. Il se retourne vers moi, me voit, puis se recule dans l'embrasure du bâtiment. Je cours vers lui. Il pousse la porte du pied et me tire dans le hall d'entrée. Ça sent le renfermé et la poussière.

— Qu'est-ce que tu fous ici ?Il me fixe, stupéfait.

— Je suis passée te voir plus tôt. Ta voisine, Frau Winkler, m'a dit que tu étais parti. Elle m'a donné la clé de ton appartement. Je suis désolée, je sais que je n'aurais pas dû fouiner, mais j'étais inquiète pour toi.

Il passe une main dans ses cheveux.

— Sabine, je ne sais pas quoi dire… je…

— Qu'est-ce qui est arrivé à ta mère ? je demande. Elle est arrivée à Berlin-Ouest ?

Il hoche la tête.

— Il y a une semaine. Elle est passée directement par Checkpoint Charlie, en portant cette perruque bouclée. C'était si facile.

— C'est bien, je dis. Mais toi ? Tu n'as pas pu obtenir de faux papiers aussi ?

Il baisse les yeux et secoue la tête.

— J'ai essayé, mais les gardes-frontières sont devenus méfiants envers les étudiants venant d'Allemagne de l'Ouest. Peut-être qu'un espion de la Stasi s'est fait passer pour un fugitif et a infiltré leurs réseaux, je ne sais pas… toujours est-il qu'ils ont été découverts et arrêtés. Le jour même où ils devaient m'apporter une fausse identité !

Il souffle.

— J'aurais été arrêté moi aussi si je n'avais pas fait demi-tour au lieu de rendez-vous. Il y avait une Trabi garée tout près, avec deux hommes à l'intérieur, et j'ai su que c'était fini. Je suis sûr qu'ils m'ont repéré quand même. Je suis déjà dans leurs dossiers et ils vont resserrer l'étau, surtout quand ils découvriront que Maman est partie.

Il me regarde droit dans les yeux.

— C'est pour ça que je ne peux pas rester ici une minute de plus. Je passe par-dessus ce Mur ce soir.

— Tu es fou ? Il y a des gardes armés dehors. J'en ai vu un patrouiller avec un chien.

— Je sais. Je ne suis pas stupide. Écoute, je les observe depuis une heure. Un d'eux fait des allers-retours toutes les dix minutes. Le dernier est passé il y a quelques minutes, donc il n'y en aura pas d'autre avant au moins six ou sept minutes. J'ai le temps.

Il ajoute plus bas :

— Et puis ils sont distraits par les feux d'artifice. Tu crois que j'ai choisi ce soir par hasard ?

— Hans, c'est de la folie, je ne veux pas que tu—

— Tais-toi, dit-il en me tirant contre lui.

Il m'entoure de ses bras et m'embrasse violemment sur les lèvres. C'est comme si un feu d'artifice explosait en moi. Je lui rends son baiser, je le goûte, j'inhale son odeur familière, oubliant où nous sommes, oubliant les gardes armés dehors. Je voudrais que cet instant dure éternellement.

Mais Hans se recule et me tient à bout de bras.

— Je vais trouver Dieter. Je vais l'aider à creuser ce foutu tunnel, si tu veux. Comme ça, tu pourras sortir plus vite.

Je le regarde sans parler, muette comme un animal.

Il consulte sa montre.

— Je dois y aller. Avant que le garde revienne.

Puis, plus doucement :

— Et Sabine...

— Oui ?

— Je t'aime.

Je hoche la tête, incapable de parler. Je n'ai jamais su ce qu'il ressentait pour moi jusqu'à maintenant. Et je ne crois pas que je savais non plus ce que je ressentais pour lui.

Il ouvre la porte et regarde dans la rue. Puis il se retourne une dernière fois.

— Au revoir, Sabine !

Et il part en courant.

Il n'y a rien que je puisse faire pour l'arrêter. Je reste près de l'embrasure, regardant, l'encourageant en silence.

Il traverse la rue en un éclair, puis saute et attrape le haut du Mur à deux mains. Ses pieds raclent le béton alors qu'il essaie de se hisser. Ses chaussures grincent contre la surface rugueuse. Je prie pour que le chien n'entende rien. Il va devoir se faufiler entre les rangées de fil barbelé au sommet.

Vas-y, je crie sans voix, formant les mots avec mes lèvres. Vas-y. Tu peux le faire.

Il parvient à poser ses coudes sur le haut du Mur, puis balance sa jambe droite jusqu'à être presque à l'horizontale. S'il pouvait seulement aplatir la rangée de fil barbelé la plus basse avec son pied, il pourrait se glisser—

Soudain, des aboiements frénétiques éclatent. Puis un cri.

Le chien que j'ai vu plus tôt déboule dans la rue, aboyant comme un fou, dents découvertes, bave aux lèvres. Derrière lui, son maître court, tirant sur la laisse. D'autres gardes quittent leur poste au checkpoint pour les rejoindre.

— Arrêtez !La voix du garde déchire l'air nocturne. Il est encore à une cinquantaine de mètres, mais il voit parfaitement ce que fait Hans.

— Arrêtez ou je tire !

Le garde lève son arme et tire un coup de semonce dans le ciel. Mais au même instant, une salve de feux d'artifice explose de l'autre côté du Mur, et la détonation se perd dans le fracas des explosions.

— Arrêtez !

Le garde hurle l'ordre une troisième fois.

Hans ne fait pas attention. Sa jambe droite appuie sur le fil barbelé. Il essaie de faire passer le haut de son corps dans l'ouverture. Sa jambe gauche pend encore de ce côté du Mur. Le chien bondit, essayant de mordre Hans à la cheville. Hans repousse l'animal d'un violent coup de pied.

Le garde a avancé et se tient maintenant directement entre moi et Hans. Il plante fermement ses pieds dans le sol, lève son bras droit, soutient son poignet avec sa main gauche et vise Hans avec son pistolet. Le chien revient vers le garde et reste immobile à ses côtés, oreilles dressées, la respiration formant de la buée dans l'air glacé de la nuit.

Le garde prend une profonde inspiration et appuie sur la gâchette.

C'est comme si le temps se ralentissait. La balle d'acier tranche les flocons de neige tourbillonnants, fend l'air. Elle atteint sa cible et, dans l'éclair brutal d'une fusée blanche, une gerbe de rouge éclabousse la neige.

Hans vacille un instant au sommet du Mur, le visage figé de stupeur. Son corps tressaute, puis il chute lourdement au sol.

Il est encore à l'Est.

J'ai l'impression que quelqu'un a lancé une grenade dans ma poitrine. Je me détourne de la porte et vomis sur le sol du bâtiment désert. Ma tête tourne, mes oreilles bourdonnent. Je continue à avoir des haut-le-cœur jusqu'à ce que ma gorge brûle et que l'air me manque. Je titube jusqu'au mur, persuadée que je vais m'évanouir.

Après un moment – quand je réalise que je suis toujours consciente – je rampe jusqu'à la porte, l'entrouvre et regarde dehors.

Cinq gardes se tiennent maintenant au milieu de la rue, regardant Hans qui gît à terre, recroquevillé sur le côté. Personne ne s'approche. Personne ne le touche. Personne ne vérifie s'il est vivant ou mort.

Je veux courir vers lui, l'aider, mais si je le fais les gardes me tireront dessus sans la moindre hésitation. Ils penseront que je tentais de m'échapper avec lui.

Puis quelque chose d'inattendu se produit.

Des visages apparaissent de l'autre côté du Mur. Les gens de Berlin-Ouest ont dû entendre les coups de feu. Ils doivent être montés sur quelque chose – peut-être des chaises du café voisin – pour voir par-dessus le Mur. Leurs visages expriment le choc, l'horreur, le dégoût. Et la colère.

Puis j'entends un bruit atroce, comme celui d'un animal pris au piège – un gémissement étouffé.

C'est Hans. Il est encore vivant.

Il gît sur le côté, recroquevillé sur le sol, et pousse un cri aigu, insoutenable. Il appelle à l'aide.

Les Berlinois de l'Ouest hurlent aux gardes :

— Il est vivant !

— Allez chercher de l'aide !

— Emmenez-le à l'hôpital, bandes d'idiots !

Un des Occidentaux – un homme qui a manifestement trop bu – essaie d'escalader le Mur vers l'Est.

Deux gardes pointent aussitôt leurs pistolets sur lui.

— Reculez ! Vous violez la frontière nationale de la République démocratique allemande !

L'homme leur répond en leur montrant le poing.

— Sales cocos !

Les gardes se préparent à tirer. Quelqu'un, du côté occidental, tire l'homme ivre en arrière et il disparaît de la vue.

Les autres spectateurs continuent de hurler, suppliant les gardes d'aller chercher de l'aide. Mais aucun d'eux ne bouge. Ils restent là, à regarder Hans, haussant les épaules. Deux d'entre eux retournent vers Checkpoint Charlie.

Quelqu'un lance un objet par-dessus le Mur – un paquet. Je pense que c'est une trousse de premiers secours. Mais Hans est incapable de s'en servir, et les gardes refusent toujours de l'aider.

Au lieu de s'occuper de lui, ils tournent leur attention vers la foule massée au-dessus du Mur.

Les insultes fusent de plus en plus fort :

— Bande de salauds !

— Cochons de la Stasi !

— Assassins !

Les gardes menacent d'ouvrir le feu si la foule ne se disperse pas.

Hans gît là, oublié.

Alors que la confrontation entre les gardes et les Occidentaux s'intensifie, je ne quitte pas Hans des yeux, guettant le moindre mouvement, le moindre son. La neige tombe sur lui, s'accumulant lentement, comme un linceul.

Je réalise que ses cris s'affaiblissent. Puis cessent.

Je tends l'oreille.

Rien.

Je ne sens plus mes mains ni mes pieds à cause du froid. Mais plus que cela, je ne sens plus mon cœur. Quelque chose est mort en moi.

Un garde-frontière d'un rang supérieur arrive sur les lieux. Les autres se mettent aussitôt au garde-à-vous tandis qu'il prend le contrôle de la situation. Il ordonne à deux soldats de ramasser le corps de Hans et de l'emporter.

Quand ils le soulèvent, le bras droit de Hans pend, mou, inerte.

Mes jambes cèdent. Je glisse au sol et m'effondre dans le couloir, sanglotant.

Je suis morte.

Dieter

La porte de la cuisine s'ouvre violemment et s'écrase contre le mur. Claudia se tient dans l'embrasure, serrant un journal dans sa main tremblante. Les larmes coulent sur son visage.

— Ces connards ! crie-t-elle.

Je bondis sur mes pieds et cours vers elle.

— Qu'est-ce qui ne va pas ? Qu'est-ce qui s'est passé ?

Je suis allé me coucher vers trois heures du matin. Il est maintenant huit heures, et c'est beaucoup trop tôt pour des portes qui claquent et de l'hystérie.

Je la conduis jusqu'à la table.

— Du café, s'il te plaît, Werner. Et fais-le fort.

— Tout de suite, dit Werner, essayant d'avoir l'air enjoué, mais me lançant un regard alarmé.

Je me tourne vers Claudia.

— Maintenant, dis-moi ce qui s'est passé.

Elle claque le journal sur la table de la cuisine et pointe la une.

— Regarde ça !

Le gros titre, imprimé en lettres noires épaisses, est : « Mort ! »

— Il n'avait aucune chance ! crache-t-elle.

— Qui n'avait aucune chance ? demande Werner en posant une tasse de café brûlant devant elle.

La poitrine de Claudia se soulève sous l'effet des sanglots.

Je pose ma main sur son bras.

— Respire profondément... et raconte-nous.

Elle hoche la tête.

— Il y a eu une fusillade. Hier soir. À minuit.

Minuit, je pense. J'étais heureux, hier soir, à minuit. Et pendant ce temps, ailleurs dans la ville, quelqu'un se faisait abattre.

— Où ça ? je demande.

— Au Mur, dit Claudia. Sa voix est plus stable maintenant. Près de Checkpoint Charlie. Un adolescent. Juste un gamin. Il a tenté sa chance. Il a presque réussi à passer. Mais ils l'ont abattu et il est tombé.

— Merde, je dis en prenant ses mains. Elles tremblent encore.

Je jette un coup d'œil à la photo en première page du journal. Elle a dû être prise depuis l'Ouest, par quelqu'un regardant par-dessus le Mur. On distingue une silhouette allongée sur le sol, recroquevillée sur le côté. À l'arrière-plan, un groupe de gardes-frontières se tient là, immobile, comme des mannequins.

Ce n'est rien d'autre qu'un meurtre de sang-froid. Je comprends pourquoi Claudia est si bouleversée. Moi aussi je le suis. Mais cette image ne fait que renforcer ma détermination.

Je prends son visage entre mes mains pour qu'elle me regarde.

— Écoute, je dis. C'est pour ça qu'on fait tout ça. C'est pour ça qu'on creuse ce tunnel. On ne peut pas abandonner. C'est pour ça qu'on doit faire sortir nos amis, notre famille, de Berlin-Est.

Elle me regarde, clignant des yeux pour chasser les larmes.

— Je sais. Je sais.

Sabine

Je me réveille. Je suis de retour à la maison, dans mon propre lit. Pendant une fraction de seconde, je me sens en sécurité. Puis les événements d'hier soir me reviennent en rafale : Hans, me tenant dans ses bras, m'embrassant, courant vers le Mur et puis... Je crie d'horreur au souvenir. La porte s'ouvre et Brigitta apparaît.

Elle court vers moi et me serre fort. Je la serre en retour. Je ne veux jamais la laisser partir.

— J'attendais que tu te réveilles, dit-elle enfin, s'écartant de moi et me lançant un regard scrutateur.

— Merci, dis-je en hochant la tête. J'ai un vague souvenir d'être rentrée à la maison en état de choc et d'avoir crié à tue-tête pendant environ une heure.

— Nous t'avons donné quelque chose pour t'aider à dormir, dit Brigitta en pointant une bouteille sur la commode.

— Je vois.

J'ai la bouche sèche et un mal de tête atroce. Je ne suis pas sûre d'avoir été très cohérente hier soir, alors je demande :

— Est-ce que j'ai expliqué ce qui s'est passé ?

Brigitta hoche la tête.

— Je suis si désolée.

Je sens les larmes chaudes monter dans mes yeux.

Brigitta se penche en avant et chuchote :

— Tu as une visiteuse.

— Qui ?

Ma première pensée est qu'on m'a repérée hier soir près de la scène et que la Stasi est venue me chercher.

— C'est Astrid. Elle a entendu les nouvelles.

— Oh.

Je suis surprise qu'Astrid l'ait appris si rapidement, mais je suppose que ces choses se répandent vite. Elle s'inquiétera pour moi, sachant comme j'aimais Hans. Je touche mes doigts à mes lèvres. Notre premier baiser. Si seulement ça n'avait pas été notre dernier.

Je sors du lit avec précaution.

— J'aimerais voir Astrid. Ça me fera du bien.

J'enfile quelques vêtements et vais au salon où Astrid est assise, lisant un exemplaire de *Neues Deutschland*.

Dès qu'elle me voit, elle pose le journal de côté et se précipite vers moi, jetant ses bras autour de moi.

— Sabine, ma pauvre. Je suis si désolée de ce qui est arrivé à Hans.

Elle m'étreint si fort que je ne peux pas parler pendant un moment.

— Tiens, bois ça, dit-elle en me tendant une tasse de thé. Brigitta me l'a fait, mais je l'ai à peine touché.

J'avale le thé d'un trait.

— On fait une promenade ? je dis. J'ai l'impression d'avoir besoin d'air frais.

— Bien sûr, si tu veux, dit Astrid en prenant son journal et en le glissant sous son bras.

Je vais chercher mon manteau et nous descendons les escaliers avant de sortir dans la rue. La neige d'hier soir s'est installée sur le sol, couvrant la ville d'une couche blanche scintillante, cachant les taches de sang. J'enfonce mes mains dans les poches de mon manteau. Je n'ai pas pensé à apporter une écharpe.

Nous partons dans Stargarder Strasse, mais je ne veux pas passer devant l'immeuble de Hans, alors je traverse et tourne dans Pappelallee. Je montre le chemin, Astrid suit. Aucune de nous ne dit rien.

Finalement, nous arrivons au petit parc avec le château d'eau du dix-neuvième siècle, là où Hans m'avait exposé ses plans d'évasion. Je peux encore nous imaginer tous les deux, assis sur l'herbe. Un vieux banc en bois se trouve près du sentier. Je suis trop fatiguée pour marcher plus loin, alors j'essuie la neige avec ma manche et m'assieds. Astrid se perche au bord du banc, me regardant avec une expression inquiète. Je sais qu'elle attend que je parle.

— Si seulement j'avais pu l'arrêter.

C'est la pensée qui me hante depuis que je me suis réveillée. J'aurais dû faire plus.

— Ach, Sabine, dit-elle en se rapprochant et en passant un bras autour de moi. Tu ne dois pas te blâmer pour ce qui s'est passé.

Je secoue la tête.

— J'ai essayé de le persuader de ne pas le faire, mais il ne pouvait pas attendre.

— Bon, pourquoi aurait-il attendu ? Il voulait s'échapper et personne d'autre n'allait l'aider.

— Ce n'est pas vrai.

— Qu'est-ce qui n'est pas vrai ? demande Astrid, perplexe.

J'en ai dit plus que je ne voulais. Je me mords la lèvre.

— Qu'est-ce qui n'est pas vrai ? insiste-t-elle.

— Ce n'est pas vrai que personne n'était prêt à aider Hans à s'échapper.

— Attends, dit Astrid, ça fait trop de doubles négations. Tu dis que Hans connaissait quelqu'un qui pouvait l'aider à sortir ?

Je fixe mes pieds et hoche la tête. Qu'est-ce que ça peut faire maintenant ?

— Mais qui ? demande Astrid. Je peux entendre la stupéfaction dans sa voix.

— Moi.

Ma voix sonne petite et pathétique dans cet endroit vide.

— Sans blague ! Mais comment ?

Il n'y a pas d'autre solution, alors je lui raconte Dieter et le tunnel. Je ne lui dis pas où il est, parce que je n'en suis pas entièrement sûre moi-même.

— C'est incroyable, dit Astrid, la bouche ouverte. Creuser un tunnel sous la frontière… comme de vrais aventuriers.

J'ai l'impression qu'elle prend toute l'affaire un peu à la légère.

— Ils prennent un énorme risque, je dis. Ce n'est pas un jeu. S'ils se font prendre, ils iront en prison.

— Bien sûr, dit-elle. Quand même… c'est très courageux de la part de Dieter. Alors pourquoi Hans n'a-t-il pas simplement attendu que le tunnel soit prêt ?

Je hausse les épaules.

— Plein de raisons.

Je n'ai pas l'énergie de lui expliquer les faux papiers d'identité et la peur de Hans que la Stasi soit sur sa piste. Heureusement, Astrid ne me presse pas davantage. Elle semble perdue dans ses pensées.

Quelques flocons de neige commencent à tomber. Je pense à Hans, courant vers le Mur, sautant, manquant presque de passer de l'autre côté, puis gisant en bas, abattu et mourant. Je me demande si sa mère a appris ce qui s'est passé. J'ai tellement de peine pour elle. Je me promets que, quand j'arriverai à Berlin-Ouest, je découvrirai où elle se trouve et j'irai la voir. Je veux qu'elle sache que Hans est mort en se battant.

Dieter

Je vais dans la cuisine pour prendre quelque chose à manger avant de commencer mon tour de creusement et je trouve Harry assis à la table, buvant du café avec un homme que je n'ai jamais vu. Même assis, l'étranger est manifestement grand. Il est aussi très blond – l'archétype du mâle teutonique. Un sac de sport en cuir noir est posé par terre, à ses pieds.

— Dieter, dit Harry, je te présente Rolf.

Rolf se lève et me serre la main, écrasant presque mes doigts dans sa poigne ferme.

— Ravi de vous rencontrer, Dieter.

— Salut, je dis.

Je me sens légèrement intimidé par ses yeux bleus, qui ont une manière perçante de vous transpercer. Je retire ma main de la sienne. Nous avons fait de notre mieux pour garder le projet de tunnel secret, alors je me méfie de ce nouveau venu. Harry, de son côté, a l'air parfaitement détendu. Peut-être sont-ils de vieux amis.

— Rolf me racontait justement qu'il a une petite amie qui vit à Prenzlauer Berg, dit Harry. Il est désespéré de la faire sortir de Berlin-Est. Il veut aider avec le tunnel.

— Vraiment ? je demande, en versant une cuillère à café bien bombée de café dans la tasse la moins sale que je puisse trouver.

On ne peut pas nier qu'une paire de bras supplémentaire serait utile, mais comment savoir si on peut lui faire confiance ?

Comme s'il lisait dans mes pensées, Rolf se tourne vers moi.

— Je sais que je dois avoir l'air un peu suspect, débarquant ici comme ça, dit-il. Mais croyez-moi, je veux juste faire sortir ma petite amie de Berlin-Est. Il n'y a pas d'avenir pour elle là-bas. La Stasi, ce sont des porcs.

— Et comment avez-vous entendu parler de nous ? je demande.

— Oh, vous savez… il hausse les épaules. J'ai vu Harry dans le coin. On ne peut pas vraiment le rater, pas vrai ? J'ai commencé à bavarder avec lui dans un bar l'autre soir. Je me suis dit que quelqu'un comme lui devait forcément être impliqué dans un groupe qui aide les gens à s'échapper – et il se trouve que j'avais raison.

Merde, Harry, je pense. Toujours en train de te pavaner dans ton pardessus américain. Pas étonnant que les gens te remarquent.

Je n'ai pas vraiment d'autre choix que d'accepter l'histoire de Rolf. Le fait est qu'il est ici maintenant et qu'il sait que nous construisons un tunnel. Autant voir ce qu'il vaut.

Harry termine son café et se lève.

— Peut-être que tu pourrais emmener Rolf au sous-sol et lui montrer comment ça marche ? dit-il. Et pendant que tu fais ça, j'ai quelque chose pour ta charmante sœur.

Il glisse une enveloppe blanche dans la poche de son manteau.

— Encore une visite dans l'antre du lion. J'espère tomber sur Sabine cette fois. C'est lassant de devoir simplement laisser des enveloppes dans la boîte aux lettres.

J'ignore ses commentaires sur Sabine. Pendant un moment, après sa crise de panique dans le tunnel, Harry avait été anormalement calme. Mais ces derniers temps, il est redevenu lui-même – exubérant, presque trop. Si quoi que ce soit, son humeur devient plus expansive à chaque centimètre gagné sous terre.

Ces derniers jours, il a exploré le secteur autour de Schönholzer Strasse, préparant la façon dont il fera entrer les fuyards dans la maison. Il nous a dit hier soir qu'il avait repéré un café sur Ruppiner Strasse où tout le monde pourra se rassembler. Le plan est qu'il serve de messager : il entrera dans le café et fera un signe convenu pour indiquer que la voie est libre et que les gens peuvent se diriger vers la maison de Schönholzer Strasse.

Il vérifie qu'il a bien son passeport américain sur lui.

— À bientôt ! dit-il en me tapant dans le dos.

Dès qu'Harry est parti, Rolf se lève et se frotte les énormes mains.

— Alors, dit-il, vous êtes prêt à me montrer le tunnel ?

Sabine

Il me vient à l'esprit que j'ai encore la clé de l'appartement de Hans. Je la retrouve cachée dans le coin de la poche de mon manteau. Frau Winkler n'en voulait pas. Je reste assise à la table de la cuisine pendant plus d'une heure, tournant la clé entre mon pouce et mon index, essayant de décider quoi faire. Je ne sais pas si retourner là-bas représente un risque énorme, mais à la fin je me décide : j'y retournerai.

Je dis à Maman et à Brigitta que je sors simplement prendre un peu l'air, puis je marche péniblement dans la neige jusqu'à l'immeuble de Hans. Ma plus grande peur est de tomber sur la Stasi. Ils ont dû identifier le corps de Hans maintenant et auront certainement visité son appartement, s'attendant à y trouver sa mère. S'il y a des hommes de la Stasi dans les parages, je devrai feindre la surprise en découvrant que Hans n'est pas à la maison.

Je monte les escaliers jusqu'à l'appartement de Hans et frappe à la porte, juste au cas où. À mon soulagement, aucun bruit ne vient de l'intérieur. Je glisse alors la clé dans la serrure, ouvre la porte et entre. L'odeur familière de cire d'abeille m'accueille, et une avalanche de souvenirs de Hans se précipite dans mon esprit. Je m'appuie un instant contre la porte, les yeux fermés très fort, incapable de bouger. Puis je me rappelle que la Stasi pourrait apparaître à tout moment et je me ressaisis, me forçant à agir vite.

Je traverse le salon d'un pas chancelant. J'imagine Frau Fischer assise dans son fauteuil, lisant le journal. Je veux trouver quelque chose à lui apporter à Berlin-Ouest. Mon regard se pose sur les photographies de Hans et de son père, posées sur la petite table près de son fauteuil préféré.

Je m'approche et prends la photo de Hans. Il me sourit, et j'ai l'impression que mon cœur va se briser. Son dix-septième anniversaire. Je me souviens de cette journée, en juin. Nous étions allés au cinéma voir un film affreux, mais nous avions quand même passé un bon moment.

Dans la rue, une portière de voiture claque. Je sursaute. Je dois sortir d'ici. Je glisse la photographie de Hans et celle de son père dans la poche de mon manteau et me dirige vers la porte.

En descendant les escaliers, je croise deux hommes en imperméables qui montent. Je suis déjà au deuxième palier : ils ne peuvent pas savoir d'où je viens. Je regarde droit devant moi, faisant semblant de ne pas les remarquer. Ils vont sans doute se rendre à l'appartement de Hans pour chercher des indices prouvant qu'il était de mèche avec d'autres fuyards potentiels ou des groupes à l'Ouest. Je ressens une satisfaction presque coupable d'avoir réussi à récupérer les photographies avant que la Stasi ne mette ses mains sales dessus.

En rentrant chez moi, je ressens un mélange de chagrin pour Hans et d'espoir pour l'avenir. Je n'arrête pas d'imaginer la longueur du tunnel et ce que cela fera de ramper à l'intérieur. Quand j'arrive à notre immeuble, je vérifie la boîte aux lettres dans le hall d'entrée. Je n'ai pas eu de nouvelles d'Harry depuis un moment. Mon cœur s'emballe quand je vois une enveloppe blanche dépasser légèrement de la fente du haut.

J'ouvre la boîte aux lettres et sors l'enveloppe. C'est forcément d'Harry. Je reconnaîtrais désormais cette écriture entre mille. Je suis tellement absorbée par mes pensées que je n'entends pas les pas avant qu'ils ne soient juste derrière moi. Je me retourne brusquement et découvre Frau Lange tout près. Elle observe l'enveloppe dans ma main avec un intérêt à peine dissimulé. Je la serre contre ma poitrine pour qu'elle ne puisse pas voir l'écriture.

— Bonjour, Frau Lange. Ma voix est tendue.

Elle fait semblant de regarder dans sa propre boîte aux lettres.

— Bonjour, dit-elle en passant près de moi, son regard s'attardant encore sur la lettre que je tiens dans ma main tremblante.

Dieter

Dans l'après-midi, Andreas et Rolf font un travail remarquable à la face du tunnel. Werner appelle Claudia et moi pour une réunion de mise au point.

— Il est presque temps de commencer à creuser vers la surface, dit Werner. Le tunnel horizontal fait maintenant près de cent dix mètres de long. Si nous avançons encore de quelques mètres, puis que nous creusons vers le haut avec un angle d'environ trente degrés, nous devrions déboucher dans le sous-sol du numéro dix-sept de la Schönholzer Strasse.

Werner a l'air confiant, mais je ne peux m'empêcher d'espérer que ses calculs sont justes. Après tout ce travail, la dernière chose dont nous avons besoin serait de rater notre cible. Je repense aux cours de géométrie à l'école, où la pire conséquence d'un angle mal calculé était une croix rouge à l'encre. Il n'y avait jamais de conséquences vitales. Ici, une erreur pourrait nous faire émerger juste sous les bottes d'un garde-frontière est-allemand.

— Rolf fait un excellent travail, dit Claudia. On n'aurait jamais avancé aussi vite aujourd'hui sans lui.

Même si ça me coûte de l'admettre, Rolf a réellement été une aubaine pour l'équipe. Il a déplacé une quantité impressionnante de terre ce matin et se montre très habile pour étayer les parois et le plafond au fur et à mesure. Pendant la pause déjeuner, il nous a parlé de sa petite amie restée à Berlin-Est et de combien elle lui manque. Je pensais qu'il serait épuisé après les heures qu'il avait déjà abattues, mais il était le plus pressé de tous de reprendre le travail.

Après des mois passés à creuser, tous les pantalons que je possède sont déchirés. Avec Rolf désormais dans l'équipe, j'y vois une bonne occasion de retourner à Kreuzberg chercher des vêtements propres. Je dis à Werner et à Claudia que je ne m'absenterai pas longtemps, puis je pars discrètement pour rejoindre l'appartement que je partageais autrefois avec Bernd, où j'ai laissé la plupart de mes affaires.

C'est étrange de revenir à Kreuzberg après des mois passés terré dans la boulangerie, et la plupart du temps sous terre, dans un tunnel étroit. Les rues grouillent de gens vaquant à leurs occupations quotidiennes, et je me surprends à me demander ce qui se passe sous leurs pieds. Nous ne devons sûrement pas être les seuls à creuser.

J'arrive à l'appartement et j'entre. Ça doit être le jour de congé de Bernd, car il est dans la cuisine en train de préparer son petit déjeuner. Il est trois heures de l'après-midi. Il est encore en pyjama.

— Hé, Dieter, dit-il en levant les yeux d'une table couverte d'assiettes et de plats sales. Comment ça va ?

— Super, merci, je dis, me demandant comment j'ai pu partager un appartement avec un tel porc. Et toi ? Toujours à l'hôtel ?

Il hoche la tête.

— Comme toujours. Herr Pohl essaie encore de recruter du personnel pour remplacer ceux qu'on a perdus de Berlin-Est. Tu veux un café ?

Je jette un regard au tas de tasses sales près de l'évier.

— Non merci. Je suis juste venu récupérer quelques affaires.

Je me dirige vers mon ancienne chambre. Bernd me suit et s'arrête dans l'embrasure, mâchonnant un petit pain, pendant que je fouille dans l'armoire et sors de vieux jeans.

Bernd marmonne quelque chose, mais sa bouche est tellement pleine que je ne comprends rien.

— Qu'est-ce que tu as dit ? je demande.

— J'ai dit… est-ce que ton vieux copain d'école t'a retrouvé ?

Je m'immobilise.

— Quel vieux copain d'école ?

Bernd prend une autre bouchée, puis mâche lentement avant de répondre.

— Un type est passé l'autre jour. Il a dit qu'il était un ancien camarade de classe à toi.

Je m'arrête net et le regarde.

— Comment savait-il que je vivais ici ?

— Il a eu l'adresse par Herr Pohl, à l'hôtel.

Je sens les poils de ma nuque se hérisser. Ça ne me plaît pas du tout.

— Est-ce qu'il a dit comment il s'appelait ?

Bernd fronce les sourcils.

— Je ne m'en souviens plus trop.

— Réfléchis, dis-je. Tu dois bien avoir une idée.

Il lève les yeux vers le plafond.

— Hmmm... je crois que c'était Robert... ou Rudolf... non, attends... Rolf. Oui, c'est ça. Rolf. Il a dit que vous étiez ensemble à l'école à Prenzlauer Berg. Il avait l'air tellement déçu quand je lui ai dit que tu n'étais pas là que je lui ai indiqué où te trouver.

— Tu as fait quoi ?

— Qu'est-ce qu'il y a ? Je pensais te rendre service. Je...

— Espèce d'idiot !

Je laisse tomber les jeans, bouscule Bernd et sors précipitamment de l'appartement. Puis je me mets à courir vers la station de U-Bahn la plus proche.

Rolf n'est pas un homme désespéré de faire sortir sa petite amie de Berlin-Est.

C'est un espion.

Sabine

J'emporte l'enveloppe dans ma chambre et l'ouvre avec des mains tremblantes. Frau Lange réussit toujours à me déstabiliser.

À l'intérieur, il y a un morceau de papier plié que je sors et lis. C'est une courte note, manifestement griffonnée à la hâte. Elle indique le nom d'un café : *Gasthof zur schwarzen Katze* – Le Chat Noir – dans la Ruppiner Strasse, où tout le monde devra se retrouver le soir de l'évasion. La date reste à confirmer, mais, précise la lettre, ce ne sera plus très long maintenant.

Puis, si tout se déroule comme prévu, nous serons libres : libres de la surveillance de la Stasi, libres de la peur d'être arrêtées sous le soupçon d'être des ennemies de l'État, libres de voyager où nous voulons dans le monde. J'ai du mal à imaginer ce que cela fera.

Je dois prévenir les personnes de ma liste de contacts, leur communiquer le point de rendez-vous et leur dire de se tenir prêtes.

Je n'ai plus mon carnet pour y cacher la lettre. De toute façon, je sais que je ne dois pas la garder plus longtemps que nécessaire. Je mémorise le nom et l'emplacement du café, puis je jette la lettre dans le poêle en faïence.

Je ne peux pas me permettre de prendre le moindre risque – pas maintenant que le tunnel est presque achevé.

Dieter

Le tunnel est presque terminé et voilà que tout s'effondre. Quel putain de désastre.Mon seul espoir, c'est qu'Andreas fasse encore trimer Rolf à la face du tunnel. S'il a eu le moindre répit, il a déjà pu prévenir tout le Politburo est-allemand de nos plans.

Je sprinte dans la Bernauer Strasse avec l'impression que mes poumons vont exploser. Quand j'arrive à la boulangerie, je suis sur le point de descendre directement à la cave, puis je change d'avis et monte quatre à quatre jusqu'à la cuisine. Le sac de sport en cuir noir est toujours là, près de la table, exactement là où Rolf l'a laissé.

J'ouvre la fermeture éclair brutalement et commence à fouiller à l'intérieur. Il est clairement venu préparé à rester longtemps : des dizaines de paires de chaussettes et de sous-vêtements. Puis, au fond du sac, ma main touche quelque chose de différent. Un objet rigide.Un carnet relié de cuir.

Je le sors et le reconnais immédiatement.C'est le carnet de Sabine.

Je feuillette jusqu'à la page où elle avait noté le numéro de l'Hotel Zoo. Le numéro est entouré à l'encre rouge. Dans la marge, une écriture que je ne connais pas a ajouté : *frère du traître*.

Voilà comment Rolf m'a retrouvé à l'hôtel. Puis Herr Pohl, sans doute trop préoccupé par ses pénuries de personnel, n'a pas hésité une seconde à lui donner mon adresse à Kreuzberg. Et Bernd, bien sûr, a fait le reste. Idiot fini.

Je jette le carnet de côté et me précipite vers la cave.

Werner, Andreas et Rolf émergent du puits vertical au moment même où j'ouvre la porte. Claudia se tient au pied des marches, un seau de gravats dans chaque main.

— Tu as fait du bon boulot, dit Andreas en tapant Rolf dans le dos.

— Oh, merci, répond Rolf avec un grand sourire. Puis, se tournant vers Werner, presque avec désinvolture :

— Alors, l'évasion, c'est prévu pour quand ?

Avant même que Werner ait le temps de répondre, je dévale les marches, manque de renverser Claudia et frappe Rolf de toutes mes forces au visage.

Il chancelle en arrière. Le sang jaillit de son nez. Claudia crie. Le dos de ma main brûle.

— Dieter ! hurle Werner. Tu as perdu la tête ?

Claudia lâche les seaux et se précipite vers Rolf, fidèle à son instinct de secouriste.

— Laisse-le ! je crie. C'est un espion.

Un silence stupéfait s'abat sur la cave.

— Qu'est-ce que tu racontes ? dit Claudia. Il travaillait dur ce matin.

Elle sort des mouchoirs de sa poche et tamponne le nez de Rolf.

— Il n'est pas celui qu'il prétend être, dis-je, regardant mes jointures ensanglantées. Il va nous dénoncer à la Stasi.

— C'est absurde, dit Rolf en se redressant. Écoutez, je comprends votre nervosité. À ce stade du projet, c'est normal d'être sur les nerfs. Vous êtes tout près d'y arriver. Je vous pardonne. Allons, serrons-nous la main.

Il tend une main encore couverte de boue.

— Tu mens, je dis. Sinon, comment expliques-tu que le carnet de ma sœur soit dans ton sac, là-haut ? Et que tu m'aies retrouvé à l'hôtel, puis à mon ancien appartement ?

— C'est vrai ? demande Werner.

Rolf ne répond pas. Il se retourne brusquement et se précipite vers les marches.

— Attrapez-le ! je crie. Ne le laissez pas sortir !

Andreas se jette sur lui comme un missile. Il attrape ses jambes et le projette au sol, mais Rolf lui envoie un coup de pied violent dans l'aine. Andreas s'effondre en gémissant. Rolf atteint les premières marches.

Claudia attrape un des seaux qu'elle portait.

— Prends ça ! crie-t-elle en le lançant de toutes ses forces.

Le seau s'écrase dans le dos de Rolf. Il chute lourdement sur les marches.

— Attrape-le ! je hurle à Werner.

Nous lui saisissons chacun un bras et le plaquons au sol. Même à deux, c'est comme tenter de maîtriser un crocodile. Je crains qu'il ne se libère, quand Andreas, boitant, surgit et lui abat une masse à l'arrière du crâne.

Rolf s'effondre, inconscient.

Pendant quelques secondes, personne ne parle.

Rolf gémit et tente de bouger. Je pose mon pied sur son dos pour l'immobiliser.

— Qu'est-ce qu'on va faire de lui ? demande Claudia.

Je réalise avec un frisson que tous me regardent. Sans que je m'en rende compte, je suis devenu celui qui décide.

— On va devoir l'enfermer, je dis. Jusqu'à ce que nos amis et nos familles soient sortis de Berlin-Est. On ne le maltraitera pas... mais on ne peut pas le laisser partir.

Pas maintenant.

Pas quand on est si près.

Sabine

Je décide de rendre visite à tout le monde dans l'après-midi même. Je prends le U-Bahn jusqu'à Cottbusser Platz, puis marche la courte distance jusqu'à l'immeuble de Marion Weber, où je glisse une note dans sa boîte aux lettres. Ensuite je me rends à Pankow-Heinersdorf. J'y trouve Ingrid à la maison, en train de lire une histoire à sa nièce et à son neveu. Elle a l'air soulagée de me revoir.

En début de soirée, je vais au *Theater am Schiffbauerdamm*. Je me glisse, sans me faire remarquer, par l'entrée des artistes et remets une note directement à Manfred Heilmann dans sa loge. Il joue actuellement dans une production du *Cercle de craie caucasien* de Brecht, une autre pièce qui satisfait pleinement les critères esthétiques et idéologiques du Parti communiste. Il m'offre quelques billets pour la représentation du lendemain soir, mais je décline son aimable proposition.

Je reprends le S-Bahn jusqu'à Schönhauser Allee. J'ai hâte de passer la soirée à la maison avec Brigitta et Maman.

Alors que je marche dans Stargarder Strasse, je deviens consciente du bruit d'un moteur derrière moi. Je ne me retourne pas, mais j'accélère légèrement le pas. Le moteur se rapproche, la voiture accélère à son tour. Je suis presque arrivée devant l'entrée de notre immeuble quand une Wartburg vert pâle s'arrête brusquement devant moi, sa roue avant montant sur le trottoir.

Deux hommes en sortent.

Je les reconnais immédiatement.

Chapitre 8

La prisonnière

Sabine

Il n'y a nulle part où me cacher. Je suis à moins de dix mètres de la porte de mon immeuble, mais je ne peux pas l'atteindre.

Herr Stein et son conducteur marchent vers moi, Herr Stein grand et droit, le conducteur petit et trapu. Herr Stein sourit pour lui-même. Il sait qu'il m'a eue.

— Bonjour, Fräulein Neumann, dit Herr Stein. Nous avons quelques questions à vous poser.

— À quel sujet ? je dis, essayant d'avoir l'air défiant, mais ne réussissant qu'à paraître effrayée.

— Si vous pouviez venir par ici.

Pendant cet échange avec Herr Stein, le conducteur s'est approché de moi et a saisi mon bras. Il le serre si fort que la douleur me fait grimacer.

Je me tais, sachant que discuter ne servirait à rien. Le conducteur me dirige vers la voiture. Herr Stein ouvre la portière arrière et le conducteur me pousse à l'intérieur ; je tombe sur la banquette arrière. La portière claque. Les deux hommes prennent place à l'avant et le moteur démarre.

Alors que nous nous éloignons du trottoir, je tourne la tête pour regarder l'immeuble. Frau Lange se tient dans l'embrasure de la porte, les bras croisés, observant la scène.

Je m'affaisse sur le siège et fixe mes mains qui tremblent. Je les serre en poings pour tenter de les immobiliser, mes ongles s'enfonçant durement dans mes paumes. Je n'arrive pas à croire ce qui vient de se passer. C'est un désastre. Le tunnel sera prêt dans quelques jours et me voilà arrêtée en pleine rue, emmenée.

Le seul témoin de ma situation est Frau Lange, et je ne m'attends pas à ce qu'elle rende une visite amicale à Maman et Brigitta pour leur transmettre la nouvelle.

Je regarde, hébétée, par la fenêtre tandis que Dimitroffstrasse, puis Frankfurter Allee défilent. Cette fois, je sais où ils m'emmènent : de retour au quartier général de la Stasi, à Normannenstrasse.

La voiture s'arrête devant le complexe familier de bâtiments que j'espérais ne jamais revoir. Herr Stein me fait sortir et me conduit à l'intérieur, jusqu'à une salle d'interrogatoire.

— Asseyez-vous, dit-il en désignant la chaise devant le bureau.

Je sens la colère monter en moi. J'ai envie d'attraper cette chaise en bois bon marché et de la lancer contre le mur.

— Asseyez-vous ! répète Herr Stein.

Il n'y a pas de tissu sur la chaise cette fois. Il n'en faut pas. S'ils veulent me traquer avec un chien, ils ont déjà mon odeur. Je m'assieds.

Je me raidis au son de pas courts et secs dans le couloir. Frau Biedermeier apparaît. Elle est encore plus maquillée que la dernière fois, ses sourcils arqués toujours plus haut, ses lèvres peintes d'un rouge encore plus dur. J'aurais préféré n'importe qui sauf elle.

La dernière fois que j'étais ici, je l'ai irritée en refusant de devenir informatrice pour la Stasi. Elle n'est pas payée pour oublier ce genre de choses.

Frau Biedermeier s'installe derrière le bureau, face à moi. Je peux entendre le sang battre dans mes oreilles. Elle appuie sur le bouton d'enregistrement du magnétophone, puis prononce sa première déclaration. Ce n'est pas une question.

— Fräulein Neumann, vous êtes associée à une organisation terroriste de Berlin-Ouest.

Une quoi ?

Je suis tentée de lui dire qu'elle se trompe de personne, mais l'expression de son visage me fait comprendre qu'elle est parfaitement sérieuse. Elle me fixe, attendant une réponse.

— Je suis désolée, je dis. Je ne sais pas de quoi vous parlez.

Frau Biedermeier n'est pas impressionnée.

— Allons, vous pouvez faire mieux que ça. Vous savez combien de temps ce genre de choses peut durer si vous ne coopérez pas. Le nom de Harry Hofmann vous dit-il quelque chose ?

Oh mon Dieu, pense-je. Ne me dites pas qu'elle connaît Harry. Je dois nier.

— Alors ? dit-elle. Connaissez-vous Harry Hofmann ?

— Non.

— Avez-vous jamais rencontré cet homme ?

— Non.

— Avez-vous jamais reçu des lettres de cet homme ?

— Non.

— Et si je vous disais qu'Harry a été arrêté ?

— Je ne sais pas qui il est.

Ma tête se met à tourner. Harry arrêté ? Impossible... Et pourtant. Si c'est vrai, qu'advient-il du tunnel ? J'ai reçu sa dernière lettre ce matin même. Frau Lange m'a vue la sortir de la boîte aux lettres. M'a-t-elle aussi vue la lire ? A-t-elle contacté la Stasi ?

Cette pensée me glace.

Frau Biedermeier pose une autre question, mais je ne l'entends pas.

— Pardon, je dis. C'était quoi ?

Je dois me concentrer davantage, sinon elle comprendra que quelque chose m'inquiète. Elle répète sa question.

— Avez-vous jamais tenté de vous échapper de la République démocratique allemande ?

— Bien sûr que non.

C'est un mensonge éhonté, mais je fais de mon mieux pour faire front, me forçant à la regarder droit dans les yeux. Elle détourne le regard la première, consultant sa liste de questions, et je ressens une infime victoire.

— Où est votre frère, Dieter ?

Cette victoire s'évapore instantanément. Que répondre ? Je décide qu'elle sait probablement déjà où se trouve Dieter, alors mentir ne servirait à rien.

— Il est à Berlin-Ouest.

— Exactement.

Elle affiche une satisfaction à peine dissimulée.

— Et il travaille avec Harry Hofmann.

Ce n'est pas une question.

— Je ne sais pas, je dis, tentant de bluffer. J'ai l'impression qu'elle m'attire dans un piège et que je dois avancer avec une extrême prudence, pas après pas, sous peine d'être dévorée vivante.

— Que pouvez-vous nous dire à propos d'un tunnel construit de Berlin-Ouest vers la capitale de la République démocratique allemande ?

Mon cœur manque un battement.

Elle connaît le tunnel.

S'ils ont vraiment arrêté Harry, comme elle l'affirme, a-t-il parlé ? A-t-il craqué sous la pression et tout avoué ? Il m'a toujours semblé fort, débrouillard, résistant. J'ai du mal à croire qu'il ait parlé... mais qui sait ce qu'ils lui ont fait subir ?

Je n'ai pas d'autre choix que de continuer à nier.

— Je ne sais rien d'un tunnel.

Elle jette un coup d'œil à sa liste.

— Vous écoutez la radio fasciste qui dénigre la société socialiste de la République démocratique allemande.

Je ne m'y attendais pas. Cette accusation me prend de court. Elle parle de RIAS, la radio du secteur américain, que nous écoutons parfois. Seule Frau Lange aurait pu les informer. À moins que – et mon estomac se retourne à cette pensée – ils aient placé des micros dans l'appartement et écouté toutes nos conversations.

Des perles de sueur apparaissent sur ma lèvre supérieure. Mes paumes sont moites.

— Vous écoutez la radio de Berlin-Ouest, n'est-ce pas ?

— Oui, je dis d'une voix étranglée.

— Mais c'est illégal. Vous le savez ?

— Oui.

— Alors pourquoi écoutez-vous une station interdite dans la République démocratique allemande ?

Que suis-je censée répondre ?

Parce que les stations est-allemandes ne diffusent que de la propagande ?

Parce qu'elles répètent sans cesse que les usines prospèrent et que le Mur nous protège de fascistes imaginaires ?

— Alors ? dit-elle en se penchant vers moi, les sourcils froncés.

Je hausse les épaules.

— Nous aimons simplement entendre les nouvelles de Berlin-Ouest.

— Pourquoi vous intéresseriez-vous aux nouvelles de Berlin-Ouest si vous n'aviez pas l'intention de quitter illégalement la RDA ?

Je la regarde sans expression.

— Fräulein Neumann, êtes-vous en contact avec une organisation terroriste de Berlin-Ouest, oui ou non ?

Elle est revenue à son point de départ.

Je comprends que nous allons tourner en rond pendant des heures. Ma bouche est sèche et une douleur sourde commence à battre derrière mes tempes. Dehors, la lumière décline vers le crépuscule.

Après un nouveau cycle de questions auxquelles je donne exactement les mêmes réponses qu'auparavant, Frau Biedermeier joint les doigts, m'observe longuement, comme si elle pesait une décision. Puis elle se penche légèrement en avant et appuie sur un bouton de son téléphone.

Quelques instants plus tard, la porte s'ouvre et deux gardes entrent.

— Emmenez-la, dit Frau Biedermeier.

Les gardes me saisissent chacun par un bras et me tirent brutalement sur mes pieds.

— Où est-ce que vous m'emmenez ? je demande.

— Ce n'est pas à vous de le savoir, répond Frau Biedermeier d'une voix glaciale.

Dieter

Rolf est enfermé dans un débarras de la boulangerie et Andreas monte la garde devant la porte. Werner convoque une réunion de crise avec Claudia et moi.

— Comment diable Rolf nous a-t-il trouvés ? demande-t-il.

Je leur explique comment Rolf m'a retracé en utilisant le numéro de l'hôtel noté dans le carnet de Sabine.

— Mais comment a-t-il mis la main sur son carnet ? demande Claudia.

— Je n'en sais rien, je dis, mais on dirait que la Stasi est sur la piste de Sabine, pour une raison ou une autre. Je ne vois pas laquelle.

La simple idée de la Stasi fouillant dans l'intimité de ma famille me donne la nausée. Et s'ils ont trouvé les lettres qu'Harry laissait pour Sabine ? J'espère de toutes mes forces qu'elle a eu le bon sens de les détruire.

— Merde, marmonne Werner. On est à deux doigts de finir ce tunnel et voilà que cette putain de Stasi nous infiltre.

— Rolf jure qu'il n'a encore rien transmis, je dis. J'ai aidé Andreas à le traîner jusqu'au débarras et, tout du long, il insistait sur le fait qu'il était venu directement ici après avoir parlé à Bernd. Il affirme catégoriquement que ses supérieurs à l'Est ne connaissent pas encore l'emplacement du tunnel.

— On ne peut pas lui faire confiance, tranche Werner. Si on le laisse sortir, il retournera immédiatement à Berlin-Est et leur dira tout. Il doit rester là où il est, pour l'instant.

— Et maintenant, qu'est-ce qu'on fait ? je demande.

— On continue à creuser, dit Claudia. Qu'est-ce qu'on peut faire d'autre ?

Alors Werner et moi retournons à la face du tunnel et Claudia s'efforce d'évacuer les seaux de gravats. Mais le cœur n'y est plus et l'avancée est péniblement lente. À la fin de la journée, nous n'avons progressé que d'un demi-mètre.

C'est seulement à ce moment-là que nous réalisons qu'Harry n'est pas revenu de Berlin-Est.

Sabine

Les gardes me font sortir de la salle d'interrogatoire. Ils sont tous les deux armés de fusils. Ils m'emmènent à l'extérieur. Un fourgon est garé à proximité. Je suis surprise de le voir ici à cette heure de la nuit, car, d'après l'inscription sur le flanc, il s'agit d'un fourgon de livraison de pain.

Nous nous dirigeons vers le véhicule et je me demande ce qui se passe lorsque, soudain, les gardes me soulèvent et me poussent par une porte latérale ouverte.

Il fait sombre à l'intérieur, mais il y a juste assez de lumière venant de dehors pour que je comprenne qu'il ne s'agit pas d'un fourgon de livraison ordinaire. Un couloir étroit court au centre, flanqué de cinq cellules minuscules : trois d'un côté, deux de l'autre, chacune munie de sa propre porte. Deux d'entre elles sont déjà verrouillées.

Les gardes me poussent dans l'une des cellules vides et me forcent à m'asseoir sur un banc de bois étroit. Il n'y a pas assez de place pour se tenir debout. Ils claquent la porte et la verrouillent de l'extérieur. L'obscurité m'engloutit.

— Non ! je crie en frappant la porte de mes mains.

— Taisez-vous ! crie l'un des gardes.

Je me recroqueville sur moi-même, trop effrayée pour bouger. Où diable m'emmènent-ils ? Et qui se trouve dans les autres cellules ? Je me demande si l'un d'eux est Harry.

Des ordres sont aboyés. Puis la porte arrière du fourgon claque et le moteur s'ébroue. J'agrippe le bord du banc et ferme les yeux. De toute façon, il fait noir comme dans un four.

Le véhicule démarre brusquement et je suis projetée sur le côté, me cognant la tête contre la paroi métallique. Je n'ai aucune idée de notre destination.

Après une vingtaine de minutes de cahots, d'être ballottée d'un côté à l'autre à chaque virage, nous nous arrêtons. De nouveaux cris. Des ordres. Puis un grincement métallique, le bruit de lourds portails qui s'ouvrent. Le fourgon repart, tourne brusquement à gauche. Je tends les mains pour me stabiliser.

Nous nous arrêtons de nouveau. Le véhicule recule sur quelques mètres. Le moteur s'éteint.

Je reste immobile, à l'écoute.

Les cellules sont ouvertes l'une après l'autre. Les détenus en sont extraits. Je retiens ma respiration.

Des pas s'arrêtent devant ma porte. Le verrou glisse. La porte s'ouvre et deux paires de mains puissantes me tirent brutalement sur mes pieds. Les gardes me poussent hors du fourgon. J'essaie de comprendre où nous sommes, mais le véhicule est garé dans une aire de chargement à l'intérieur d'un bâtiment. Je n'ai aucune idée de ce qui se trouve au-delà. Quelque part, un chien aboie.

Ils m'entraînent dans un long couloir au sol de linoléum. De chaque côté, des portes lourdes peintes en gris, espacées d'environ deux mètres. On m'arrête devant l'une d'elles. Un garde l'ouvre, l'autre me pousse à l'intérieur.

La porte se referme derrière moi. Elle est verrouillée.

Dieter

Il est plus de minuit et Harry n'est toujours pas revenu. Quelque chose ne va définitivement pas – je le lis sur les visages de Werner et de Claudia.

Malgré toute la bravade et la nonchalance qu'Harry aime afficher, il vient toujours nous prévenir qu'il est rentré sain et sauf, se vantant ensuite de ses exploits. Nous sommes son public, et il aime nos applaudissements. Il rit toujours, après coup, des contrôles tatillons menés à Checkpoint Charlie par les gardes-frontières au visage pincé.

Mais s'il avait traversé une fois de trop à leur goût, éveillant leurs soupçons ?

Quelqu'un l'a-t-il suivi jusqu'à Stargarder Strasse ?

Quelqu'un l'a-t-il vu parler à Sabine ?

Plus j'y pense, plus mes pensées s'emballent, jusqu'à ce que j'imagine toutes sortes de scénarios. Comment savoir si Sabine va bien ? N'importe quoi aurait pu lui arriver.

— Alors, qu'est-ce qui se passe maintenant ? je demande.

Je suis assis à la table de la cuisine avec Werner et Claudia. Werner tape compulsivement son crayon contre le bois tout en faisant semblant de réviser les plans. Son visage est fermé, tiré dans un froncement tendu, et de profonds cernes marquent ses yeux. Aucun de nous n'a beaucoup dormi ces derniers temps. Claudia fixe une tasse de café à moitié bue et se ronge les ongles.

— Il faut qu'on envisage le pire, dit Werner en repoussant les plans et en jetant le crayon.

— Qu'il a été arrêté et qu'il est interrogé par la Stasi ?

Werner hoche la tête.

— S'ils l'ont arrêté, c'est qu'ils le soupçonnent d'aider des gens à s'échapper de Berlin-Est. C'est la seule chose qui les obsède : garder leurs citoyens enfermés. L'apparition de Rolf et la disparition d'Harry sont forcément liées d'une manière ou d'une autre. Mais si Rolf dit la vérité, la Stasi ne connaît pas encore l'emplacement du tunnel. Ils vont sans doute essayer d'extorquer cette information à Harry – et bien sûr, il niera toute connaissance d'un tunnel.

— Mais qu'est-ce qu'ils vont lui faire pour essayer de lui soutirer ces informations ? demande Claudia. Elle est au bord des larmes.

— Ça, je préférerais ne pas y penser, répond Werner. Ils ne sont pas réputés pour leurs méthodes douces.

— Merde ! lâche Claudia en se détournant.

C'est un cauchemar. Nous sommes si près de percer de l'autre côté, si près d'atteindre notre but – et pourtant tout pourrait s'effondrer à la dernière minute.

Je me tourne vers Werner.

— Qu'est-ce que tu proposes qu'on fasse ?

— Je dis qu'on continue à creuser, mais avec une extrême prudence. Si la Stasi découvre l'emplacement du tunnel, ils grouilleront sur Bernauer Strasse et Schönholzer Strasse comme des mouches. Mais on les verra d'abord depuis le toit.

Claudia se retourne vers lui, les yeux rouges et gonflés.

— Sans Harry, on n'a plus personne capable de traverser légalement à Berlin-Est par les checkpoints.

— Non, dit Werner. Désormais, notre seul accès à Berlin-Est, c'est le tunnel. Et si – *si* – nous parvenons à déboucher de l'autre côté sans être découverts, alors l'un de nous devra passer par le tunnel et rencontrer les fuyards là-bas.

Sabine

— Non ! je crie, ma voix résonnant contre les surfaces dures de la cellule. Je frappe la porte de mes poings, criant encore, mais personne ne vient. C'est inutile. Je resterai ici jusqu'à ce qu'on m'appelle pour un interrogatoire.

— Connards !

S'ils peuvent m'entendre, ils m'ignorent.

Je me détourne de la porte. Ils peuvent m'observer à travers le judas quand ils le veulent, et s'ils me voient devenir violente, ils me jetteront dans une cellule capitonnée et me laisseront là à pourrir. Alors je prends une profonde inspiration et essaie de me ressaisir.

La lumière filtre à travers la fenêtre en briques de verre, éclairée par des projecteurs extérieurs. Il y a un banc de bois étroit avec une couverture, des toilettes et un lavabo. La peinture grise s'écaille des murs.

Je ne sais pas où ils m'ont amenée, mais cela doit être un endroit sûr – caché des gens ordinaires. Je pense à Matthias et Joachim, les garçons qui ont défiguré les portraits dans la classe de Herr Schmidt, et je me demande s'ils ont fini ici. Peut-être qu'ils sont encore quelque part dans ce bâtiment, enfermés loin du monde.

Et s'ils ne me laissent jamais sortir ?

Mon pouls s'accélère et je me surprends à haleter.

Je vais rater la date de l'évasion vers Berlin-Ouest.

Je me vois dans des années, enfermée ici, transformée en vieille folle qui ne se souvient plus de rien. Je commence à faire les cent pas dans la cellule.

Elle est minuscule.

Je me sens comme un animal en cage.

Je m'arrête et me force à me calmer.

Je me concentre sur ma respiration, essayant consciemment de la ralentir. Je pense à Maman et à Brigitta. Pour elles, je dois rester saine d'esprit. Il est très tard – ou très tôt – et je devrais essayer de dormir un peu.

Je vais vers le banc et m'assieds prudemment sur le bord. Quand personne ne me crie de me lever, j'essaie de m'allonger. C'est la surface la plus inconfortable sur laquelle je me sois jamais allongée. Mais je suis épuisée et j'ai besoin de repos si je veux supporter un nouvel interrogatoire. Je tire la couverture de laine rugueuse sur moi et ferme les yeux, aspirant à l'oubli du sommeil.

On me tire d'un puits profond et sombre.

J'essaie de résister, mais des mains rugueuses me retiennent. Elles me forcent à m'asseoir, puis à me lever. La lumière dure et crue s'allume dans la cellule, et mes yeux clignent sous l'éblouissement. Il fait encore sombre dehors – ce n'est pas encore le matin. Je frissonne, désorientée.

Les gardes me font sortir de la cellule et m'entraînent dans des couloirs qui se ressemblent tous.

Ils m'emmènent dans une salle d'interrogatoire et m'ordonnent de m'asseoir sur un petit tabouret en bois, dans un coin. Le seul autre meuble est un grand bureau et une chaise confortable – celle de mon interrogateur. Je suis si fatiguée que je m'effondre sur le tabouret et me penche en avant, les bras sur les genoux.

— Tenez-vous droite ! crie l'un des gardes.

Puis l'interrogateur entre.

Ce n'est pas Frau Biedermeier cette fois.

C'est un vieil homme, aux cheveux gris clairsemés peignés en arrière, portant de lourdes lunettes à monture noire dont les verres grossissent ses yeux de façon grotesque par rapport au reste de son visage émacié. Il sent la nicotine rance. L'un des gardes s'adresse à lui en l'appelant Herr Schulz.

Il s'installe dans la chaise confortable derrière le bureau et m'observe à travers ses verres épais. Quand il ouvre la bouche pour parler, je vois que ses dents sont tachées de jaune et de brun.

— Aimez-vous les pièces de Bertolt Brecht ? demande-t-il d'une voix râpeuse, usée par des années de tabagisme excessif.

Sa question me prend complètement par surprise. Je ne m'attendais pas à une discussion sur la culture allemande. J'ai néanmoins assez de présence d'esprit pour me souvenir que Brecht est apprécié par le Parti communiste, alors je marmonne quelque chose de vaguement positif.

— Alors pourquoi n'êtes-vous pas restée au théâtre pour assister à la seconde partie de la première de *Mère Courage et ses enfants* ?

Ah.

Voilà donc de quoi il s'agit.

— Je ne me sentais pas bien ce soir-là, je mens. C'est pour ça que j'ai dû rentrer tôt. J'étais désolée de rater le deuxième acte.

— Mais vous vous êtes suffisamment remise de votre maladie pour retourner à l'école lundi, puis prendre le train jusqu'à Biesdorf-Süd, où vous avez rencontré Marion Weber.

Merde, je pense. *Ils savent tout sur moi.*

— Marion est une vieille amie, je dis.

Je crains qu'il ne commence à me demander depuis combien de temps je la connais, mais, qu'il me croie ou non, il laisse tomber le sujet.

— En parlant de vieilles amies, dit Herr Schulz en se penchant par-dessus le bureau, étirant la chair flasque de son cou, l'un de vos amis a été abattu en tentant de franchir le Mur, n'est-ce pas exact ?

Mes yeux me brûlent à la mention de Hans et une boule se forme dans ma gorge. Je baisse les yeux vers mes mains, refusant de croiser son regard. J'ai envie de crier à cet homme répugnant qu'il n'a pas le droit de prononcer son nom, mais ma voix se bloque. Quand j'essaie de parler, aucun son ne sort.

Herr Schulz continue, imperturbable.

— Nommément Hans Fischer. Il est mort et n'est d'aucune utilité pour nos enquêtes. Mais nous avons de bonnes raisons de croire qu'il était en contact avec un réseau fournissant de faux papiers d'identité. Nous pensons que sa mère s'est échappée de cette manière. Que savez-vous de cela ?

Je secoue la tête. Une larme tombe sur mes genoux.

— Fräulein Neumann, insiste Herr Schulz, sa voix montant d'un cran, que savez-vous de la fourniture de faux papiers d'identité ?

Je me force à lever les yeux.

— Rien.

— Et une organisation terroriste de Berlin-Ouest ? Êtes-vous en contact avec un tel groupe ?

— Non.

— Connaissez-vous Harry Hofmann ?

— Non.

— Existe-t-il un tunnel creusé de Berlin-Ouest vers la capitale de la République démocratique allemande ?

— Non.

Je réponds mécaniquement, comme un automate.

— Quelle était la nature de la maladie qui vous a empêchée de rester pour assister à la seconde partie de *Mère Courage et ses enfants* ?

Nous voilà revenus au point de départ.

Je sais par expérience que ces gens sont infatigables. Ce n'était que le premier tour de questions. Dieu sait combien d'autres suivront. Mon dos me fait souffrir à force d'être assise sur le tabouret, et par moments ma tête bascule en avant. Je dois me forcer à garder les yeux ouverts.

Finalement, on me ramène à la cellule.

Je m'effondre sur le banc dans un état second et tombe dans un sommeil agité. Je rêve que je suis poursuivie dans un tunnel noir. Derrière moi, un garde-frontière armé d'un pistolet, accompagné d'un chien qui aboie. À l'autre extrémité du tunnel, Herr Schulz et Frau Biedermeier m'attendent pour m'attraper. Hans m'appelle. Puis je tombe, dégringolant dans le vide noir, et je heurte le sol dans un bruit sourd.

Je me réveille.

La lumière de la cellule est allumée, transperçant mes rétines. Personne n'est entré ; la lumière doit être commandée par une minuterie. Je ferme les yeux de toutes mes forces, essayant d'ignorer l'éclat cruel de l'ampoule nue. Puis un garde frappe à la porte et me crie de me réveiller. Il fait jour.

Je lutte pour me redresser en position assise. J'ai l'impression d'avoir la tête remplie de gravats bombardés. À travers la fenêtre, une lueur pâle annonce le petit matin.

Le petit déjeuner arrive par la trappe de la porte de la cellule : un petit pain et une tasse d'eau. Je n'y touche pas.

Je n'ai jamais été aussi misérable de toute ma vie.

Dieter

Je ne sais pas si c'est à cause de la disparition d'Harry ou de la menace que représentent Rolf et la Stasi, mais lorsque je rejoins l'équipe dans la cave le lendemain matin, je sens une détermination renouvelée.

— Sois très vigilante, dit Werner à Claudia, qui se prépare à monter sur le toit. Signale immédiatement toute manœuvre inhabituelle des gardes-frontières. Si tu vois quelqu'un rôder dans Schönholzer Strasse, préviens-nous tout de suite.

— D'accord, dit Claudia en montant les marches de la cave à toute vitesse.

Werner se tourne ensuite vers moi.

— Bon, j'ai envoyé Thomas acheter un cadenas solide, pour qu'il n'y ait aucune chance que Rolf s'échappe du débarras. En attendant, Andreas le surveille. Ce matin, c'est donc juste toi et moi dans le tunnel.

— Ça va, je dis.

Je suis surtout soulagé que Rolf soit toujours sous clé, et je ne me sens absolument pas coupable à ce sujet. Ce n'est pas comme s'il était mal traité : il a un matelas, quelques couvertures, et suffisamment de nourriture et d'eau pour tenir plusieurs jours. En fait, il mange probablement mieux comme notre prisonnier qu'il ne le faisait comme citoyen de Berlin-Est. Il devrait presque s'estimer heureux.

— Tu veux creuser ou déblayer et étayer ? demande Werner.

— Je vais creuser, je dis, en prenant une pelle et en me penchant au-dessus du bord du puits.

Je descends l'échelle, saute le dernier mètre et m'engage dans le tunnel. J'ai fait ce trajet si souvent que marcher plié en deux est devenu presque naturel. J'ai développé une technique, genoux fléchis, pour réduire la tension dans le bas du dos. En avançant, je vérifie machinalement que les étais en bois tiennent bien et qu'il n'y a pas de zones humides susceptibles de nous inquiéter.

Le sol est devenu lisse à force d'allers-retours de bottes. L'odeur de moisi ne me dérange plus. Le système de ventilation installé par Werner fonctionne correctement. Une fois le tunnel ouvert aux deux extrémités, la circulation de l'air sera meilleure encore, et le passage sera plus sûr pour les fuyards.

J'atteins la face du tunnel et me mets au travail. J'ai découvert que m'allonger sur le dos et utiliser mes jambes pour pousser la pelle dans la terre est la méthode la plus efficace dans cet espace exigu. En peu de temps, je remplis une demi-douzaine de seaux.

Werner arrive avec des planches et commence à étayer la section nouvellement creusée. Je continue à attaquer le sol à la pelle pendant qu'il enfonce des clous à coups de marteau. Nous ne parlons pas, mais je sais exactement ce qu'il pense.

Le travail physique fait du bien. Il aide à repousser l'angoisse liée à l'absence d'Harry, au fait qu'il n'est toujours pas revenu. Ici, dans le tunnel, nous avons à nouveau l'impression de maîtriser quelque chose.

À onze heures, Thomas et Andreas nous rejoignent. Andreas nous adresse un signe de pouce levé : Rolf est solidement enfermé. Personne ne parle à voix haute, par crainte d'être entendu par les gardes dans la rue au-dessus.

À midi, les progrès sont tels que Werner nous fait signe de faire une pause pendant qu'il calcule la distance entre le puits vertical et la face du tunnel. Depuis le début, il mesure soigneusement chaque mètre, notant les distances sur les planches servant à étayer le toit et les parois.

Il sort son mètre ruban de sa poche et me tend l'extrémité pendant qu'il repart vers l'arrière du tunnel, jusqu'au repère des cent mètres, déroulant le ruban derrière lui. Lorsqu'il revient vers nous, un large sourire éclaire son visage.

Nous avons creusé cent dix mètres en ligne horizontale.

Il est temps de commencer à creuser vers le haut, en direction de la surface.

Sabine

J'attends que quelque chose se passe, mais rien n'arrive. Je suis laissée à l'isolement. Finalement, je mange le pain et bois l'eau. J'ai besoin de garder mes forces, et cela aide aussi à faire passer le temps. De temps en temps, j'entends le cliquetis d'une porte de cellule qui s'ouvre et se referme dans le couloir, le bruit sourd de pas, des voix qui crient. Mais personne ne vient à ma cellule, sauf pour m'apporter de la nourriture – une soupe claire à midi et un ragoût de pommes de terre le soir. Chaque fois que je m'allonge pour me reposer, quelqu'un frappe à la porte et m'ordonne de me lever.

Finalement, les lumières s'éteignent et je prends cela pour un signe qu'il est temps de dormir. Je m'allonge et ferme les yeux.

Je ne sais pas combien de temps je dors, mais ce n'est pas assez. Avant même de m'en rendre compte, on me secoue pour me réveiller et on me fait marcher de nouveau jusqu'à la salle d'interrogatoire. Herr Schulz est déjà là, m'attendant. On me fait asseoir sur le tabouret et nous reprenons exactement le même manège que la nuit précédente.

Il répète ses questions sur la pièce de Brecht, sur Marion Weber, sur les faux papiers d'identité et, plus inquiétant que tout le reste, sur le tunnel.

Je n'arrive pas à comprendre ce qu'il sait réellement du tunnel : s'il en connaît l'emplacement ou s'il n'a qu'un simple soupçon. Je nie tout. Mais le manque de sommeil me rend irritable et abattue. Ce n'est que lorsque je tombe du tabouret et m'effondre sur le sol qu'ils me ramènent à la cellule et me jettent sur le banc. Je me recroqueville en position fœtale et pleure jusqu'à m'endormir.

Dieter

Je frappe la terre, me couvrant de pierres et de gravats. Nous creusons vers le haut, à un angle de trente degrés. Si Werner a fait ses calculs correctement, nous devrions déboucher dans la cave du numéro 17 de la Schönholzer Strasse. Même si je n'ai pas fait de pause depuis presque quatre heures, je continue à travailler avec une énergie renouvelée, porté par la pensée d'atteindre enfin l'autre côté.

Werner et Claudia reviennent tous les deux avec des seaux vides. Ils s'accroupissent au bas de la pente tandis que je pousse la pelle vers le haut. La lame tranche le sol sec et sablonneux et, soudain, la terre au-dessus de moi commence à bouger.

— Attention ! chuchote Werner.

Je me plaque contre la paroi du conduit et protège mon visage avec mes bras tandis qu'une motte de terre se détache et dévale la pente, m'aspergeant de gravier et de poussière. Quand la terre se tasse, j'ouvre les yeux et regarde vers le haut. J'ai du mal à croire ce que je vois. Il y a un trou, à peu près de la taille de la main d'un homme, et au-dessus... du vide.

Je regarde vers le bas, où Werner et Claudia sont toujours accroupis. Personne ne parle, mais je lis le triomphe dans leurs yeux.

Werner grimpe la pente pour me rejoindre. À mains nues, nous élargissons le trou jusqu'à ce que je puisse y passer la tête. Nous avons débouché dans le coin d'une grande cave voûtée : des bunkers à charbon longent un mur, il y a une pile de caisses en bois vides et, au fond, un escalier. En hauteur, une rangée de petites fenêtres à barreaux, au niveau de la rue, laisse entrer juste assez de lumière pour distinguer les formes. Il n'y a personne.

Je baisse la tête et fais un signe de pouce levé aux autres pour leur indiquer que tout va bien. Puis, en travaillant aussi silencieusement que possible, nous élargissons encore le trou jusqu'à ce qu'il soit assez grand pour s'y faufiler. Werner passe le premier, puis j'aide Claudia à passer, et je ferme la marche.

C'est étrange d'avoir enfin atteint l'autre côté, de se tenir debout en territoire ennemi. Nous avançons en silence, en prenant soin de rester à distance des fenêtres. Ici, à l'Est, nous ne sommes pas en sécurité ; chaque pas compte.

Un bruit retentit dehors, près des fenêtres à barreaux. Des bottes. Des voix. Nous nous plaquons dans l'ombre tandis que deux paires de pieds bottés passent devant les fenêtres. Des gardes-frontières patrouillent dans la rue. Ils s'arrêtent un instant devant notre bâtiment. Je suis persuadé qu'ils savent que nous sommes là. Je me tiens prêt à replonger dans le tunnel, mais les soldats reprennent leur marche. Nous laissons tous échapper un soupir de soulagement.

Werner m'indique d'un geste qu'il va monter l'escalier de la cave et essayer la porte. Il ouvre la voie et nous le suivons sur la pointe des pieds. Les marches en bois sont vieilles et branlantes ; l'une d'elles émet un craquement sec et inquiétant, comme un avertissement. Heureusement, la porte en haut n'est pas verrouillée : elle donne sur le hall d'entrée de l'immeuble. S'il restait un doute sur notre position, le décor terne et le sol en linoléum confirment que nous sommes bien à Berlin-Est.

Nous nous immobilisons, à l'écoute du moindre signe de vie. À l'étage, une porte se ferme, puis le silence retombe. L'immeuble est encore habité.

— Restez là, chuchote Werner.

Il traverse le couloir jusqu'à la porte donnant sur la rue. C'est une lourde double porte en bois, à la peinture écaillée, avec une poignée en fer forgé. Werner appuie sur la poignée. Elle grince bruyamment. Il entrouvre la porte d'une fraction, puis la referme aussitôt. Il nous fait un signe de pouce levé : la porte n'est pas verrouillée. Les fuyards pourront entrer dans l'immeuble.

Werner se hâte de revenir vers la porte de la cave.

— On devrait partir maintenant.

Claudia et moi acquiesçons. Il n'y a rien de plus à faire aujourd'hui. Nous retournons dans la cave et tirons quelques caisses en bois pour dissimuler l'ouverture dans le sol. Puis nous nous glissons de nouveau dans le conduit, en ramenant les caisses derrière nous.

Quand nous atteignons la boulangerie, nous sommes euphoriques, même si nous n'avons encore sauvé personne. Nous montons l'escalier jusqu'à la cuisine en riant et en parlant à voix basse. Je pousse la porte... et je m'arrête net.

Une silhouette est assise sur l'une des chaises, affalée contre la table, une bouteille de bière à la main. Au son de nos voix, elle remue et lève la tête.

C'est Harry – et il est méconnaissable.

Sabine

La lumière s'allume brusquement et deux gardes me tirent en position assise. Des vagues de fatigue m'engloutissent. Je ferme les yeux très fort et tente de résister, mais ils me hissent de force sur mes pieds. Ils ne me laissent jamais dormir plus de deux heures d'affilée.

— Non... je gémis. Tout ce que je veux, c'est dormir.

Un des gardes me frappe au visage. Je bascule en arrière et me cogne la tête contre le mur. Une douleur fulgurante m'arrache un cri.

— Voilà ce que tu gagnes à désobéir, crie-t-il.

Je me recroqueville contre le mur, les bras levés pour protéger ma tête.

— Lève-toi ! hurle l'autre garde.

Quand je ne réagis pas, ils me saisissent chacun par un bras et me remettent debout. Ma tête tourne et une nausée violente me monte à la gorge.

Ils me traînent dans le couloir et me ramènent à la salle d'interrogatoire. Même dans mon état embrumé, je remarque que je ne croise jamais d'autres prisonniers. Comme j'aimerais voir un autre visage, quelqu'un dans la même situation que moi, échanger ne serait-ce qu'un regard de compréhension. Mais nous sommes maintenus strictement isolés, seuls, enfermés dans la peur.

Nous arrivons dans la salle d'interrogatoire. Un des gardes m'ordonne de m'asseoir sur une chaise près du bureau. Quel luxe, me dis-je avec une ironie amère : une chaise, et non plus un tabouret dans un coin. J'attends l'arrivée de Herr Schulz.

Je sens l'odeur de nicotine rance avant même de le voir. Il entre et s'installe en face de moi. Il ne me regarde pas ; derrière ses lunettes opaques, je suis incapable de deviner son expression.

Je m'attends au rituel habituel, à la litanie de questions. Mais au lieu de cela, il fait glisser une feuille de papier vers moi, de l'autre côté du bureau. Mes yeux me brûlent et j'ai du mal à garder la tête droite, mais je reconnais aussitôt les mots imprimés.

Inoffizieller Mitarbeiter.

Il veut que je devienne collaboratrice non officielle.

Dieter

Claudia se précipite vers Harry et jette ses bras autour de lui. Il grimace de douleur et elle s'écarte aussitôt.

— Désolée, dit-elle. Je ne voulais pas te faire mal.

— Qu'est-ce qui s'est passé, bon sang ? demande Werner. On s'est fait un sang d'encre pour toi.

Harry nous regarde avec des yeux hantés. Il a un bleu sur la pommette gauche et une lèvre fendue. Sa mâchoire est couverte de barbe et ses cheveux sont emmêlés. Une vilaine marque rouge barre le dos de sa main droite. Il n'a pas l'air d'avoir envie de parler.

Claudia disparaît dans une des chambres et revient avec un paquet de coton et une bouteille de lotion antiseptique. Elle insiste pour nettoyer ses coupures et ses bleus, même s'il essaie de l'écarter. Je mets la bouilloire en marche et nous prépare à tous un café très fort.

Le café aide à délier la langue d'Harry, mais il refuse toujours d'entrer dans les détails.

— Laissez-moi vous dire une chose, dit-il. Ces types ont des installations d'interrogatoire dont Hitler aurait été fier. Ils savent exactement comment pousser un homme au désespoir pour lui faire dire tout ce qu'ils veulent entendre. Mais je ne leur ai rien dit.

— C'est bien, je dis. Mais pourquoi t'ont-ils arrêté en premier lieu ?

Il hausse les épaules.

— Peut-être que je suis passé au checkpoint une fois de trop et qu'ils sont devenus méfiants. D'abord ils m'ont accusé de faire partie d'un réseau d'Occidentaux fournissant de faux papiers d'identité à leurs citoyens. Puis ils ont essayé de me faire croire qu'ils avaient découvert le tunnel. Je savais qu'ils bluffaient, qu'ils cherchaient juste à me faire craquer pour que je révèle quelque chose sur son emplacement. Mais ils ne pouvaient rien prouver, alors à la fin ils ont dû me relâcher. Et le plus important, je ne leur ai rien dit.

Pendant un instant, il a l'air presque fier de lui. Puis son visage s'assombrit de nouveau.

— Mais on a un énorme problème maintenant.

Il se penche en avant et enfouit son front dans sa main.

— Je ne peux plus jamais retourner là-bas. S'ils m'attrapent encore une fois, ils m'enfermeront et jetteront la clé. Je ne peux pas retourner donner les instructions finales à Sabine et je ne peux plus faire le courrier la nuit de l'évasion. J'ai tout foutu en l'air. Je suis désolé.

Nous le regardons en silence. C'est un homme brisé, son rêve de sauver tant de gens réduit en miettes.

— De quoi tu parles ? je crie. Tu n'as rien foutu en l'air. Ce n'est pas parce qu'il n'y a plus personne pour passer par le checkpoint que tout est fini. Harry, regarde-moi. Nous avons creusé le tunnel. Nous avons atteint l'autre côté. Le courrier passera par le tunnel.

Harry me regarde d'un air hébété, comme s'il avait du mal à assimiler ce que je dis.

— Quand tu es revenu, je continue plus lentement, nous n'étions pas là parce que nous étions à Schönholzer Strasse. Harry, on va sauver nos amis et notre famille de Berlin-Est. Et on va montrer au gouvernement est-allemand qu'ils ne peuvent pas garder leur peuple prisonnier derrière un mur.

Pour la première fois, un sourire traverse son visage.

— Oui, dit-il. Oui ! On va battre ces salauds quand même.

Sabine

Ce serait si facile de signer. Tout ce que j'ai à faire, c'est prendre un stylo et écrire ma signature au bas du formulaire. Herr Schulz parle plus doucement qu'il ne l'a jamais fait auparavant.

Si je signe, je peux dormir aussi longtemps que je veux ; je peux être libérée ; je peux revoir ma famille. Ne veux-je pas revoir ma mère et ma sœur ? Elles doivent être si inquiètes pour moi.

Il pousse un stylo à travers le bureau vers moi. C'est un stylo-plume argenté, avec une plume brillante. Il est magnifique. J'aimerais posséder un tel stylo. Je veux le toucher, mais mon bras est lourd, lent à bouger.

Herr Schulz prend le stylo et le place dans ma main droite. Puis il pointe le papier et dit :

— Sois une bonne fille et signe juste ici, veux-tu ? C'est tout ce que tu as à faire.

Je regarde le stylo dans ma main, sentant son poids. C'est un instrument de grande qualité. Il écrirait sûrement magnifiquement, la plume glissant sur le papier, l'encre coulant sans accrocs. Puis je regarde la feuille posée devant moi sur le bureau. Je suis trop fatiguée pour lire tout ce qu'elle contient. Je vois les mots *amis* et *famille,* et ma tête commence à tourner. Je veux revoir mes amis et ma famille. Je veux revoir Brigitta, Maman, Astrid et—

J'essaie de me concentrer sur le texte. J'ai perdu l'endroit où apparaissaient les mots *amis* et *famille*. Je parcours le document des yeux, cherchant ces mots rassurants. Herr Schulz s'éclaircit la gorge. Où sont-ils ?

— Ne t'inquiète pas de tout lire maintenant, dit Herr Schulz. Tu pourras le faire plus tard. Signe juste ici.

Il pointe le bas de la page.

Je continue à chercher les mots que j'ai vus un instant plus tôt. Et soudain je les retrouve. Mais maintenant je les vois dans leur contexte.

Si je signe ce papier, j'accepte d'informer sur mes amis et ma famille et de rapporter toutes les informations à la Stasi.

Herr Schulz pousse le document vers moi avec un doigt jauni par la nicotine. Je lève les yeux vers ses lunettes noires à monture épaisse. Les verres sont si puissants que ses yeux y paraissent déformés. Je ne vois rien d'humain derrière eux.

Je sens le stylo dans ma main. Ce n'est plus un objet de beauté, mais quelque chose de diabolique ; un instrument avec lequel j'ai failli trahir les gens que j'aime. Je lève le bras, haut au-dessus de ma tête, et je lance le stylo contre le mur.

L'encre noire éclabousse, giclant jusque sur le sommet du crâne de Herr Schulz.

Une main me frappe par-derrière. Je bascule de la chaise et m'effondre lourdement sur le sol.

Dieter

Il est temps pour moi d'aller à Berlin-Est. Je dois remettre à Sabine les instructions finales concernant la date et l'heure de l'évasion. Elle pourra ensuite transmettre l'information aux autres. Nous avons attendu la nuit, mais je suis nerveux à propos de cette mission. J'ai une lettre d'Harry cachée dans une poche intérieure. J'attends dans la cave avec Werner et Claudia jusqu'à ce qu'Andreas, posté sur le toit, me donne le feu vert.

Il y a un grésillement dans l'équipement radio, puis la voix d'Andreas arrive.

— Aucune activité inhabituelle de l'autre côté.

Parfait. Juste les gardes-frontières habituels, avec leurs fusils. Rien d'inquiétant.

Je porte un pantalon noir et Werner me tend un pull noir que j'enfile. J'ai l'impression d'être un cambrioleur sur le point de s'introduire chez quelqu'un, alors que je ne fais que traverser d'un côté de la ville à l'autre. Il se trouve simplement que c'est illégal – et que, si je me fais prendre, je finirai en prison, peut-être même condamné à mort.

Claudia me serre dans ses bras.

— Prends soin de toi.

— Ne t'inquiète pas, je réponds. C'est exactement ce que j'ai l'intention de faire.

C'est logique que ce soit moi qui m'en charge : je connais par cœur les rues entre Schönholzer Strasse, où débouche le tunnel, et Stargarder Strasse, où j'ai grandi. Je sais quelles rues secondaires emprunter et lesquelles éviter parce qu'elles sont plus fréquentées. Pourtant, je n'y suis pas retourné depuis longtemps. Pas depuis que le Mur s'est dressé. Et ça m'inquiète. Pas seulement à cause des gardes-frontières, mais à cause de la façon dont la ville a pu changer.

Je descends par le puits vertical jusqu'à l'entrée du tunnel.

— Bonne chance, lance Werner quand j'atteins le fond.

Je m'engage dans le tunnel.

Il faut environ cinq minutes pour atteindre l'autre extrémité, en marchant courbé. J'aurais aimé qu'on puisse le creuser plus haut, mais nous y serions encore si nous l'avions fait. J'espère simplement que ceux qui devront l'emprunter ont encore assez de souplesse dans les genoux et le dos.

Je rampe dans la pente au bout du tunnel et pousse les caisses qui dissimulent l'ouverture. Puis je me hisse dans la cave et remets les caisses en place, en m'efforçant de ne faire aucun bruit.

Je m'époussette, puis j'observe les fenêtres au niveau de la rue, m'attendant à voir une paire de bottes noires immobiles dehors. Mais la rue devant la maison est déserte. Je monte les marches de la cave et ouvre la porte donnant sur le couloir. Le bâtiment est silencieux. Je profite de l'occasion et me glisse dehors, dans Schönholzer Strasse.

À ma gauche, à moins de vingt mètres, s'étend la large avenue de Brunnenstrasse. Au moment où je m'arrête, un camion transportant des soldats descend Brunnenstrasse en direction du Mur. Je me retourne aussitôt et marche rapidement dans la direction opposée, la tête baissée, aux aguets, guettant le moindre bruit de pas derrière moi.

Je reste dans les rues secondaires, ne croisant presque personne, à part parfois un vieil homme rentrant du bistrot du coin. Une Trabant passe. Au grand carrefour de Schönhauser Allee, j'attends qu'une Wartburg traverse avant de m'engager. Je résiste à l'envie de courir et m'efforce d'avoir l'air d'un jeune Berlinois de l'Est ordinaire rentrant chez lui. Mais si un agent de la Stasi m'arrête et me demande mes papiers, je suis fini.

Je me hâte dans Pappelallee, puis tourne dans Stargarder Strasse. En quelques minutes, je me tiens devant l'immeuble où j'ai grandi. Ma maison. Enfin... ce qui était ma maison. À présent, l'endroit me semble dangereux, parce que c'est ici que j'ai le plus de chances d'être reconnu.

J'entre et suis frappé par le silence de l'immeuble. La famille Mann, bien sûr, n'est plus là. Je commence à monter les escaliers, sachant que je dois passer devant la porte de Frau Lange sans qu'elle me voie. Herr Schiller, je peux lui faire confiance. Mais Frau Lange, jamais.

Aucun bruit ne vient de l'appartement de Herr Schiller, ce qui me paraît étrange : il aimait toujours écouter la radio et faire frire du chou. Mais je n'ai pas le temps de m'y attarder.

Je monte les dernières marches en courant jusqu'au dernier étage et frappe à la porte.

J'ai hâte de voir leurs visages quand elles verront qui c'est.

La porte s'ouvre et je me retrouve face à une femme que je reconnais à peine.

Les cheveux de Maman sont devenus presque entièrement gris et de profonds cernes soulignent ses yeux. Sa bouche est tirée en une ligne dure et sa peau a l'air pâle et amaigrie.

Il lui faut aussi un moment pour me reconnaître.

Puis elle porte une main à sa bouche et, de l'autre, m'attire brusquement à l'intérieur de l'appartement. Elle ne me laisse pas le temps de parler. Elle me serre contre elle et pleure contre ma poitrine.

Je ne peux rien faire d'autre que rester là et lui caresser les cheveux. Par-dessus son épaule, j'aperçois Brigitta debout au bout du couloir, qui nous regarde. Puis elle accourt et passe ses bras autour de ma taille. Je suis tellement soulagé de les voir.

Mais où est Sabine ?

Je me dégage doucement de l'étreinte de Maman et de ma petite sœur. Brigitta porte un doigt à ses lèvres pour me faire signe de me taire. Puis elle m'entraîne dans la cuisine et monte la radio très fort. C'est une station d'information est-allemande. Toujours aucun signe de Sabine.

Nous nous asseyons tous les trois autour de la table de cuisine et nous nous penchons les uns vers les autres pour pouvoir nous entendre malgré le volume de la radio. Maman est trop bouleversée pour parler, alors Brigitta explique :

— Nous pensons que l'appartement est peut-être sur écoute, alors il faut couvrir le bruit de nos voix.

— Mais pourquoi diable mettraient-ils l'appartement sur écoute ? Et où est Sabine ?

Maman enfouit son visage dans ses mains.

— Nous ne savons pas où elle est, dit Brigitta. Nous pensons qu'elle a été arrêtée par la Stasi.

— Quoi ?

— Elle a déjà été arrêtée en septembre, à cause des portraits défigurés à l'école. Maintenant nous pensons que ça pourrait être lié à son rôle de contact pour le tunnel.

Merde.

C'est comme un coup de marteau qui réduit en miettes tout ce pour quoi j'ai travaillé ces derniers mois. La Stasi a dû faire le lien entre Sabine et Harry. Harry n'était plus que l'ombre de lui-même quand ils en ont eu fini avec lui. J'ai peur d'imaginer ce qu'ils sont en train de faire à Sabine.

Brigitta pose une main sur mon bras. Elle est étonnamment calme dans les circonstances.

— Comment as-tu traversé la frontière ? demande-t-elle.

— Je suis passé par le tunnel.

Je sors la lettre d'Harry de ma poche. Ce sont les instructions finales : quand et où se retrouver. L'évasion est prévue pour demain soir.

Pour la première fois, Maman relève la tête.

— Nous n'irons nulle part sans Sabine.

— Bien sûr que non.

Brigitta prend la lettre.

— Je vais m'en occuper, dit-elle. Même si nous ne pouvons pas nous échapper, il n'y a aucune raison pour que d'autres n'aient pas leur chance.

J'ai du mal à croire que ces mots viennent de ma petite sœur.

J'aimerais pouvoir faire quelque chose pour Sabine, mais c'est impossible. Je ne peux pas révéler ma présence ici, à Berlin-Est.

— Je dois retourner par le tunnel, je dis. Des gens m'attendent de l'autre côté. Si je ne reviens pas, ils penseront que j'ai été arrêté et tout le projet échouera.

Maman hoche la tête.

— Nous comprenons.

Puis elle tend la main à travers la table et serre la mienne.

— Et Dieter… nous sommes très, très fières de toi.

Il est presque minuit quand j'émerge du tunnel dans la boulangerie, à Berlin-Ouest. Werner et Claudia m'attendent encore dans la cave.

Ils m'aident à sortir et je m'effondre sur le sol, la tête entre les genoux.

— Tu es revenu, dit Claudia, soulagée. On commençait vraiment à s'inquiéter pour toi. Comment ça s'est passé ?

Je suis incapable de répondre. Je reste simplement assis là et secoue la tête.

Je devrais me sentir soulagé, fier même, d'avoir réussi la mission. Mais tout ce que je ressens, c'est la colère et la tristesse à l'idée que Sabine a été arrêtée. J'ai creusé ce tunnel pour Sabine, pour Brigitta et pour Maman. Et maintenant, j'ai l'impression que tout cela n'a servi à rien.

Chapitre 9

Le tunnel

Sabine

La lumière s'allume et je me redresse brusquement. Ma tête bat de douleur et je porte une main à mon visage. La peau autour de mon œil droit est gonflée et sensible. Puis le souvenir revient : le coup, la chute sur le sol. Après cela, plus rien. Je suppose qu'on m'a ramenée ici, dans ma cellule.

Je sais que j'ai scellé mon destin. En refusant de devenir informatrice, je vais probablement passer le reste de ma vie enfermée. Et pourtant, malgré l'épuisement, une ironie amère me traverse l'esprit. J'ai été arrêtée à tort pour avoir défiguré des portraits à l'école. Et maintenant, j'ai aspergé d'encre un véritable officier de la Stasi. Hans serait fier de moi.

Dans le couloir, des bottes martèlent le sol. Puis il y a un cliquetis métallique : les verrous coulissent. La porte s'ouvre et je bondis sur mes pieds. Deux gardes entrent et me saisissent. Je m'attends à être ramenée à la salle d'interrogatoire, mais ils me font marcher dans une autre direction.

Mon Dieu, quelle nouvelle torture ont-ils prévue cette fois ? Une partie de moi est trop épuisée pour s'en soucier. L'autre a une peur panique.

À ma stupeur, ils m'emmènent vers la zone de chargement, là où est garé le fourgon à pain – celui qui n'est pas un véhicule de livraison, mais un transport de prisonniers. À sa vue, je réagis comme un animal traqué. Je secoue la tête, tente de me dégager, je crie, je pleure. Mais je suis trop faible et leurs mains sont trop fortes.

Ils me poussent à l'intérieur. Je trébuche sur les marches et m'effondre dans le couloir étroit. Cette fois, toutes les cellules sont vides, leurs portes ouvertes. L'un des gardes me jette dans la première cellule venue et claque la porte.

Je m'écroule dans l'obscurité étouffante et ferme les yeux. Je suis vaincue. Le moteur démarre et le fourgon s'ébranle. On m'emmène, Dieu sait où.

Je dois m'être évanouie, car la prochaine chose dont je me souviens, c'est la porte de la cellule qui s'ouvre. Des mains me hissent brutalement debout et me projettent hors du fourgon sur un sol dur. Puis le véhicule démarre et disparaît.

Je reste là, à genoux, les paumes enfoncées dans les gravillons. J'attends qu'on me saisisse à nouveau, qu'on me relève pour d'autres questions. Mais rien ne se passe.

Au bout d'un moment, je lève les yeux. Je suis seule. Complètement seule. Dans une rue secondaire que je ne reconnais pas. Il ne fait pas encore jour. Une aube grise commence à poindre.

Je me redresse péniblement et regarde autour de moi. Les bâtiments sont pour la plupart des carcasses bombardées. Il n'y a personne. Lentement, la vérité s'impose : on m'a abandonnée. Je ne suis plus en détention.

La fatigue est écrasante. L'idée de m'allonger dans la poussière et de dormir est terriblement tentante. Mais il fait un froid mordant. Si je m'allonge, je mourrai. Peut-être est-ce ce que la Stasi espérait. Mais je refuse de leur accorder cette victoire.

Sur des jambes tremblantes, je commence à marcher vers le coin de la rue. Je jette des regards anxieux à gauche et à droite, m'attendant à voir surgir une Wartburg vert pâle ou un fourgon sans fenêtres. Il n'y a rien.

J'essaie de comprendre où je me trouve. Des immeubles, une petite usine. Je me dirige vers elle, pensant qu'elle doit donner sur une artère plus fréquentée. Je tourne un autre coin et reconnais soudain la rue.

Dimitroffstrasse.

Je connais le chemin jusqu'à la maison, depuis ici. Ce sera une marche interminable. Je ne sais pas si j'en ai la force. Je n'ai pas d'argent pour prendre le train.

Alors je fais ce que je peux faire de mieux : je mets un pied devant l'autre et je regarde droit devant moi. L'idée de revoir Maman et Brigitta est la seule chose qui me permet d'avancer.

Dieter

Ça se passe ce soir. L'aboutissement de mois de creusement. Le jour que j'attendais.

Mais sans savoir où est Sabine, le tunnel me semble soudain futile, un gaspillage d'efforts. Si je ne peux pas faire sortir ma famille de Berlin-Est, alors j'ai passé des mois de ma vie sous terre pour rien. J'aurais dû essayer de leur obtenir de faux passeports. Mais maintenant Sabine est en détention et il est trop tard. Je les ai laissées tomber.

La porte de la cuisine s'ouvre brusquement et Claudia apparaît.

— Hé, tu vas nous aider à finaliser le tunnel ou tu comptes passer la journée ici à broyer du noir ?

Elle jette un regard appuyé à sa montre.

— Il est déjà dix heures. On a vraiment besoin de toi pour fixer cette échelle.

Werner parlait ce matin de l'installation d'une vraie échelle dans le puits vertical, pour faciliter la montée des fuyards. Il veut aussi mettre en place un toboggan à l'entrée du tunnel, à Schönholzer Strasse, pour accélérer et simplifier l'accès.

— Désolé, je dis. Je ne suis juste pas en forme aujourd'hui. Je suis trop inquiet pour Sabine.

Claudia vient s'asseoir à côté de moi.

— Je sais, dit-elle doucement en prenant ma main. Mais il y a beaucoup d'autres personnes qui comptent sur ce tunnel ce soir. Tu dois te demander : qu'est-ce que Sabine voudrait que tu fasses maintenant ?

Présenté ainsi, ça me frappe de plein fouet. Je réalise à quel point j'ai été égoïste, à me complaire dans ma propre détresse. Sabine ne voudrait pas que je reste assis ici à ne rien faire. Elle voudrait que je fasse tout ce qui est en mon pouvoir pour faire sortir le plus de gens possible de Berlin-Est.

— Tu as raison, je dis. Je devrais venir aider. Qu'est-ce que tu veux que je fasse d'abord ?

Claudia sourit.

— Tu sais manier un marteau ?

Sabine

Quand j'atteins l'immeuble, je suis si fatiguée que je manque de m'effondrer sur le sol du hall d'entrée. Mais la pensée d'être découverte par Frau Lange me donne la force dont j'ai besoin pour me traîner dans les escaliers. Quand j'arrive au quatrième étage, j'utilise le peu de force qui me reste pour frapper à la porte de l'appartement. Il y a des voix et des pas pressés à l'intérieur. Puis la porte s'ouvre et je tombe dans les bras de Maman et Brigitta. Je n'arrive pas à croire que je suis à la maison.

Maman insiste pour me faire manger du pain et boire du thé, mais je m'endors à la table de la cuisine. Brigitta me conduit alors à la chambre et me borde dans le lit.

Je fais des rêves étranges et troublants où Frau Biedermeier et Herr Schulz se transforment en un seul être – moitié sorcière, moitié diable. Je suis piégée au sommet d'une tour sans issue. Dieter chevauche son cheval à travers la forêt pour me sauver, mais le monstre Biedermeier-Schulz lance un sort et il est changé en pierre. La tour devient un donjon et je ne m'échapperai jamais. Le donjon se remplit d'eau et je vais me noyer… Je ne peux pas respirer… je ne peux pas respirer… je ne peux pas…

J'ouvre les yeux. Il me faut un moment pour comprendre que je ne suis pas morte. Je suis à la maison, dans mon lit. En sécurité.

Non. Pas en sécurité.

Pas du tout en sécurité. Je ne serai jamais en sécurité tant que je resterai dans ce pays. La Stasi a mon nom dans ses dossiers. Ils ont une longue liste d'accusations contre moi. Ils ne les effaceront jamais. Ils ne me laisseront jamais partir.

Et pourtant je suis ici. Je ne comprends pas pourquoi ils m'ont relâchée. Je ne me suis pas inscrite comme informatrice, comme ils le voulaient. Alors pourquoi m'ont-ils laissée partir ?

La porte de la chambre s'ouvre et Brigitta entre.

— Tu es réveillée, dit-elle en courant s'asseoir au bord du lit.

Je me redresse.

— Quelle heure est-il ?

— Six heures du soir.

Elle me tend un morceau de papier. En grosses lettres, elle a griffonné :

ÉVASION PAR LE TUNNEL CE SOIR.
NE PARLE PAS.
APPARTEMENT PEUT ÊTRE SUR ÉCOUTE.

Je la fixe, stupéfaite. Elle hoche la tête, souriant, et forme le mot *ce soir* avec ses lèvres.

Le fait qu'elle soupçonne l'appartement d'être sur écoute ne me surprend pas. La Stasi aurait très bien pu entrer un jour pendant que Maman était au travail et que Brigitta et moi étions à l'école. Ils auront écouté chacune de nos conversations – mais depuis quand ? Inutile d'essayer de trouver les micros : il y en a sûrement partout, et ils sauraient immédiatement si nous tentions de les détruire. Alors ils nous arrêteraient toutes.

Je rends le papier à Brigitta et lui fais signe qu'elle doit le brûler dans le poêle en faïence. Elle le froisse et part en courant dans le salon, puis revient.

— Viens manger quelque chose, dit-elle. Puis peut-être qu'on peut…

Elle fait un geste de marche avec deux doigts. Je hoche la tête. Si l'appartement est sur écoute, nous ne pouvons pas parler ici. Nous devrons sortir nous promener. Même si j'ai peur d'être arrêtée de nouveau, la pensée du tunnel me rend plus déterminée que jamais à atteindre Berlin-Ouest.

Je mange rapidement du pain et du fromage, puis nous marchons dans Stargarder Strasse en direction du parc Ernst-Thälmann. Je suis nerveuse et je scrute tout ce qui pourrait paraître suspect, mais nous ne voyons rien d'autre que quelques Trabant cabossées.

Une fois dans le parc, je me sens un peu plus calme. J'y venais jouer avec Dieter quand j'étais petite – l'un des rares espaces verts qui n'était pas un cimetière. Il y a des bancs, mais je préfère continuer à marcher. Une femme pousse un landau ; un homme est assis sur un banc, lisant un journal.

— Tout est prêt pour ce soir, murmure Brigitta. J'ai tout arrangé avec Marion, Ingrid et Manfred.

C'est la meilleure nouvelle que j'aie entendue depuis des semaines.

— Bien joué, dis-je.

J'aimerais connaître tous les détails, mais ce n'est pas le moment. Nous devons rester brèves. Pourtant, une question me brûle les lèvres.

— Qu'aurais-tu fait si je n'étais pas revenue ?

Brigitta n'hésite pas.

— J'aurais aidé les autres à sortir. Mais je ne serais pas partie sans toi.

Je m'arrête et me tourne vers elle.

— Tu dois me promettre une chose.

— Quoi ?

— Si quelque chose m'arrive... comme avant... tu dois partir à Berlin-Ouest avec Maman. Tu comprends ?

Elle fronce les sourcils.

— Je ne peux pas partir sans toi, Sabine.

— Mais si tu le dois, tu le feras. Tu m'entends ? Dieter sera là pour s'occuper de vous. Si quelque chose tourne mal et que je suis... reprise... je ne pourrais pas supporter de savoir que toi et Maman êtes restées ici alors que vous auriez pu vous échapper. Promets-moi que tu partiras.

Elle inspire profondément.

— Je te le promets.

— Merci.

Nous faisons encore un tour du parc. L'homme au journal le plie et se lève. Soudain, je veux rentrer – retrouver la sécurité relative de l'appartement. Nous rentrons et attendons que la nuit tombe.

Dieter

— J'irai au café et j'amènerai tout le monde au tunnel, dit Claudia.

— Mais c'est le travail le plus dangereux, je dis. Tu devrais me laisser faire.

— Et qu'est-ce qui te fait croire que tu serais meilleur que moi ?

— Je ne dis pas ça. Je dis juste que je ne veux pas que tu prennes un risque pareil.

— Vous les hommes ! dit Claudia en se détournant, frustrée, pour fixer la fenêtre de la cuisine.

Nous nous disputons sur qui doit faire quoi depuis vingt minutes.

— Je pense que Claudia a raison, dit Harry. Elle est inconnue des autorités est-allemandes. Ils seront moins enclins à soupçonner une femme. Elle peut aller de la maison au café sans attirer l'attention. Ils ne lui jetteront pas un second regard.

— Merci, dit Claudia à Harry. Elle me lance un regard *je-te-l'avais-bien-dit*.

Je suis contrarié qu'Harry prenne son parti. Normalement, ça aurait dû être son rôle à lui d'amener les fuyards à la maison de Schönholzer Strasse. Mais puisqu'il ne peut plus entrer à Berlin-Est sans se faire arrêter, et qu'il ne peut pas non plus passer par le tunnel sans paniquer, ça doit être l'un de nous.

— Et moi, qu'est-ce que je suis censé faire ? je demande, conscient du ton boudeur de ma voix.

— Tu prends ça, dit Harry en se penchant pour attraper quelque chose dans le sac de sport posé à ses pieds. Il me tend un fusil.

— Merde, je dis en le prenant à deux mains. Je n'ai jamais tenu une chose pareille. Le métal est froid, lourd. Où diable as-tu trouvé ça ?

— Ne pose pas de questions, dit Harry sur un ton qui n'admet aucune réplique.

— Et qu'est-ce que tu attends que j'en fasse ?

— Tu gardes l'entrée de la cave à Schönholzer Strasse.

— Mais... tu ne t'attends quand même pas à ce que je tire sur quelqu'un ?

— Ça, c'est à toi d'en juger, répond Harry froidement. Ça dépendra de la situation.Puis il se tourne vers Werner.

— Werner ?

— Oui ?

— Tu restes dans le tunnel et tu aides les gens à passer. Certains auront peur, surtout dans un espace aussi étroit.

Un éclair d'embarras traverse le regard d'Harry.

— Bien sûr, dit Werner. Et vous deux, Harry et Andreas ?

— Andreas attendra au fond du puits vertical. Si quelqu'un est trop faible ou infirme pour monter l'échelle, il pourra le porter.

Andreas sourit. Il est le seul parmi nous qui pourrait réellement faire ça.

— Moi, je les accueillerai en haut et j'aurai les bières prêtes, reprend Harry. Et quand la dernière personne sera passée en sécurité, on libérera Rolf pour qu'il retourne à Berlin-Est annoncer le succès de notre projet – et l'échec de sa mission.

Il nous regarde tour à tour.

— Tout le monde est d'accord ?

Je ne le suis pas du tout. Mais tous les autres hochent la tête. Alors je me tais et j'accepte le plan.

— Bien, dit Harry. Tout le monde à son poste.

Sabine

Cette fois, il n'y aura ni sacs ni sacs à dos. Je ne suggère même pas que nous portions des couches supplémentaires de vêtements : cela me semble tenter le destin et me rappelle trop la tentative d'évasion ratée avec Herr Schiller. Il n'y a aucun intérêt à emporter de l'argent : les Ostmarks ne valent rien à l'Ouest. La seule chose que je fais, c'est retirer les photographies de Hans et de son père de leurs cadres et les glisser sous mon pull.

Nous passons la dernière heure dans l'appartement en silence. Maman feuillette l'album photo, disant ses adieux à Papa et à Oma. Brigitta lit son livre de contes de fées une dernière fois.

Moi, je reste assise à fixer le vide, me demandant ce qui est arrivé à Matthias et Joachim, regrettant de ne pas avoir pu dire au revoir à Astrid et, surtout, pensant à Hans.

Peu après neuf heures, je me secoue.

— Il est temps d'y aller, je dis.

Maman va dans sa chambre et revient avec son meilleur manteau sombre. Je pourrais lui dire qu'il sera très probablement ruiné dans le tunnel, mais à quoi bon ?

Nous avons convenu que Maman et Brigitta partiront d'abord et que je les suivrai cinq minutes plus tard. Cela paraît moins suspect de partir séparément, et la Stasi est plus susceptible de me suivre, moi, que de les suivre elles. J'aide Brigitta à enfiler son manteau. Maman est dans le couloir, en train de mettre ses chaussures. Je m'agenouille devant Brigitta et lui parle à voix basse pour que Maman n'entende pas.

— Tu te souviens de ce que tu m'as promis ?

Brigitta hoche la tête sans dire un mot.

Je voudrais en dire plus, mais Maman apparaît dans l'embrasure de la porte.

— Allez-y, je dis à Brigitta en essayant de garder la voix légère. Je vous retrouverai au café.

Maman s'approche de moi. Elle est très pâle et ses mains tremblent.

— Sabine, dit-elle, la voix brisée. Je...

Nous n'avons pas le temps pour de grands discours. Et, pour être honnête, je préfère qu'elles partent tout de suite. Je la serre dans mes bras et la pousse doucement vers la porte.

— Allez. Il ne faut pas être en retard. Je vous rejoins dans exactement cinq minutes.

Elle hoche la tête, incertaine. Brigitta lui prend la main. Je les fais sortir et me retrouve seule dans l'appartement vide.

Je fais un dernier tour : la chambre où j'ai partagé un lit superposé avec Brigitta, la salle de bain aux tuyaux d'eau cliquetants, la petite cuisine où nous prenions nos repas. Puis j'enfile mon manteau et mes chaussures, j'ouvre la porte et sors sur le palier.

Il fait sombre. J'allume la lumière et commence à descendre l'escalier. L'immeuble est silencieux. Je passe devant l'ancienne porte de Herr Schiller et m'arrête un instant, pensant à notre ami qui a essayé de nous sauver.

Alors que je continue à descendre, j'entends une porte s'ouvrir à l'étage inférieur. J'avais tant espéré partir sans croiser personne – surtout pas Frau Lange. J'envisage une seconde de faire demi-tour, mais il est trop tard. Elle est déjà sur le palier et m'a vue.

— Bonsoir, je dis en continuant à descendre.

— Bonsoir, répond-elle d'un ton sec et formel. Où allez-vous ?

La question me cloue sur place. Pourquoi me demande-t-elle ça ? Brusquement, tout ce que j'ai refoulé pendant des années – la méfiance, le silence forcé, la vie sous surveillance – éclate.

— Ça ne vous regarde pas !

Elle a l'air stupéfaite. Je ne m'excuse pas. Je passe devant elle d'un pas rapide, sans plus me soucier de ce qu'elle pense.

Que notre évasion réussisse ou échoue, je sais une chose : je ne la reverrai jamais.

Dieter

Andreas prend position au fond du puits vertical, et Werner, Claudia et moi nous engageons dans le tunnel en direction de Berlin-Est. Contre ma volonté, le fusil est passé en bandoulière sur mon épaule.

Nous passons l'endroit où le toit s'est effondré et je me souviens à quel point Claudia a failli y laisser la vie. À la frontière, nous nous arrêtons un instant. Werner a marqué la limite entre Berlin-Est et Berlin-Ouest d'une ligne de peinture blanche et, dans un moment d'oisiveté, Andreas a griffonné les mots : *La liberté commence ici !* Puis, sans un mot, nous reprenons notre chemin.

Quand nous atteignons le toboggan en bois, Werner pose la main sur mon épaule.

— Dieter, je voulais juste te dire merci pour tout ce que tu as fait pour aider à creuser ce tunnel.

— Oh, ce n'était rien, je dis. C'était ton idée. On n'aurait jamais pu y arriver sans tes plans.

Werner hausse les épaules.

— Quoi qu'il en soit, bonne chance.

— Merci.

Claudia lui passe les bras autour du cou et lui donne une longue étreinte. Il n'y a rien d'autre à ajouter.

— Allez, me dit-elle.

Nous laissons Werner au pied du toboggan et nous nous dirigeons vers le haut.

La cave de Schönholzer Strasse est silencieuse. Une faible lumière, juste suffisante pour y voir, filtre par les fenêtres à barreaux au niveau de la rue. Tout est exactement comme nous l'avons laissé. Aucun signe que quelqu'un soit venu ici.

Claudia se déplace dans les ombres et échange rapidement ses vieux jeans maculés de terre contre une jupe et un manteau. Elle ne veut pas arriver au café avec l'air d'avoir rampé dans un tunnel souterrain. Lorsqu'elle est prête, nous montons les marches de la cave.

C'est ici que je dois rester. Si des habitants descendent chercher du charbon pendant l'évasion, j'ai pour consigne de les retenir et de ne pas les laisser repartir. S'ils veulent venir à Berlin-Ouest, tant mieux. Mais nous ne pouvons pas risquer qu'ils ressortent prévenir la Stasi qu'une évasion est en cours dans leur immeuble.

Arrivés en haut des marches, nous nous arrêtons.

Je n'ai pas envie que Claudia parte.

Elle se tourne vers moi. Je la tire dans l'ombre et l'embrasse sur les lèvres. Elle me rend mon baiser. Puis elle se dégage doucement et disparaît dans le couloir.

Sabine

Je me dépêche dans les rues sombres, restant autant que possible dans les ombres. Je n'arrive pas à me débarrasser de l'impression que quelqu'un me suit, mais je me répète que ce n'est que mon imagination. Pourtant je me sens terriblement visible, comme si je portais une pancarte disant : *Je vais m'échapper de Berlin-Est.*

La nuit est froide et il n'y a pas beaucoup de monde dehors. L'endroit le plus animé est la station de U-Bahn d'Eberswalder Strasse, où une foule d'ouvriers surgit de la sortie. Mais ils sont tous pressés de rentrer chez eux et personne ne me prête attention.

À mesure que je m'approche de la zone près du Mur, les rues deviennent plus silencieuses et plus sombres. Je garde la tête baissée en passant près d'un camion militaire. J'imagine qu'il est rempli de soldats.

Je trouve le café sur Ruppiner Strasse. Les volets sont tirés, mais une mince bande de lumière s'échappe par les bords.

Je pousse la porte et entre.

L'intérieur est sombre et enfumé. Les murs sont peints en brun, et la seule lumière provient d'une ampoule faiblement éclairante dans un abat-jour de verre rouge. Une odeur écœurante et sucrée de bière flotte dans l'air. Je suis stupéfaite par le nombre de personnes présentes.

Chaque petite table ronde est occupée par trois ou quatre personnes. Il doit y avoir au moins trente personnes ici. Ont-elles toutes l'intention de s'échapper par le tunnel ? Un café aussi plein devrait bourdonner de conversations et de rires. Mais ici, tout le monde se tait ou chuchote à voix basse à ses voisins immédiats.

Je scrute la salle à la recherche de Maman et Brigitta. Une main effleure la mienne. Je me retourne et vois Ingrid Huber assise à une table avec sa nièce et son neveu. Elle serre ma main brièvement. Je lui rends un signe de tête accompagné d'un sourire.

En avançant dans le café, je reconnais Manfred Heilmann, l'acteur. Il est assis avec un petit garçon et une femme qui berce un bébé dans ses bras. À leur table se trouve une autre femme que je mets un moment à identifier, bien que je sois certaine de l'avoir déjà vue. Puis je comprends : c'est Elisabeth Borgmann, qui jouait *Mère Courage*. Sans son vieux foulard sale, elle est presque belle.

À une autre table, j'aperçois Marion Weber en train de chuchoter avec animation à ses voisines.

Enfin, je trouve Maman et Brigitta assises au fond du café, seules. Maman a l'air tendue et inquiète, mais dès qu'elle me voit, ses épaules s'abaissent légèrement.

— Jusqu'ici, tout va bien, je leur dis en m'asseyant. Maintenant, tout ce qu'on a à faire, c'est attendre.

Dieter

Je ne me suis jamais senti aussi effrayé, debout en haut des marches de la cave, le fusil bercé contre moi.

Tous mes sens sont en état d'alerte maximale, à l'affût du moindre bruit. J'entends la porte principale de l'immeuble s'ouvrir et je me raidis aussitôt. Des pas résonnent dans le couloir. Ils avancent de quelques mètres, s'arrêtent, puis reprennent.

S'il vous plaît, ne venez pas à la cave, je pense. *S'il vous plaît, ne venez pas à la cave.* Je ne veux pas avoir à vous retenir ici.

Puis les pas commencent à monter l'escalier et finissent par s'éloigner. Je laisse échapper un souffle que je retenais sans m'en rendre compte.

Je regarde ma montre. Cela fait sept minutes que Claudia est partie. Elle doit être arrivée au café maintenant. J'aimerais qu'elle se dépêche et amène les fuyards au tunnel. À attendre ici comme ça, je vais finir par devenir fou de nerfs.

Sabine

La porte du café s'ouvre et une jeune femme entre. Elle est petite, a les cheveux bruns et porte un manteau de laine. J'espère que c'est

Claudia. Elle balaie la salle du regard et j'aperçois une lueur d'alarme dans ses yeux en voyant le nombre de personnes présentes. Je ne sais pas combien elle s'attendait à trouver ici.

Des dizaines de paires d'yeux la suivent tandis qu'elle traverse la salle jusqu'au bar, où Herr Lindemann, le patron, astique et réastique le même verre avec un torchon.

Le café est plongé dans un silence tendu pendant que tout le monde attend qu'elle parle. Elle s'éclaircit la gorge et dit à Herr Lindemann :

— Un café, s'il vous plaît.

C'est le signal. Maintenant je sais que c'est bien Claudia. Personne à Berlin-Est ne demanderait un café : il n'y en a pas ici. Les gens échangent des regards entendus. Ingrid Huber, la tante de Claudia, a l'air au bord des larmes. Elle murmure aux enfants de rester parfaitement silencieux.

Herr Lindemann repose enfin le verre qu'il frotte depuis cinq minutes et répond d'une voix tremblante :

— Il n'y a pas de café.

— Merci, dit Claudia.

Elle se penche par-dessus le bar et échange quelques mots à voix basse avec Herr Lindemann. J'imagine qu'ils parlent des nombres. Puis Claudia se dirige vers le centre du café et s'adresse à tout le monde.

— Je vais en prendre la moitié maintenant. Tous ceux qui sont assis dans la moitié avant du café, venez avec moi. Je reviens tout de suite pour les autres.

Les gens à l'avant de la salle se lèvent. Il y a un frottement de chaises, un murmure d'enfants que leurs parents font taire aussitôt.

— Vite ! dit Claudia. Restez près de moi et surtout, silence !

Elle ouvre la porte, jette un coup d'œil à gauche, puis à droite dans la rue.

— Maintenant ! dit-elle en regardant par-dessus son épaule.

Le premier groupe de fuyards la suit dehors.

Nous attendons qu'elle revienne.

Dieter

Il me semble que Claudia est partie depuis bien trop longtemps. Sûrement, cela ne peut pas lui prendre autant de temps pour atteindre le café et ramener tout le monde. Je commence à imaginer toutes sortes de scénarios catastrophes : elle est tombée sur une patrouille de gardes-frontières ; le café grouille d'agents de la Stasi ; les fuyards n'ont jamais atteint le café en premier lieu.

Mes paumes transpirent contre le métal froid du fusil. Je tends l'oreille, essayant de capter le moindre bruit venant de la rue. J'entends un camion sur Brunnenstrasse – sans doute en train de déposer de nouveaux gardes-frontières.

Soudain, il y a des pas dans le couloir. Beaucoup de pas. Puis un coup discret contre la porte de la cave.

— Dieter, c'est moi.

La voix de Claudia est un chuchotement pressé. J'ouvre la porte immédiatement et elle fait entrer dans la cave une quinzaine d'hommes, de femmes et d'enfants, dont je ne reconnais aucun.

— C'est la moitié du groupe, dit-elle.

Mon Dieu, je pense, je ne m'attendais pas à autant de monde.

Certains sont âgés et je me demande comment ils vont réussir à ramper dans le tunnel. Une femme porte un bébé attaché contre sa poitrine. Beaucoup ont les yeux écarquillés de terreur. Je cherche Sabine, Maman et Brigitta du regard, mais elles ne sont pas là.

— Par ici, dit Claudia en les conduisant vers le tunnel. Dépêchez-vous.

Je reste à la porte pour monter la garde pendant qu'elle leur montre l'entrée. Un par un, ils disparaissent dans le conduit. Mais cela prend beaucoup trop de temps et je suis convaincu que nous allons être découverts d'un instant à l'autre.

Une fois que l'évacuation est bien engagée, Claudia remonte les marches de la cave en courant.

— Maintenant, les autres, dit-elle, avant de disparaître une fois de plus dans la nuit.

Sabine

Avec le premier groupe parti, l'atmosphère dans le café devient encore plus tendue. Herr Lindemann abandonne le prétexte d'astiquer les verres et se poste près de la porte, à l'affût du retour de Claudia.

Maman a l'air pâle et épuisée. Je m'inquiète de savoir si elle aura la force de ramper dans le tunnel. Pour la distraire de l'épreuve à venir, j'essaie de parler.

— Tu sais, je dis, je n'arrive toujours pas à croire que je sois ici, que je ne sois pas en prison. Je pensais qu'ils allaient me garder là-bas pour toujours, et puis ils m'ont soudain laissée partir. Je ne comprends pas ce qui s'est passé.

— Mais c'est simple, dit Brigitta, les yeux pétillants.

— Qu'est-ce que tu veux dire ?

Maman pose une main sur le bras de Brigitta pour la faire taire, mais Brigitta est déterminée.

— Je suis allée voir Frau Lange et je lui ai demandé de nous aider.

— Tu as fait quoi ? je demande, stupéfaite. Mais je croyais que tu avais peur de Frau Lange.

Brigitta hausse les épaules.

— Elle n'est pas si effrayante. Je l'ai compris le jour où nous l'avons aidée avec son seau de charbon et où elle nous a raconté l'histoire de son mari.

— Mais qu'est-ce que tu lui as dit ?

— Je lui ai dit qu'elle avait perdu son mari, et que nous avions perdu notre père, chacun sous un régime différent. Ce qui est arrivé à son mari était horrible et injuste, mais deux injustices ne font pas une chose juste. Je lui ai dit que tu avais été arrêtée sans raison, et elle a compris. Elle n'a rien promis, mais elle a dit qu'elle verrait ce qu'elle pouvait faire. Elle se souvenait de la fois où nous l'avions aidée avec le charbon. Elle sait que nous ne sommes pas de mauvaises personnes.

Je suis stupéfaite du courage de Brigitta. Mais plus encore, je suis bouleversée que Frau Lange ait réagi avec autant d'humanité. Je repense à ma dernière rencontre avec elle dans les escaliers et je me sens mal d'avoir été si impolie. Après tout, ce n'était qu'une vieille femme solitaire, marquée par la perte de son mari, qui espérait que le communisme apporterait un monde meilleur.

À cet instant, la porte du café s'ouvre et Claudia revient. Elle a dû conduire le premier groupe sain et sauf jusqu'au tunnel.

Tout le monde se lève. Maman est devenue livide. Je prends ses mains dans les miennes.

— Ce ne sera plus très long maintenant. Sois courageuse.

Nous nous rassemblons derrière Claudia et attendons pendant qu'elle inspecte la rue.

— Maintenant, chuchote-t-elle.

Notre groupe s'engage le long de Ruppiner Strasse, puis tourne à gauche dans Schönholzer Strasse. Devant nous se trouve Brunnenstrasse.

La rue est étrangement silencieuse. Les façades sombres semblent nous offrir une forme de protection. Par endroits, des terrains vagues rappellent les immeubles détruits pendant la guerre. Là, je me sens plus exposée, sans mur derrière lequel me réfugier.

Soudain, depuis Brunnenstrasse, retentit le bruit lourd d'un véhicule en manœuvre. Un camion militaire fait demi-tour et, tandis qu'il recule en grondant, ses phares balaient soudain Schönholzer Strasse, inondant la rue d'une lumière crue.

— Ne bougez pas ! siffle Claudia.

Nous nous plaquons contre le mur du bâtiment le plus proche, souhaitant devenir plats, invisibles.

S'il vous plaît, mon Dieu, je pense, *ne laissez pas ce camion descendre ici.*

Je retiens ma respiration tandis que les vitesses grincent et que le moteur rugit. Et s'il tombait en panne, projecteurs braqués sur nous ? Allez, je pense, avance.

Le moteur s'emballe, le camion bondit en avant et disparaît de nouveau dans Brunnenstrasse.

Je respire enfin.

Claudia attend encore quelques secondes, puis nous fait signe d'avancer, l'urgence revenue dans ses gestes.

Nous atteignons la porte du numéro dix-sept, et Claudia nous fait entrer.

Dieter

Au son de la voix de Claudia, j'ouvre la porte brusquement et le second groupe dévale les marches de la cave. Je scrute chaque visage. Ils me sont tous étrangers. Puis, au fond du groupe, je les vois : Sabine, Brigitta et Maman, toutes les trois se tenant par la main.

Je n'ai jamais été aussi heureux de les voir, mais il n'y a pas une seconde à perdre.

Claudia presse les gens vers le tunnel. Jusqu'ici, tout s'est déroulé exactement comme prévu, mais il faut absolument faire passer ce groupe avant que les gardes de Brunnenstrasse ne remarquent quoi que ce soit.

J'abandonne mon poste à la porte de la cave et descends avec le groupe. Claudia aide les gens à entrer dans le tunnel, leur montrant comment glisser sans danger, murmurant des paroles rassurantes.

Il y a une famille avec trois jeunes enfants. Le père leur dit que ce sera une aventure excitante, qu'ils ne doivent pas avoir peur. Il se glisse le premier dans le tunnel, puis convainc les enfants de le suivre, un par un. La mère disparaît à son tour dans le conduit.

Ensuite, Claudia aide un couple âgé qui a du mal à se pencher.

Pour l'amour de Dieu, je pense, *dépêchez-vous.*

Il me traverse l'esprit que nous aurions dû barricader la porte de la cave, mais il est trop tard pour y penser maintenant.

Les personnes suivantes sont valides et, à mon immense soulagement, disparaissent rapidement dans le tunnel. Enfin, il ne reste plus que Maman, Brigitta, Sabine, Claudia et moi.

— C'est à vous, dit Claudia à Maman.

Mais Maman tremble de la tête aux pieds.

— Je ne peux pas, dit-elle. Je ne peux pas passer par le tunnel.

Sabine

— Maman, tu dois le faire, je dis.

— Je ne peux pas, je...

— Ça va aller, Frau Neumann, dit Claudia calmement. Ce n'est vraiment pas si terrible là-dessous. Il y a des gens dans le tunnel pour vous aider.

Maman fixe le trou dans le sol avec terreur. Sa poitrine se soulève et s'abaisse de façon irrégulière. Elle secoue la tête de droite à gauche.

— Non, non, non !

— Mon Dieu ! dit Dieter. Qu'est-ce qu'on va faire maintenant ?

— Je veux rentrer à la maison, gémit Maman d'une voix d'enfant effrayé.

— Tu ne peux pas rentrer à la maison, je lui dis. C'est impossible. Tu serais arrêtée.

Mais c'est inutile. Elle n'écoute pas.

— Viens avec moi, Maman, appelle Brigitta, assise au bord du trou.

Maman recule encore, vers les marches.

— Je dois sortir d'ici. Je dois sortir d'ici.

Dieter me regarde avec désespoir, puis, brusquement, il jette le fusil de côté et l'attrape par derrière, la serrant de toutes ses forces.

— Lâche-moi ! crie-t-elle.

— Tais-toi ! crie Dieter en la ramenant de force vers la cave. J'ai creusé ce trou pour toi, et tu vas y passer maintenant.

— Je ne peux pas, gémit-elle.

— Tais-toi, siffle Dieter, ou tu vas tous nous trahir.

Elle continue à se débattre dans ses bras, et soudain je ne peux plus supporter la scène.

Dieter a risqué sa vie pour creuser ce tunnel. Nous avons tous risqué nos vies pour arriver jusqu'ici. Des années de frustration, de peur et d'impuissance refoulées explosent en moi et, avant même d'avoir conscience de ce que je fais, je me précipite vers elle et la gifle violemment.

Le bruit claque et ricoche contre les murs vides de la cave.

Puis le silence.

Ma main me brûle, mais Maman a cessé de se débattre. Son corps s'est ramolli dans les bras de Dieter.

Claudia s'approche et l'aide à la porter vers le tunnel. Brigitta glisse dans le conduit. Dieter appelle Werner, qui vient l'aider à descendre le corps inerte de Maman dans le trou. Puis Dieter disparaît à son tour.

Je reste là, figée à l'endroit même où j'ai frappé Maman, trop choquée pour bouger. Je n'arrive pas à croire ce que j'ai fait. J'espère qu'elle comprendra. J'espère qu'elle me pardonnera.

Claudia s'approche de moi.

— Tu as fait ce qu'il fallait, dit-elle doucement, en prenant ma main. Allez, maintenant.

Elle m'entraîne vers le tunnel.

Nous y sommes presque lorsque la porte de la cave s'ouvre brusquement et qu'une lumière aveuglante inonde le sous-sol.

Dieter

Werner jette un coup d'œil à Maman, qui est en plein effondrement physique et mental, et dit :

— Tu prends ses épaules, je prends ses jambes.

Ensemble, nous la soulevons et commençons à la porter dans le tunnel. Brigitta passe devant nous.

C'est d'une lenteur épuisante, et mon dos me brûle. Tous les dix mètres environ, nous devons nous arrêter, la poser et réajuster notre prise.

— Cours devant, je dis à Brigitta, et demande à Andreas de venir nous aider.

Brigitta disparaît dans le tunnel, sa petite silhouette lui permettant de se déplacer plus rapidement dans l'espace confiné. Werner et moi avançons en titubant avec notre fardeau.

Quelques minutes plus tard, Andreas apparaît.

— Donnez-la-moi, dit-il.

Il prend ma place et je le regarde poursuivre dans le tunnel avec Werner.

C'est seulement alors que je réalise que Sabine et Claudia ne sont pas arrivées.

Où diable sont-elles ?

Pris d'un mauvais pressentiment, je fais demi-tour et titube dans le tunnel en direction de Berlin-Est.

Sabine

La lumière m'aveugle et je me fige, prise au piège comme un animal effrayé. Je suis vaguement consciente de Claudia qui me tire par la main quand une voix que je reconnais appelle mon nom.

— Sabine.

— Astrid ? C'est vraiment toi ?

Astrid baisse la torche et je distingue alors sa grande silhouette, ses cheveux blonds immédiatement reconnaissables. Elle se tient en haut des marches de la cave. Elle pose une main sur la rampe en bois et commence à descendre.

Je lâche la main de Claudia et cours vers elle.

— Qu'est-ce que tu fais ici ? je demande.

Elle s'arrête sur la deuxième marche en partant du bas. Elle a l'air distraite, nerveuse.

— Je... je... t'ai suivie ce soir. Je me cachais dans une embrasure de porte, dans Schönholzer Strasse. Je...

Sa voix se perd.

— Tu veux venir à Berlin-Ouest ? je demande. C'est pour ça que tu es ici ?

Je n'ai jamais imaginé une seule seconde qu'elle puisse vouloir quitter sa famille pour passer à l'Ouest. Je suis à la fois surprise et soulagée de la voir. Je tends la main vers elle, mais elle la retire brusquement.

— Non ! dit-elle. Ce n'est pas pour ça que je suis ici.

— Mais pourquoi...

Elle m'interrompt.

— Sabine, je ne pensais pas que tu serais encore ici.

Il y a de l'anxiété dans sa voix. Elle jette un regard nerveux vers les marches qui mènent à la porte de la cave, puis elle regarde sa montre.

— Sabine, tu devrais partir. Avant que...

— Avant quoi ?

Elle baisse la voix et chuchote avec urgence :

— Avant que quelqu'un arrive.

À cet instant, c'est comme si je la voyais pour la première fois. Et je ne reconnais plus mon amie. La peur est gravée sur son visage – mais ce n'est pas la peur *pour* moi. C'est la peur *de* moi.La vérité commence à se former dans mon esprit.

— C'était toi, n'est-ce pas ? je dis.

— Qu'est-ce que tu veux dire ?

Je la fixe. Elle ne parvient pas à soutenir mon regard.

— Tu savais que Matthias et Joachim avaient défiguré les portraits. Tu les as vus sortir de la salle de classe pendant que tu m'attendais. C'est toi qui les as dénoncés à la Stasi. C'est pour ça qu'ils sont en prison maintenant.

— Mais, Sabine, la Stasi t'a libérée quand ils ont su que c'étaient eux ! Je pensais que tu serais soulagée.

— Soulagée ? Que mon amie dénonce ses propres camarades de classe à la Stasi ? Et quelle a été ta récompense ? Des billets pour la première de *Mère Courage* ?

Elle me regarde, les yeux écarquillés.

— Comment savais-tu ?

— J'y étais. Je t'ai vue. Toi et ta famille, assis aux meilleures places. Et tu n'as jamais rien dit.

— Sabine, comment aurais-je pu ? Nous n'y étions que parce que le patron de mon père nous avait invités. Qu'aurais-tu pensé de moi si tu avais su que mon père est un officiel de la Stasi ? Tu ne sais pas ce que c'est que de vivre une double vie.

— Une double vie ? Qu'est-ce que le travail de ton père a à voir avec *toi* ?

Elle serre le poing et frappe la rampe de bois.

— Tu ne comprends pas ! crie-t-elle. C'était si dur ! À l'école, je devais être une personne. À la maison, une autre. J'essayais de m'intégrer, de me moquer de Herr Schmidt, mais chez moi on attendait que je rapporte tout ce qui se passait à l'école.

— Tu veux dire que tu travaillais comme une... informatrice ?

Je crache le mot. Elle cligne des yeux.

Je n'arrive pas à y croire. Deux fois, j'ai refusé de devenir informatrice – même quand cela m'aurait rendu la liberté. Astrid, elle, l'a fait pour plaire à ses parents.

Mais il reste une chose que je dois savoir.

— Astrid, dis-moi la vérité. Qu'est-ce que tu as dit à la Stasi sur moi ?

— Rien, je veux dire...

— Pourquoi ai-je été arrêtée une deuxième fois ? Tu leur as parlé du tunnel, n'est-ce pas ?

Elle hoche la tête.

— Je suis désolée. Mais tu dois me croire... elle m'attrape par les épaules. Je ne veux pas que tu sois blessée. Tu dois partir maintenant. Je te donne cette chance. Ils seront là d'une minute à l'autre.

Je la regarde, incrédule. Elle a trahi le tunnel – et pourtant elle veut encore me sauver.

— Allez ! dit Claudia en me tirant brusquement par le bras.

Soudain, des pas martèlent au-dessus de nous.

La porte de la cave s'ouvre à la volée.

Un garde-frontière apparaît en haut des marches, suivi de deux hommes en pardessus beiges. L'un est le père d'Astrid. L'autre est Herr Stein.

Les hommes de la Stasi restent en haut. Le garde, lui, descend à mi-chemin, son fusil braqué sur Claudia et moi.

— Merde… murmure Astrid entre ses dents.

— Restez où vous êtes ! crie le garde depuis sa position dominante.

Claudia et moi nous figeons.

Le garde descend encore quelques marches.

À cet instant, Dieter passe la tête hors de l'entrée du tunnel.

— Sabine, où es-tu… qu'est-ce que…

Le garde tire en l'air.

L'ampoule unique suspendue au plafond éclate. Des éclats de verre pleuvent sur Claudia et moi. Astrid crie.

Herr Stein braque une torche dans la cave.

Dieter se hisse hors du tunnel, ramasse le fusil qu'il avait abandonné et le pointe sur le garde.

— Non ! je hurle.

Claudia me pousse violemment vers le trou.

— Restez où vous êtes ou je tire ! crie le garde une seconde fois.

Puis il lève son fusil et le braque sur moi.

Dans la fraction de seconde où son doigt presse la gâchette, Astrid se jette devant moi.

La balle la frappe en pleine poitrine.

Claudia me pousse dans le trou.

La dernière chose que je vois, alors que la gravité m'emporte vers le bas, c'est le corps d'Astrid projeté en arrière, puis retombant lourdement sur le sol de la cave.

Dieter

Le corps d'une jeune femme traverse l'air devant moi et s'écrase en un tas disloqué sur le sol de la cave.

Une rage aveugle m'envahit. Je braque mon fusil sur le garde-frontière et presse violemment la gâchette.

Rien.

J'essaie encore.

Toujours rien.

Je comprends. Le fusil n'est pas chargé. Ou c'est un raté. Harry n'a jamais pensé que je tirerais réellement avec. Il était là pour faire illusion.

Je le jette par terre avec dégoût.

— ASTRID ! hurle une voix depuis le haut des marches.

Ce n'est qu'alors que je prends pleinement conscience des deux hommes restés près de la porte de la cave. L'un, aux cheveux gris acier, se tient raide, figé. L'autre agite les bras et crie le nom d'Astrid d'une voix brisée par le désespoir.

Ce second homme dévale les marches, dépasse le garde-frontière et se jette à genoux près de la silhouette inerte.

— Ma fille… sanglote-t-il en la prenant dans ses bras.

Je comprends alors. C'est Astrid. L'amie de Sabine. Et cet homme est son père.

Je voudrais courir vers eux, mais il est trop tard. Elle est morte. Et le garde-frontière me tient toujours en joue. Si je bouge, il tirera.

— Restez où vous êtes ! ordonne-t-il en descendant lentement les marches vers moi.

— Et vous aussi ! crie-t-il à quelqu'un derrière moi.

Je réalise alors que Claudia est toujours là. J'étais persuadé qu'elle était déjà partie avec Sabine.

Le garde continue d'avancer. Le martèlement de ses bottes fait craquer les marches de bois.

Soudain, le père d'Astrid se redresse d'un bond. Ses yeux sont grands ouverts, fixes, vides. Il a l'air d'un homme qui a basculé.

— Non ! crie-t-il au garde. Vous restez où vous êtes !

Puis, lentement, délibérément, il glisse la main dans son manteau, en sort un pistolet, le braque et tire.

La balle frappe le garde en plein front.

Son corps se raidit dans un spasme, son fusil lui échappe des mains, puis il bascule par-dessus la rampe et s'écrase lourdement devant mes pieds dans un bruit écœurant.

Je saisis la main de Claudia.

— Viens !

Nous courons vers le tunnel. Du haut des marches, l'homme aux cheveux gris nous hurle de nous arrêter. Nous l'ignorons et nous laissons glisser dans le conduit.

Nous nous remettons debout et avançons aussi vite que possible dans l'espace étroit. Nous avons parcouru une dizaine de mètres quand un bruit sourd retentit derrière nous.

Je jette un coup d'œil par-dessus mon épaule. L'homme aux cheveux gris est au bas du toboggan.

— Continue d'avancer, je dis à Claudia. Ne te retourne pas.

Il crie après nous :

— Arrêtez ! Ou je tire !

Nous continuons.

Je peux entendre ses pas derrière nous.

Nous atteignons la ligne blanche peinte sur l'étayage. Je m'arrête net et me retourne pour lui faire face. Il lève son pistolet. Claudia est accroupie juste derrière moi, haletante.

— Vous ne pouvez pas nous tirer dessus, je dis. Regardez.

Je désigne la ligne.

— C'est la frontière. Berlin-Est est derrière vous. Nous sommes à Berlin-Ouest maintenant.

Son regard vacille. Il lit les mots griffonnés sur la peinture blanche :

La liberté commence ici.

Sa main s'abaisse lentement. Le pistolet pend le long de son bras. Il nous regarde, incapable de parler.

Alors je prends la main de Claudia.

Et ensemble, nous marchons vers l'Ouest.

Sabine

En traversant le Tiergarten, je remarque que les premières pousses du printemps commencent à apparaître. Cela fait maintenant un mois depuis notre évasion par le tunnel, et tant de choses ont changé.

Maman a trouvé un nouvel emploi comme femme de chambre à l'Hotel Zoo et elle semble beaucoup plus épanouie. Brigitta a commencé dans une nouvelle école et se fait des amis. Je passerai mon Abitur cet été et j'espère ensuite entrer à l'université. Werner et Marion vont se marier cet été, et nous sommes tous invités au mariage. Dieter et Claudia sont très amoureux. Quant à moi, Harry m'a proposé un rendez-vous. C'est un type formidable, mais je ne suis pas sûre qu'il soit vraiment mon genre.

Rolf a été libéré de sa captivité dans le débarras de la boulangerie une fois que Dieter et Claudia avaient rejoint Berlin-Ouest en sécurité. Au début, il était dans un état de rage, criant qu'il nous dénoncerait tous. Mais lorsqu'il a appris qu'Astrid avait été tuée, il s'est effondré et a pleuré. Il semble qu'ils se connaissaient par le biais de sorties de camping organisées par la *Freie Deutsche Jugend*. C'était peut-être même Astrid qui lui avait parlé du tunnel. Je ne sais pas si Rolf est retourné à Berlin-Est. Cela aurait été très difficile pour lui après l'échec de sa mission.

J'ai fait des démarches au centre de réfugiés de Marienfelde pour me renseigner sur Frau Fischer. J'ai toujours avec moi les photos de Hans et de son père. L'administratrice du centre s'est montrée réticente à me donner des informations au début, craignant que je sois une espionne de la Stasi. Mais lorsque je lui ai expliqué ma propre évasion par le tunnel et lui ai montré la photo de Hans, elle a fini par céder. Il semble que Hans soit devenu une sorte de martyr pour les Berlinois de l'Ouest. On parle d'ériger un mémorial en son honneur, du côté ouest du Mur, près de l'endroit où il est mort. Frau Fischer vit désormais dans un quartier calme de Zehlendorf-Steglitz, au sud-ouest de Berlin. Je vais lui rendre visite aujourd'hui.

J'entre dans un fleuriste et j'achète six roses rouges, chacune parfaite. Puis je marche jusqu'à la rivière Spree, qui fait partie de la frontière entre Berlin-Est et Berlin-Ouest. Je distingue les gardes-frontières de l'autre côté. Tandis que je me tiens sur la berge, je pense à Herr Schiller, notre ami qui a essayé de nous sauver ; à Matthias et Joachim, qui ont pris position et dont le sort demeure inconnu ; à Hans, trop impatient de partir ; et à Astrid, qui a donné sa vie pour me protéger.

À chaque souvenir, je jette une rose dans l'eau et la regarde flotter au fil du courant. J'espère que les gardes-frontières peuvent voir ce que je fais.

Puis je prends la sixième rose et me mets en route vers la maison de Frau Fischer.

Post-scriptum

Le Mur de Berlin a tenu pendant un peu plus de vingt-huit ans, du 13 août 1961 au 9 novembre 1989. Pendant cette période, au moins 136 personnes ont perdu la vie en tentant de s'échapper de Berlin-Est vers Berlin-Ouest.

Au départ, il consistait en rouleaux de fil de fer barbelé. Puis il est devenu un mur solide, surmonté de fil de fer barbelé. Sa forme finale était une barrière de béton de 3,6 mètres de haut, coiffée d'un sommet cylindrique, ce qui la rendait virtuellement impossible à escalader. Un mur « intérieur » a été construit du côté est, et le terrain entre les deux murs est devenu connu sous le nom de « bande de la mort » : une étendue de terre d'environ cent mètres de large intégrant des tours de guet, des défenses antichars, des clôtures à signaux, des chiens et des fils déclencheurs. Cette zone était ratissée de sable afin de faciliter le repérage des empreintes de toute personne tentant de s'évader. Les maisons situées dans la bande de la mort ont été démolies, notamment celles du côté est de la Bernauer Strasse.

Une grande section du Mur a été préservée à la Bernauer Strasse. Une partie de l'ancienne bande de la mort a été aménagée et un mémorial rend hommage à celles et ceux qui y ont perdu la vie.

L'Église de la Réconciliation, située sur la Bernauer Strasse, a été dynamitée par les autorités est-allemandes en 1985 parce qu'elle obstruait la vue des gardes-frontières sur la bande de la mort. Aujourd'hui, une nouvelle église mémoriale a été construite à son emplacement. Le contour de l'ancienne église est encore visible, matérialisé par des bandes métalliques au sol. La croix de fer tordue de l'ancienne église repose également sur place.

L'ancien quartier général de la Stasi, à la Normannenstrasse, est aujourd'hui un musée présentant des expositions détaillées sur la vie en République démocratique allemande et sur les méthodes de surveillance et d'espionnage de la Stasi. Dans le hall d'entrée se trouve un fourgon de transport de prisonniers semblable à celui dans lequel Sabine est transportée. Ces véhicules étaient souvent déguisés en fourgons de livraison. La prison préventive de la Stasi à Hohenschönhausen – où Sabine est emmenée, sans savoir où elle se trouve ni comment le lieu s'appelle – est également devenue un site mémorial proposant des visites particulièrement émouvantes et informatives sur les méthodes d'interrogatoire de la Stasi.

Les Berlinois de l'Ouest n'étaient pas autorisés à visiter Berlin-Est jusqu'à Noël 1963, date à laquelle ils ont pu demander un visa pour de courtes visites. Ce n'est qu'en 1971 qu'ils ont été autorisés à demander des visas dans les mêmes conditions que les autres Allemands de l'Ouest. Pour les Berlinois de l'Est, l'autorisation de voyager vers l'Ouest est restée presque impossible à obtenir et n'a été accordée que dans des circonstances très limitées, notamment aux personnes âgées ou à celles participant à des activités culturelles ou sportives.

En 1989, des changements politiques étaient en cours dans de nombreux pays du bloc de l'Est. En août 1989, la Hongrie a supprimé sa frontière physique avec l'Autriche. En conséquence, des milliers d'Allemands de l'Est ont fui vers l'Autriche via la Hongrie. Les autorités hongroises ont tenté d'empêcher d'autres passages, mais de nombreux Allemands de l'Est se sont alors réfugiés dans l'ambassade ouest-allemande à Budapest. Des événements similaires se sont produits à l'ambassade ouest-allemande à Prague. Dans le même temps, des manifestations pacifiques de masse ont éclaté en Allemagne de l'Est, notamment à Leipzig et à Berlin.

Afin d'apaiser la situation, le Politburo est-allemand a décidé de lever les restrictions de voyage vers Berlin-Ouest et l'Allemagne de l'Ouest. Les nouvelles réglementations devaient entrer en vigueur le 10 novembre, mais lors d'une conférence de presse tenue le 9 novembre, Günter Schabowski, porte-parole du parti – qui n'avait pas été entièrement informé – a déclaré que, selon ce qu'il savait, les nouvelles règles entraient en vigueur immédiatement. La conférence de presse a été diffusée à la télévision. Des milliers de Berlinois de l'Est ont alors commencé à se rassembler aux points de passage le long du Mur. Les gardes, qui n'avaient pas été informés de cette annonce, étaient désorientés. Heureusement, aucun coup de feu n'a été tiré. Le garde responsable du poste de Bornholmer Strasse a finalement pris la décision d'ouvrir le passage, et des milliers de Berlinois de l'Est se sont précipités vers Berlin-Ouest.

Le Mur de Berlin était tombé.

Remerciements et bibliographie sélective

J'AI VISITÉ BERLIN POUR la première fois en 1987 grâce à une bourse de voyage du Jesus College d'Oxford, pour laquelle je suis extrêmement reconnaissante. Je suis également redevable à mon amie Kristin, qui m'a fait visiter la ville et m'a emmenée à Berlin-Est.

Je voudrais remercier mes enfants pour la patience et la maturité dont ils ont fait preuve en visitant de nombreux sites du Mur de Berlin pendant leurs vacances d'été. Mais surtout, je tiens à remercier mon mari, Steve, pour son soutien indéfectible, son dévouement en tant que premier lecteur, ses commentaires perspicaces et constructifs, son aide avec la technologie et sa volonté de se contenter d'auberges de jeunesse.

Voici une liste des ouvrages les plus utiles que j'ai consultés au cours de mes recherches :

The Wall – The People's Story by Christopher Hilton (2001)

Stasiland – Stories from Behind the Berlin Wall by Anna Funder (2003)

The Lost World of Communism – An Oral History of Daily Life Behind the Iron Curtain by Peter Molloy (2009)

1989 The Berlin Wall – My Part in its Downfall by Peter Millar (2009)

Der Tunnel in die Freiheit – Berlin, Bernauer Strasse by Ellen Sesta (2001)

East Berlin by Dr. Eckart D. Stratenschulte, translated by Shiel Ross (1988)

The File – A Personal History by Timothy Garton Ash (1997)

À propos de l'auteur

Sélectionnée pour la finale de l'Amazon Breakthrough Novel Award en 2014 avec son premier roman, *La fille en robe jaune*, Margarita Morris apporte à son écriture un profond amour de l'histoire. Elle a étudié les langues à Oxford et c'est en tant qu'étudiante qu'elle a visité Berlin, où elle a vu de première main les effets du Mur de Berlin sur cette ville divisée.

Des années plus tard, cette expérience l'a menée à écrire *La fille en robe jaune*, qui raconte l'histoire d'une famille tentant de s'échapper de Berlin-Est communiste. Elle a ensuite exploré le Soulèvement hongrois de 1956 dans *Adieu à Budapest* et l'expérience de la Pologne pendant la Seconde Guerre mondiale dans *A Long Way from Warsaw*. Elle vit dans l'Oxfordshire avec son mari, Steve Morris. Ensemble, ils écrivent de la fiction policière sous le nom de plume M S Morris.

www.ingramcontent.com/pod-product-compliance
Lightning Source LLC
LaVergne TN
LVHW041114080826
845145LV00007B/1817

* 9 7 8 1 0 6 8 1 9 3 2 2 4 *